Walking in
the sky above the city

行走在城市的上空

>>> 阿健　作品 >>>

当代世界出版社
THE CONTEMPORARY WORLD PRESS

图书在版编目（CIP）数据

行走在城市的上空 / 阿健著. —北京：当代世界出版社，
2017. 8
ISBN 978-7-5090-1257-4

Ⅰ. ①行… Ⅱ. ①阿… Ⅲ. ①散文集—中国—当代
Ⅳ. ①I267

中国版本图书馆CIP数据核字（2017）第194292号

书　　　名：行走在城市的上空
出版发行：当代世界出版社
地　　　址：北京市复兴路4号（100860）
网　　　址：http://www.worldpress.org.cn
编务电话：（010）83908456
发行电话：（010）83908409
　　　　　（010）83908455
　　　　　（010）83908377
　　　　　（010）83908423（邮购）
　　　　　（010）83908410（传真）
经　　　销：全国新华书店
印　　　刷：北京天宇万达印刷有限公司
开　　　本：880毫米×1230毫米　1/32
印　　　张：9
字　　　数：208千字
版　　　次：2017年9月第1版
印　　　次：2017年9月第1次
书　　　号：ISBN 978-7-5090-1257-4
定　　　价：39.80元

阿健的石马岭（序）

大　元

　　近年来，我在努力做的一件事，是为我自己喜欢的全球文学经典寻找地理坐标。比如川端康成的《伊豆的舞女》，我和月光专程去伊豆半岛翻越天城山，从汤本馆、净莲瀑布到汤野，全长二十余公里，深入探索了小说中"我"和舞女曾经走过的"踊子步道"全程，进而确立"踊子步道"为《伊豆的舞女》的地理坐标。又如海明威的《永别了，武器》，我们在米兰北部，阿尔卑斯山中段南麓西侧的马焦雷湖，一波三折寻找了两天，最后终于在湖畔飞扬的棕榈下找到了海明威当年养伤的酒店——德斯伊利斯波若梅斯大酒店。当时，那份惊喜现在想来还感到有点不可思议——一个酒店如何能成就一部小说的地理坐标？一个酒店的存世时间如何与一部经典抗衡？它就是那样让你无法抗拒，感觉如此天经地义。

　　伟大的作家和伟大的作品，总会激发人探究其过往的欲望，并心生前往实地印证的冲动，我的努力可以满足这种欲望，给前往者带来地理属性、历史属性和人文属性全方位贴地而行的快乐。这是最美好的"接地气"，可以切身感受伟大的作品如何起于青萍之末，与尘世间渺小又庞大的尘埃、绚丽又魔幻的色彩，以及作家的吃喝拉撒、七情六欲来一场现实版前世今生的激情碰撞。我不指望这本书能成为文学旅游指南，但一定是文学领域游学攻略的重要参考读物。更大的愿望是，所有"读万卷书，行万里路"的孩子们，希望这本书可纳入你人生的加油站和助力器，或者成为你寻觅到的最后一颗子弹。那么，就让子弹多飞一会儿，飞去伊豆半岛，飞去阿尔卑斯山南麓，或者，飞去这本书里我刚去了回来的一个小而美的地方，一个前世极其繁华，眼前尚在主流视野之外，残留着自然荒凉的角落。就在我现在居住的临平山西去十余公里，我重新命名的一条山间小径——阿健的石马岭。我们去那里和阿健一起怀想曾经的桐扣山、临平湖，怀想曾经的小镇、上塘河，怀想少年意气、青春荷尔蒙和我们永远的追逐、走向、迷茫及沉淀。

我如此表述，并不是有意要将阿健放到川端康成和海明威这样的高度来比较，尽管我认定阿健身上杂糅了川端康成的忧郁气质和海明威不要命的拼劲。但我喜欢的这一类带有山的走向、水的流向的文字，不论疆域，不论纵深，不论等高线，不论气场，都是可以探求其地理坐标的。找到这样一个坐标点，就如同找到一个矿口，点亮一盏矿灯，所有的前世今生、万世沧桑都会因此而熠熠生辉。阿健这部《行走在城市的上空》所具备的这一特质，让我对此深信不疑。

给此序言命名为《阿健的石马岭》，源于此书《湖畔散记》首题《桐扣桐扣》，源于其中随意的一句话："外婆家的老屋原在桐扣石马岭上。"也许后来阿健同样不经意的一段表述让我特别关注到了这一条初读时感觉特别陌生而又特别新鲜的石马岭，觉得那可能是通往我愿意去挖掘的那个矿的一条路径。他说："人到中年，遇了那多么遭际，才终于读懂临平是那么好的一个地方，这个地方鲜有战乱和灾难。从上塘河西头的桐扣到东头的临平，我无数次地来回穿行，加上父亲所在的厂区宿舍，构成了我青少年时期的三角地带。"

我认识阿健的时候，他还是穿行在其萁弄里的一头小毛驴。其萁弄是很奇怪、很草根的一个地名。弄的尽头是一个废弃的旧式教堂，那时成了临平中学唯一的临时分部，我在那里教书，阿健在那里读初一。"其"字去掉左下一点，"其"字去掉右下一点，这两字组合，类似于"乒乓"，一条逼仄而曲折的青石板弄，深嵌在两堵高墙底，人来人往，石板回响，有颠簸之意。那条奇怪而草根的弄名基本上就是我们那时生活的共同写照。

可是桐扣在哪里呢？

石马岭又在哪里呢？

无数的道听途说带来无尽的好奇与猜想，鼓舞我前往探访的兴致。

第一次是阿健陪我前往，自然熟门熟路。我们从天都城天鹅湖西侧进去，左拐就上了石马岭。顺便说一下，我对天都城的开发没有任何好感，尤其是因撰写此文有所深入后，深感此类外乡人式的开发与我们心目中的地理属性、历史属性，乃至人文属性完全不搭。而正是如此的不搭在我亲历石马岭之后，产生了极大的心理反差，进而坚定了我确立"阿健的石马岭"这一地理坐标的信心。

我们沿着石马岭上山，然后深入一条峡谷。左侧北麓就是曾经甚是辉煌的杭州水泥厂的遗存，山下被阿健称之为"宕口"的废弃的石矿犹如深山海子，水质清澈透明，深切的崖下高大的无患子树和构树肆无忌惮地蓬勃生长。再往前深入峡谷之后，石马岭两侧蓬蓬勃勃的芒花开得正好，是我此生见过的最好的芒花，比台岛阳明山上芒花强过数倍，是完全彻底的原生态。

再往前就是走向佛日坞了。传说中的佛日寺遗址就在前方那一带，但那天上午我们没有走得更远，也就是当天原路返回时，找到了阿健外婆家旧屋的遗址，并且知道了阿健所谓的青少年时期的"三角地带"。他去外婆家的路径是我们那日行走的逆向，是从水泥厂的西南侧上来的。

于是，隔日我又和司机小宣一起去反方向走了一趟，试图走通石马岭全程。我们从320国道龙洞站东侧大转盘往南上山，车行数公里东拐西拐一直拐到了佛日路100号。雨后空山，风光奇绝，佛日坞如此隐秘的去处居然隐藏着一个危化品处理厂。车路断绝，我们估摸着石马岭的方向绕山徒步，矿区废弃的马路两侧又见蓬蓬勃勃如竹林一般高密的紫红色芒花。雨雾中发现大片的油桐树已经结果。为什么此处会有如此多的油桐树？悠远怀想，当年水波浩渺的临平湖上有多少舟楫需要桐油？

佛日寺的遗址大概就在佛日坞佛日路100号那个危化品处理厂的所在。阿健以为，那时候从东边的临平山脚到西边的桐扣山脚一片汪洋，就是临平湖，舍舟楫上山去佛日寺进香，就是走的石马岭古道。彼时的佛日寺多辉煌啊，杜牧诗句"南朝四百八十寺，多少楼台烟雨中"，恐怕首先想到的就是佛日寺吧？

我固执己见，要确立地理坐标，必须弄明白山的走向、水的流向，要弄明白其地理属性。其实，山的走向是很难弄明白的，不识庐山真面目，只缘身在此山中。杭城东北部这一道由天目山逶迤而来的小山脉，假如算上超山、临平山，也只有超山和临平山这两座孤零零的小山容易辨认。其他如半山、皋亭山、黄鹤山、佛日山、桐扣山，人们多半云里雾里，没有清晰的地理界定。百度搜索甚至史书记载也多半含糊不清，今人更是缺乏地理意识，干脆将上述诸山囊括一起，开发了一个皋亭山旅游区，有四处可见的"皋亭山景区导览牌"为证。

那么，历史属性呢？

翻越石马岭西去，除了佛日寺，那个矿当年究竟还有多大的底蕴值得阿健如此沉迷？

南宋亡国前夕，金兵首先占领了皋亭山，那是杭城东北的屏障，绝对的战略要地、制高点，也是人文底蕴最为深厚的名山，如今繁华的杭城西部诸名山是望尘莫及的。

又隔日，我和小宣又起兴一头扎进了皋亭山。天都城西去，龙居寺陵园和千桃园是熟悉的。这回，我们探访了天都城开发于桐扣山南麓的别墅区"爱丽山庄"，探访了杭州市第三社会福利院，然后深入龙居寺遗址。遗址上处处危房，高大的杉树林是松鼠的乐园，晃动着肥硕蓬松的尾巴在树上串来串去，旁若无人。

我们从星桥进入丁桥，进入如今属于丁兰街道的皋城村和沿山村，那是上塘河北岸紧贴皋亭山南麓的两个村。我们一直深入到沿山村最西端上山去了王蒙隐居地，从那里再往上便是黄鹤楼遗址，导览牌在黄鹤楼遗址上方凌空标示着"黄鹤山"。转回来，我们又从中路上山，去了当年文天祥在南宋亡国前夕到金兵营地抗论的去处，那个景点叫"皋亭抗论台"。随后，我们又曲里拐弯寻到了"唐杜牧坞"。其实，杜牧死后是否葬在此处对我们而言并无多少实际意义。但"南朝四百八十寺"肯定是真的，有一个去处没一个去处总归不一样。

有一个去处，至少可以是阿健们思想的一个着落点，是阿健们怀想少年意气和青春荷尔蒙的一个莫名其妙的凭依，是阿健们人文属性或者说思想属性的一个依靠。

回头再看阿健的这一部《行走在城市的上空》，阿健的石马岭——我认定的地理坐标，综上所述，试图放到大视野下来多角度解读。

石马岭是实际的存在，更是一个符号，是阿健的思想图腾。它可以是上塘河，是军营，是少年意气，是青春荷尔蒙，我试图让它带着读者的思绪去飞一会儿。

阿健说："我觉得，文字写作，必须有根。石马岭就是根，也是我的性格特质。所以，我起的笔名——临平湖畔走狗，真的就是永远忘不了小镇，忘不了上塘河，忘不了桐扣，是一种世外的心绪，卑微但不卑贱。晒着有泥土气的阳光，更要命的是，中间还夹杂了一个早已湮没的、著名的临平湖。而在我的身上，结合了浓郁的星桥桐扣乡村少年和临平小镇土著的气质，还糅入了孩提时代国营工厂子弟的味道。多少次，我徒步翻过桐扣山，嬉游上塘河，当兵的岁月，又增加了骨子深处的那份宁折不弯的偏执。"

这个从少年时代起就热爱文学显露出文学天赋异禀的阿健，如今已步入中年。随着年岁的增长，万世沧桑唯有爱是不变的美丽，石马岭因此成了聚焦点，串起所有的情话。

我喜欢他的"老屋往事"，喜欢他的"少年乌托邦轶事"，"军旅记事"是青春的异乡，最终还是要回归到"湖畔散记"，回归到生命的石马岭。

这个其实不太会喝酒的男人，近来每每微信总喜欢用"浮一大白"来表述一种情绪。

"太白说：却顾所来径，苍苍横翠微。突然感受到时间远方的他，那份曾经的深深浅浅的心境与忧伤。"

　　所以，在水边不能多喝，喝多了那水就会一直漫上来，浸到你的心里。微醺的感觉最好，可以在岸边坐一坐，看着黛青的夜色，或者一个人沿着水边慢慢走走，月色和酒意一样会微微沁润，这时候就没有自己了，只有"人散后，一钩新月天如水"的淡然。

　　"这样的天气，是适合怀旧的，初夏总像是可以带给你微醉的感觉，总像与青春有关。"

　　"一生就是一条河流，有时身在其中很容易在不知不觉中被自己所淹没，偶尔抽出身来，陪着你自己的河流骑行一段，哪怕只是一个小时，也可以让你分辨出自己的流向。"

2017 年 6 月 29 日凌晨

　　（大元，本名袁明华，中国作家协会会员，杭州市作家协会副主席，作者中学时代的语文老师）

目　录

老屋往事

少年乌托邦轶事

湖畔散记

老屋往事

过　年

少年时期,记忆中的过年总是和这几个场景有关:炒货、年夜饭、压岁钱、鞭炮。

每逢春节来临,各家通常都会在前厅或者灶披间生起一个煤球炉,搁上粗砂或粗盐,开始炒制各类坚果:山核桃、花生、瓜子、香榧等等。如果被足够信任的话,小孩子获得的特权是可以从容地拿着小铲子翻炒那些炒货,仿佛那是一项光荣而神圣的使命。比这种荣誉感更实际的是,你随时可以从锅里拿出坚果来试试是否已经炒熟。

但大人的信任往往是靠不住的,因为尝试是否成熟而吃掉的果实往往占到最后炒成品的相当比例,也就是非正常损耗的部分。

漫长的少年时期似乎总像默片一样呈现出灰白的色调。大年三十,家族的老小都会聚拢在简陋的木结构老屋里吃顿团圆热闹的年夜饭。屋外天寒地冻,屋里却满溢着热气腾腾的菜肴和欢乐的喧闹。饭桌上必有鸡鸭鱼肉,但那些大菜往往只是装点门面,印象里最受欢迎的就是两道特色菜：一道清汤鱼圆，一道三鲜。

清汤鱼圆是用鲢鱼肉刮成肉糜搅匀打透，然后从掌心里挤出一个个丸子落到滚汤里氽熟，用勺子舀着吃，鲜嫩无比。三鲜的传统内容是鲜肉丸、发皮、鲜虾、肚片，配以冬笋片等佐料以高汤烹制。可那时我总是不喜欢里面浓重的韭黄味道。这两道菜也是镇上聚乐园里常规的特色菜。

记得有一年的除夕，屋外大雪纷飞，我在长辈的唆使下一口气喝下了一整碗的黄酒，带着些眩晕的兴奋，跑出屋外玩耍。彼时雪正下得紧了，把小院里的一切都履上了厚厚的雪毡。不知是酒精还是天光的作用，记忆中的那雪色竟然呈现出奇异的淡蓝，有些诡异、有些梦幻、有些伤感，恍似少年初期的忧伤。

事实上对于孩子而言，对压岁钱的期待远远超过年夜饭本身，虽然钱并不多，却是一年的期待。口袋里揣着压岁钱，觉得积攒了整年的各类梦想就可以实现了，这些梦想也许只是一柄精致的水果刀，一把可以打火药纸的手枪，一本小人书或者是一大堆华而不实的零食和稀奇古怪的玩具。

放鞭炮则是过年永远乐此不疲的游戏：买一挂一百响的鞭炮（我们当地称它为"百子炮"），细细地拆散，装在口袋里。向大人要根烟或者点支香，点燃后一个个扔出去炸响。整个正月里，在小镇铺着古老青石板的小巷里、长着仙人掌的天井里和熙攘的大街上，随处都是时不时响起的"啪啪"声，此起彼伏，没有节奏和规律。

为了增加乐趣，我们想出各种各样的方法来燃放小鞭炮：把它扔到门口的水缸里炸响，去炸墙角的蚂蚁洞，塞到一个青霉素注射液的小玻璃瓶里炸得它飞到半空，或者直接塞到大人杀好晾在外面的鱼嘴巴里……各种各样的恶搞总会换来简单而快乐的笑声，映衬着那些流着晶亮鼻涕，冻得通红的小脸庞。

　　北大街那段一直是临平过年最热闹的所在。有卖糖人的小摊、杂耍的艺人，还有平时不太看得见的头发散乱的疯子们。杂耍通常总是在电影院左侧台阶下的那块空地开演。我记得有一个武艺高强的年轻人的扫堂腿和鲤鱼打挺是我一度模仿的动作，而比较恐怖的是一个吞宝剑和缝衣针的汉子，他总是在诸如春节国庆这样一些特定的时间出现在街头，引来许多人的围观。

　　小镇的正月里也总是忙忙碌碌。跟随着大人走亲访友，穿梭于镇子和乡村，到处都有吃不完的新年宴席，虽然菜肴风格各异，不变的是热情与好客。现在想来那时送的礼很有趣：用坑边纸包好的重麻酥糖、荔枝干和一些干货。考究一点的就送双宝素之类的营养品。物资相对匮乏的时代，人们的节庆心情却没有因此而受到影响。

　　岁月就像屋檐下的破旧蛛网，在微风吹拂下，在不经意间慢慢逝去。而我所居住的这个小镇在向城市的演变过程中，渐渐包容和收纳了来自各地的过年习俗，于是在不知不觉中，本地传统的年味也终于像墨水一样在时间的流水里稀释与淡化。只是每到年节时刻，我总会忆起那些逝去时光里的过年片段，依然充满了纯净的怀念与温暖。

仙人掌

1

我总是记得那些燠热无比的夏日午后，炽烈的阳光像一块巨大的电热毯一样倾覆在老屋所在的小院上下。

从木结构破败老屋的二楼望出去，瓦檐边摇摇欲坠的破脸盆里的仙人掌已经结出暗红色的果子。在热气的蒸腾里显得生机勃勃。

那盆仙人掌是我漫长无味的童年里无法企及的距离，我一直渴望能够接近并且抚摸到它那多肉的块茎。

仙人掌实在是一种非常神奇的植物。自从我来到小镇的祖屋定居以来，它一直这样生长在靠近我床边的木窗之外，据说那是父亲在多年以前捡来随意丢在盆中的一片衍生而成。

小学至初中时期的午睡真的是一件尴尬得如同婚姻一样的事。两个小时的午睡时间，如果放弃，那么中午时间尽可以提早到校，和同学一起把时间挥霍在抓金龟子、到河里玩水、捉螃蟹以及用比赛用石块砸草丛里的癞蛤蟆。但这就意味着下午的课程里你随时可能沉沉睡去；如果睡了，常常在被闹醒的时候感到没有睡够，在完全清醒的懵懂期，也许将遭遇一种无可名状的懊丧与忧郁。

2

很多个午后，我坐在床上，倚窗独看仙人掌。

大约在春末夏初的时候，仙人掌会开花。也许在一场夜雨之后，推开窗子，那些黄色、白色的花朵就开在茎叶的顶端，迎风摇曳，柔美无比。花期很短，不多久就凋谢了。接着会结出青色的果子，慢慢地变红了，这红又渐渐变得沉郁起来，呈现出暗红。果子可以留存很长时间，最后变得干瘪，并脱落。有一天，我在一张小报上看到说这果子可以食用，并且富含维生素 C。于是，那果子从视觉上的欣赏变成了味觉上的引诱。

可能是在梅雨季节的某个中午，我发现新的茎叶开始生长出来，我盘腿坐在窗前的床上，将身子倚在窗栏上，以一种很惬意的姿势探身看仙人掌。那些新的块茎开始像叶片一样抽出来，呈现出一片可餐的新绿。抽出来的刺（也就是叶芽），软软的，肉肉的，娇嫩无比。叶芽上面缀满晶莹的雨珠，如果用微距拍出来 PS 一下，应该是非常唯美的图像。在顶端的新仙人掌与下部深绿的老仙人掌，以及坚硬的褐色毛刺形成鲜明的对比。

那些新的仙人掌在很短的时间内开始得以快速生长，渐渐从小小圆圆长成大大长长，呈椭圆形。由于吸收的水分过多，它们有些开始稍稍弯曲，像是不堪重负。好在雨季很快过去，在烈日下，它们反而呈现出坚挺的生命力。我注意到它们的颜色开始变得凝重和黯淡起来，同时也注意到在一些隐蔽的地方，有些老的仙人掌已经变成褐色，呈现出颓唐的样子，悄无声息地腐烂且死去。它们的离去，也许是因为水分太多而被沤烂，也许是因为它们原本就到了寿终正寝之刻。新陈代谢，原本是件极正常的事。好在老去的速度和数量远不及新生的快与多。

3

那片折断的仙人掌很新，断面处渗出黏稠的汁液，有一股新鲜的植物味道，类似于青草并有些微甜，除此之外就没有任何值得奇怪的地方。我甚至有些后悔把它弄下来。

学校里不时会流行各种各样的玩具。地摊上有一种塑料制成的小手枪，非常简单而廉价，大约是一角五分到两角钱一柄，前方是一个枪管，后方是一个活塞，用橡皮筋做牵引，将活塞用力往后方拉，直至活塞后部的小凸起与扳机上方相扣，把枪管前方的小盖子嵌入枪口，使之形成密闭，用手指扣动扳机，活塞得到释放，快速滑向枪管，压缩空气使之顶开枪口盖子，发出一声脆响。

我们购得小枪并非为听取那声脆响，而是在枪口内塞入各类石子铁弹，利用活塞的冲力发射出去，如果瞄准得当，这种滑膛枪在近距离内的命中精度出乎意料。如果再加上一股橡皮筋，那么射程和精度都将得到大幅度提高。

开始我们使用建筑工地上捡来的小白石子，由于形状不规整，大大影响了射击的精度，后来从自行车修理摊周围捡来很多细小的钢珠,课余利用墙角和树木做隐蔽,互射取乐,打在身上有一点微痛。被射中者必须无条件发一声惨叫并退出战团。这就是二十世纪八十年代中期真人 CS 游戏的雏形。那时我很少被击中而退出,每每组织冲锋或者狙击,毙敌无数,极有成就感。

一度我们沉溺于这类游戏而不能自拔。但是因为安全防范措施不到位,最终这个有趣的游戏被校方理所当然地禁止。我们不再被允许带这类枪械入校,一经发现从严查处。

某天午休的时候,我把枪拿出来瞄准那盆仙人掌,向其中一片较嫩的叶片无情地发射了十余颗铁弹子,直至将它从中部打断并坠落在一楼院子的青石板上。以我的射击水平,很容易做到这些。铁弹很轻松地穿过仙人掌,发出沉闷的"卟卟"声,略有一点快感。

但是那片断下来的仙人掌却没有给我带来任何的成就感。那残掌还是存活了下来,渐渐自愈并且变深,断口处结成了黄褐色的硬膜,如同伤口的痂。

4

在后来的午休时间内,我又成功打下了一粒红色的果子,那粒果子呈橄榄状,表面有层白而浅薄的蜡质,上端有个口子,剖开后中有无数毛刺,极难清理。果子味道酸而微甜,缺少水分,并不十分有味。

某天,我打下一片老仙人掌,企图另行种植繁衍。将叶片插在瓦盆中,定时精心浇灌,最终以腐烂了结。另一片仙人掌被打落到楼下的葡萄架下,数日后却冒出了新芽。

在捡拾把玩仙人掌时也曾被刺中手掌。仙人掌的刺是很难弄的一种东西，被刺中后痛且痒，很长时间内你都无法确定是否已将刺清理完毕。

数年里，那盆仙人掌依旧蓬勃生长着，填补了我许多个无聊的午休时间，并让我了解了它。直至老屋翻建，仙人掌在楼墙訇然倒塌中倾覆，我却没有亲见。

5

现在想来，仙人掌真的是一种非常有趣的植物。有时候它像极一种生存，譬如人生。年少时总是稚嫩柔软易折，老而弥坚，芒刺在身，拒绝外人入侵；若你精心呵护，往往适得其反。

年届不惑，日益怀念那遥远的夏日午后，老屋的仙人掌。觉得自己就是其中较老的那一片，在命运这个顽皮少年铁弹的射击里，疗伤并自愈，蓬勃与达观。

烹　饪

"聚乐园"是一家老字号的饭店。

在彼时的小镇，它就像杭州的"奎元馆"和"素春斋"一样著名。据说它最早是以徽帮菜闻名，招牌菜有红烧划水（鱼尾）、烂糊鳝丝等。郁达夫曾经在这里吃完酒，捋了袖子去爬临平山。

它应该存在很久了，在这条最繁华的陡门口北大街上。记忆里它应该有一块颇为古老的黑底金字招牌，但上面的漆已剥落得差不多了。

小学时代，有一阵子中午放学，我天天去那里蹭饭。叔叔在那里当厨师，我常常去吃一碗发皮三鲜面。在计划经济时代，成为饮食服务行业的职工是一件颇不容易的事，尤其是在这样一家老字号的饭店里当厨师。得益于祖上从事食品行业的背景，叔叔在待业数年后终谋得这样一份差事。

店堂不大且昏黑，上悬数把肮脏的吊扇，摆着数张八仙桌子，桌面上的油漆早已磨光，而且只有条凳。门口是一个围着高高木栅栏的收银台。里面照例坐着一个泼辣的女职工。菜单挂在她背后的墙壁上，以标准的楷书写着：宫保鸡丁、鱼香肉丝、清蒸鲫鱼、红烧羊肉等数十样菜肴名称。平日里下馆子的顾客并不多。顾客点完菜，付了钞票，服务员就会把写了菜名的字条递进厨房，厨师用眼角略瞟一瞟，顺手把字条插在铁扦子上，随后便麻利地烧菜了。

其实我对这家饭店的印象并不太深，它并没有十分出奇的地方，生意也只算一般。但它有一点吸引了我，那就是后厨。

蹭饭的日子里，我甚至开始迷恋这个后厨。厨师并不太多，有七八位，有两个资历不深的学徒是在那里配菜的。我觉得他们的刀工已经出神入化，很轻易地将土豆、白菜、肉丝等纵向切成细丝、薄片或方丁，然后一样样在盘子里码好，看起来整齐诱人。尽管我知道那只是作为厨师的基本功，但能把一把笨重的厨刀使得观者眼花缭乱，确实是件了不起的事。最吸引我的是切菜时在砧板发出的声响，细密而均匀，如蝴蝶牌缝纫机一样精准与清脆。

更为迷人的是烹调过程。每位厨师都有一个专属自己的炉灶。那时用的好像是煤块烧的炉子，下方有一架风力很大的鼓风扇。地面黑色且油滑。锅子有个粗大的手柄，上方一侧有一个自来水龙头。靠近锅子一边的墙面上是黏稠如柏油的油烟。右手边是一排大小不一的碗，盛放了油、盐、酱、醋、生姜、味精、料酒、芡粉等各色调料。

我喜欢看烹饪的过程。等待吃面的时候，我就会在厨房里待一会儿。厨师们穿着很油腻的白色工作服，戴着白色如同解放帽形制的工作帽，但那种油腻好像很自然，并没有肮脏的感觉。他们似乎也并不忙碌，只是手上不停罢了。在我看来，他们的烹饪真的犹如一场精彩潇洒的表演。

比如一个最简单的炒土豆丝。掌勺的厨师将菜单往铁钎上一插，吆喝一声菜名，配菜的就把菜递将过来。接过后，他随意往锅边一丢，脚伸出去往地上的鼓风扇开关上一踩，"嗡嗡"的声音便响起来，锅下的火苗一下子蹿高了。他伸出马勺，往搪瓷的大油碗里舀半勺油，往锅里一倾，用勺底将油顺时针晃开，使之快速加热。

他不紧不慢地等那油先冒出泡沫，泡沫慢慢散开，又冒出青烟，油开始无声沸腾起来。他见油温已高，便将那盘中配好的土豆丝往锅里一倾，只听得"抓——"的一声脆响，他迅即捏着手柄把锅略提离灶，将那土豆丝颠上几颠。底下的火沾了溅出的油与水分，一下子蹿起来，将锅内点着了，火苗蹿得老高。

他并不慌张，这全是意料之中的事。大厨炒菜若是不起油锅，那菜定是不好吃的。他继续颠炒几下，同时将脸略略往后仰，以避开火苗的灼热。然后，他用马勺在一个个调料碗里舀过去，将调料一样样搁到菜里，一次搁完，绝无增减。他将马勺在锅沿上敲几敲，把沾在上面的少许土豆丝重新敲回锅内，又颠炒几下。那马勺与锅子刮擦发出声势很大的动静。然后，他随手撒了一把红绿椒丝与葱末，同样动作夸张地装了盘，往送菜口一丢，吆喝一声菜名。服务员闻声立刻趋近来，接了盘子就走。

他这时便从耳边取下夹着的烟，在大拇指甲上墩几墩。从上衣口袋里摸出洋火划着了。他叼着烟，用马勺在水龙头上灵巧地敲开了开关，水便倾进锅内。他又敲闭了龙头，用一个竹制的锅帚将油腻刷干净，用马勺将水贴锅边三两下舀净。那马勺仿佛是他延伸的一只机械手臂。然后，又取一张新的菜单，开始下一轮的工作。

有时候烹饪过程中，厨师们会大声用方言粗口对骂，或者开一些下半身的玩笑。这使他们看起来更像一群江湖好汉。

那时候顾客来下馆子，是要看服务员脸色的，菜上来，往顾客面前的桌子上随意一丢。菜就是这么烧的，你不用想出别的花样，爱吃吃不爱吃拉倒。不要怀疑菜的味道或者咸淡，这就是正宗馆子菜的样板。在这个小镇上，你不可能吃到比这更好的菜了。如果哪位不识相的外地顾客对服务或者菜肴提出质疑，往往会引来一场大吵，甚至那些厨师也会跑出来争辩，好像他们也受了极大的委屈和污辱。所以店内一般不太会有人鸡蛋里挑骨头。没有人想到投诉，也没有可以投诉的地儿，生意也从未因此而受到影响。那些厨师们的脸上看不出一丝卑微。

多年后，这家饭店终于倒闭了，或者是又归了私有，改换了门面。佛说：生命是一个轮回。一家饭店的轮回也许更短，短到可以存放在一个少年的记忆里。

直到今天，我仍然觉得厨师们有自信和骄傲的理由。从很小的时候我就开始对烹饪迷恋，觉得这真的是一件充满豪气和灵气的工作。过程里的每个环节都是水到渠成，信手拈来，彰显着自信与目空一切的气势。直至今日，我仍然渴望成为一名出色的厨师。每当我捏起锅铲的时候，总是想起"聚乐园"的厨房。

我终究没有成为出色的厨师。于是，当我写字的时候，常常不自觉地想起那时在厨房观摩烹饪的岁月。我固执地认为烹饪出色的人，应该会写得一手好文字，或者也干得好别的什么营生，反之亦然。

尽管事实全然不是那么一回事。

光拌面

1

老屋北向大门对过，有一爿面店。面店里有一个烧面的街坊奶奶。

她原来是在最繁华的北大街上的面店里烧面的，后来那个面店拆掉了，她就赋闲在家。赋闲了一阵子，可能是觉得无聊，她就把老屋前面的房间辟出一间小店面，砌了炉灶，重操旧业了。

炉灶上搁一个大锅子，永远注了七分满的热水。烧面奶奶微胖，矮。白围裙干干净净，戴一顶同色的扁布帽子和一双袖套，从帽檐里露出几缕霜色的鬓丝，神色与动作皆淡定。

早上洗漱完毕，我就到对街去要一碗面。有时，我在洗漱之前就去点好面，待到洗漱完毕直接过去吃面就行了。但大多数时候，我愿意当场点了面，站在一边观看烧面的过程。

烧面奶奶对顾客已都熟悉，一见到我，便说："光拌面加一，面烧生点，加五分辣油。"我点头称"是"，她便捞一团面下到锅中，又单独扯一缕加进去。那面就势在锅里散了，热水滚沸起来，裹着白白的沫子，有向外奔突之势。她随手舀半勺清水浇到锅里，那沫子一下子就平复下去，变得温驯。

少顷，她左手操一个小竹篱，右手将一双长筷子在锅中搅动几下，捞起面，那面汤就从竹篱的缝隙里漏走。她将面往碗里一倾，大功告成。

面碗底上，早就备好了酱油、辣油、猪油、味精、葱花和少许榨菜细末。我用筷子兜底搅动面条，面的热气将凝固的猪油烫得化开了，那些佐料也均匀地拌入面中。面条从白色变成了酱色，香味扑鼻而来，调动与唤醒了一个发育期少年全身的味觉神经与食欲。

她的面很筋道，有嚼头。我喜欢她的辣油，是装在一个个小小的白色塑料瓶里的，很纯正。她知道我喜欢吃辣，每次都会多加半勺给我。小镇的大人看见了，总会惊讶地说一声："这个小伙子这么会吃辣！"

烧面奶奶从来都是不紧不慢，一碗碗地下，一碗碗地盛。若是汤面，她总是先起油锅，将浇头在火里煸出香味，再下汤、下面。早上七点多的时候，来吃面的人络绎不绝，但她好像从来没有让顾客久等过。她的面店里只有一张小桌子、四五个座位，但好像也从来没有顾客因为坐不上位子而不满。他们吃完了面，就主动离开，把碗放在一边的水槽里。有些顾客则端着碗站在店里或街上，一边谈天一边吃面。

可以说，那是我迄今为止吃过的最好的光拌面。我一直很羡慕烧面奶奶，甚至在很长时间内把自己未来的理想定为烧出一碗镇上最好吃的面，做一个一流的烧面师傅。

除了光拌面，我还喜欢吃她烧的两种面——素丝面和油渣面。尤其是在冬天。早上起来，点一碗热乎乎的素丝面或油渣面，价廉却美味无比。素丝面是用豆干丝和榨菜丝做浇头的，油渣面的油渣浸了面汤烧过以后变软了，有股特别的香味。冬天的早上，我去点了面，端回街对过，坐在家里吃完，再把碗还回去，然后骑车去上学。吃完面的身体从里热到外，非常舒泰，犹如烧面奶奶真挚热情的微笑。

2

晨起，我会站在二楼房间的窗口发一会儿呆。从窗口望出去，正好可以看见烧面奶奶的店。有时候，我会观察那些进出的顾客，其中有一个顾客引起了我浓厚的兴趣。

那个年轻人是面店的常客，总是在早上七点半的时候如期而至。他骑一辆绍兴产"飞花牌"二十六寸自行车，慢悠悠地趟过来。接近店门口的时候，他骗腿从车上下来，很从容地将腿伸直在车尾部静止几秒钟，然后捏下手闸，慢慢刹车，好像马踏飞燕的姿势。到了门口，他才将腿放下来撑在地上，然后用手推一下书包架子，从后面将车的单摆脚踢下来，很随意潇洒的样子。

他瘦高，大约不到三十的年纪，穿得很时髦。一件单排扣的黑色西装，后面开衩的样式，笔挺、翻领大，袖管窄小，从款式上我基本确定那是日本的二手洋装，说不定内袋里还绣着"宫本""渡边"等前主人的名字；里面通常是一件条纹的白色衬衣，打一根窄细的领带；有时他会穿一件当时十分罕有的立领衬衣，下身是一条咖啡色的西裤，那种西裤也是当时极流行的，紧绷大腿，裆短得可以把蛋蛋挤碎，并且永远短在脚踝之上；那条西裤清晰地勾勒出他瘦长的双腿，像《堂吉诃德》里的插图。

他穿了一双雪白的线袜，套了一双尖头的、露出大部分脚背的黑色皮鞋。那皮鞋擦得锃亮。由于裤腿太短，他的下身就呈现出咖啡、白、黑三截色彩，显得有些不成比例。但这符合当时社会流行的审美情趣。

他的头发是很浓密且卷曲的，发际有点高，向后梳去。这种头发往往有点干燥，他便抹了一点发油，在阳光下打出很迷人的反光。我不知道他是去烫过，还是天生如此。

他每天吃三顿面。早上是光拌面，中午是汤面，晚上有时是炒面。他应该是一个单身汉，可能在某家国营工厂里做着二线工作。他的收入应该够他开销了。估计他还喜欢搓个麻将或者赌个小博什么的。他吃面的速度很快，且永远是站在店门口吃。他吃完了面，就点上一支精杭州牌烟，这在当时要一块九角钱一包，是有钱人抽的玩意儿。但我无法想象一天三顿面如何能够适应。

冬天的时候，阳光正好晒在店门口，他站在那里抽着烟，表情有点沉思或者呆滞。抽完烟，他就推出自行车，又是一个马踏飞燕式，随后消失在来时路上。

在马踏飞燕的来来去去里，我读完高中，然后离开家乡。这期间烧面奶奶的面店也终于在某一天关张了。也许她觉得累了，厌倦了这种烧面的生活。她有退休工资，儿孙皆已长大，这点面钱应该也是可有可无的了。

后来，我在部队和几个江苏兵玩电视游戏至深夜，腹中饥饿，去食堂仅觅得面条数筒，我捋袖下厨，捞了几碗光拌面，佐以麻油、辣酱和榨菜丁，那几个兵吃得淋漓畅快，连呼过瘾。我在心里想，其实我只得皮毛，不及烧面奶奶十之一也。

若干年后的我在另一家镇上的老面店里再次遇到"马踏飞燕"。可他不再是那个时髦精干的年轻人了。其实他从来都不认得我。我还是在惊讶中认出了他。他端着一大碗拌面站在一辆人力三轮车旁狼吞虎咽。

他穿了一身旧得发白的迷彩武警作训服，一双迷彩解放鞋，头发依然卷曲，却是乱蓬蓬的，而且已呈现出一层灰白色，像是落满了水泥。他的前胸口袋半开着，里面半露出劣质的软壳西湖烟。很难相信十多年的时间，居然可以把一个时髦青年变成现在的模样。他吃得很努力，咀嚼使他的咬肌和额头上的筋不住抽动。他的额头渗出汗珠，肤色也变成麦褐色。

有两个城管远远地过来了，他惊慌地三两下吞完了面条，把碗往桌上一搁，将三轮车推到路中间，有点迟钝地从车的前叉搬过腿去，弓起身子奋力踩下去，那车轮便慢慢地往前滚动起来。

我猜测他在这几年可能是遇见了什么变故，或者是赌博成瘾输光了家产，或者他所在的工厂不幸倒闭了，他成了下岗工人……他会不会想起烧面奶奶的面条？一定是比现在这碗面要好吃得多。可是我觉得他已不会再计较什么了。

岁月无敌，运命无常。唯有烧面奶奶那碗光拌面，如此真实地长留于我的记忆之中。

跳房子、水缸和泡桐树

1

有一段时间，我迷恋一种叫作"跳房子"的游戏。

这种游戏只需要几块石子、一支粉笔、一块小场地和三五个游戏者。老屋小院里大约有五六个大小不等的孩子，我是处于中间那个年龄段的。那时，我们学会了分享游戏带来的快乐，没有功利心。

花草专家门前所在的院子前有十来块非常规整的青石板，50×30的样子，像地砖一样排列着，四周花草簇拥。我估计那下面是个排水道，下雨时石板下面会传来潺潺的水声，若喀斯特地貌中的地下河。

这姐弟俩是花草专家的孙子和孙女。姐姐比我略大两岁，肤色黧黑，沉静且读书用功；弟弟比我小三四岁的样子，敏捷且玩心甚重，拖两条标志性的鼻涕。

很多时候是我们三人在那里玩跳房子的游戏。那几块青石板就是天然的游戏区域，拿个小石子从一头掷过去，好像还有单双数的区别。石子停留的地方就是玩家的建筑工地，别的玩家经过时不能涉入，每次单脚从起点跳到终点，跳到自己石块前一格时俯身将石块捡起，到达天界（最后一块石板）时，将手中石块往身后掷，掷中自己地盘即可建房，建了房子可以写上自己的名字，别的玩家涉入、压线或者脚落地就算输出。规则大抵如此，可能有表述不清之处，这是因为已记不太清楚了。

虽然这类游戏在街面上大抵是女孩子玩的居多，而且也是那个姐姐把游戏带进来的，但是小院里的游戏向来无男女分别，解放军美国佬的游戏里我们一样需要女谍报人员，而女孩子的跳房子、丢沙包也照样有男孩子的身影，这就是共享。在跳房子游戏里，快乐与和谐是共存的，由于这个游戏的参与性远甚于其对抗性，这一没有利害冲突的游戏，让我们建立起很好的友谊，也培养了我的平衡能力，还为后来我了解房地产招投标和开发建设基本流程，打下了良好的理论基础。

2

那段游戏的日子真的很快乐，如同黑白镜头里的孩提时代。有时一样简单的游戏可以让人沉迷，有时没有游戏，也照样可以让人沉迷。譬如那个老屋东边屋角的水缸。

水缸约丈余口径，摆在那里很多年了。小院西边那个为花草专家灌溉专用，自来水通上以后，东边这个几乎已没什么实用功能了。

下雨的时候，雨水顺着瓦檐哗哗流下来，泻入水缸。晚上，我在老屋二楼，可以听见分外清晰的水声，雨大时如一挂瀑布般不止，雨小时如岩洞钟乳滴水，袭入梦中，促深睡眠。

晨起，那水缸注满了清澈的雨水，小院空气分外洁净。把从池塘里钓来的小鱼放入缸里，观其嬉游其间，或者将小半支铅笔对剖两半，取出铅芯，将圆珠笔油滴入笔槽尾端，放入水缸，由于笔油的排水性，推动半支铅笔像一艘小船般在水面快速滑行，颇有意趣。

自制水枪。取用剩的圆珠笔芯小半支，在水泥地上蹭去顶端圆珠，尾端插入一长条自行车气门上的小橡皮管（本地方言称为"气不屏"，少儿不宜），五交化商店有售，用眼药水瓶或者小针筒在水缸里吸满水，从前端将水用力压入小橡皮，使之鼓胀，如小香肠。用小票夹夹住笔芯下端的橡皮处使之不能外泄。水战开始时，用笔芯对准敌手，打开票夹，橡皮管内压力得到释放，细细的水流高速向外射出，可达数米远，互射为乐。每当水弹用竭，水缸便是最大的弹药库，可以迅速补给，并且缸体可以充作战壕，抵挡来袭，一时乐此不疲。后来有聪明者又推广用自来水笼头的高压将橡皮管快速充满水的好办法，但这时已失了原来那种在对抗中慌乱补水的乐趣，遂弃之不玩。

磨制石章。彼时在小学随老师参加篆刻兴趣小组。课余跑到铁路边去寻找一些石章的材料。那些石材只在一段老铁路边有可能被发现，且数量较少，混杂于普通铁路基石之间，外表较难分辨，往往要通过敲击观察脱落部分才可确认。这类石材质地极佳，石质极细腻，刻制过程中极少迸裂。

觅得石料后，在水缸边用钢锯条将其分割成片状，继而分割成条状，再沾水在缸沿细细打磨，一方方大小不一的石章便具雏形。然后涂以烛油，在火上略略烘烤，以布擦去多余蜡油，此时即告功成。此时的石章润泽规整，蛋青色的底色上呈现极自然的黑褐色斑纹，漂亮非常如同工艺品，是进贡给篆刻指导老师的佳品。

那时的水缸周围，便是我的手工作坊，我常常因为专心致志地工作而忘记吃饭，招致大人的呵责。我的作品产量和质量一度呈现出一片大好形势，让邻家小孩羡慕不已。后来，我的篆刻兴趣终告流产，我将其归咎于制作石章的乐趣远胜于刻章的乐趣。

3

水缸边爆发的唯一一次战争，即来自我与那位花草专家的孙子之间。

其人读书欠佳，顽劣异常，终日游荡在外，不务正业，却有一手抓鸟摸虾的好本事。因此常闻隔壁传来严母对其施以臀部掸帚之刑的哭喊声。每每声震四邻，极具穿透力，如同杀翻一头小猪状。

一日这家伙去塘边垂钓，获两指长小鱼两条。因为养在自家屋前水缸内易暴露其顽劣行状，便自说自话将其放入我的水缸乐园内。我去缸边磨制石章时，发现有两尾小鱼在其中嬉游，甚感意外，从厨房取来火钳试擒之。正好其人也放学回家，见我在缸边手持火钳全神贯注，心知不妙，就大叫道："莫动我鱼！"

见他很焦急的样子，我就想戏弄他一下，说："谁说这鱼是你的？我偏要抓起来玩玩！"他听到这句话，急奔过来，试图阻止我的行径。这时，我已用火钳夹住一条小鱼头部，见他来夺，连忙将其夹离水面。他扑过来与我争抢，一来二去手上自然用了劲，可怜那小鱼尾巴左右甩了几下，便被夹死在当地。

他放弃了争夺，蹲下来看了看那鱼的躯体。确认其已死亡后，他缓缓站起身来，泪眼中喷射着愤怒与复仇的火焰，然后，果断扑过来与我展开殊死搏斗。

那时我大他几岁，比他略高半头，不想欺小。可他已作疯狂搏命状，嘶吼着手脚齐用，颇具气势。我自觉理亏，无心恋战，只好避其锋芒，绕缸疾走闪避，一时情景颇有荆轲刺秦之状。

如此缠斗几圈，他一时追我不上，便停下来。他一停我也停，隔缸对峙，气喘吁吁。他向左我就向右，他向右我便向左，我们就像配合默契地在丈量水缸的直径。

他休息了几秒，感到有力气了，便又拔脚来追。这时，我已恼火，急于摆脱纠缠，突生一计，边跑边用手舀起缸里的水，泼向他面门。他猝不及防，用手掩面。这时，我果断借离心力脱离水缸，向院中跑去。他发觉中计，更为恼怒，紧追不舍。于是，我们在院角各自捡拾一条花草专家用来搭花架的竹片，终于扭斗在一起。此时，他已势同疯虎，人虽小，但全力扫来，我以竹片格档，震得虎口发麻。我想，他若习武一定是块好材料。

僵持不下时，忽有一人影从屋内闪出，飞起一脚将其踹翻，一手麻利执其耳，还未及反应过来，便听得他发出极具穿透力的尖叫，如被他所钓之鱼，直往自家屋内踉跄而去。我手捏竹片呆立当地，终于辨认出那正是他母亲。望着其母健硕的背影，我未曾料及其原来身手如此不凡。

我的对手留下的竹片掉在院子的石板地上，寂寞无比。

少顷，又一声长长的尖啸从屋内极深处传出，带着委屈与愤怒拉开序幕。

老镇的人都是这样，遇自家小孩与人争斗，不问缘由，无论受

伤与否，总是责罚自己的孩子，从不轻易与对方家长交涉。这便是
小镇彼时民风淳朴之一。

数日后的傍晚，我坐在老屋门口看书，那武学奇才极神气地拎
着一个小塑料桶从我面前来回经过几次。我装作没有去看他，这使
他很焦急，故意弄出很大的脚步声来吸引我的注意。其实，我早看
见那里面有小鱼数条，这是他以自己的战果来向我示威。

我实在烦他不过，就假装往他桶里瞟了一眼，问道："你钓来的
啊？"他很神气地说："那当然！"我说："不错啊！"他居然一下
子变得谦逊起来，大方地说："你要不要？抓两条去！"我刚要搭腔，
便见他母亲的身影从院子那头出现。我连忙说："你妈妈来了。"他
惶恐而敏捷地将桶塞到我身后，若无其事地往家里走。

这次以后，我们和好了。据说，这奇才因顽劣，读书习武均未
成正果，十数年后有人告诉我说，其征战股市，已成一小范围内股神，
为人荐股无数，获利颇丰。可见，聪颖的人最终大都可以在某一方
面验证自己的异禀。

4

小院的外面是一块约十平方米的空地，泥地。

这块泥地是打弹子的绝佳处。东侧有面泥墙是我家老屋的，靠
泥墙一侧散落着四五株高瘦的苦楝树。对这种树，我没有什么好感，
树皮和结的果实有一种苦涩难闻的味道。

空地正对的是一间老屋，里面住着三代人：一个不说话，但脾

气暴戾的老头，很老了；一个是老头的儿子，好像是在酱菜店工作的，独臂，一个中山装的空袖管老是在风中飘荡，面部呈方形，有深刻的皱纹，总是保持神秘的微笑，像一个英勇的游击队长；他的老婆，头发有些花白，总是穿着靛蓝围裙和套鞋，终日佝偻着背忙碌进出，紧抿着嘴，呈一脸苦相；他们有一个儿子，大龄青年，长着一个很大的脑袋，很早就谢顶了，也是个厨师。

这家人很少发出声音。那个老人留着山羊胡子，脸瘦削且有大片老年斑，常常搬一个躺椅，穿一身旧棉袄裤，坐在门前的空地上，晒着那点微薄的阳光。他可能是得了老年痴呆症，行动也极迟缓，拄一根铁制的外面套着塑料管子的简陋拐杖，迈不开步子，常常是挪动几米路需要很久的时间，像一只蜗牛。他晒太阳时，他的儿媳妇在杖头上挂一个最小号的小铝壶，里面是温好的劣质黄酒。

开始我们不怕这个老头，因为他追不上我们，没有威胁。有一次，我们无聊中以顽劣的姿态挑衅他。那个武林奇才腰上插着一柄木头手枪，讯问老头："老东西，快说，地下党在哪儿？不说老子毙了你！"完全是当时流行的电影对白。

奇才见老头没有作声，便有些得意，大声重复了一遍。

众人随之哄笑。后来看《水浒传》，读到"市井泼皮"一词时，便想起这是对彼时我们的最好注解。

老头抬起浑浊的双眼，扫了我们一阵，喉咙里发出低沉的呼噜声，像一只警觉的猫。随后，他拄着拐杖慢慢站起来，趿着棉鞋向我们靠近。奇才此时嘴里还嘟囔着："老东西……"

老头举起拐杖指着我们。我们以为他要说些什么，可他什么也没说，忽然把手里的拐杖像标枪一样掷向我们这几个人。这个举动虽很突然，但我们还是来得及像鱼一样四散奔逃。

那支铁拐杖划了一个弧线，尖端扎在泥地上，发出沉闷的撞击声，并砸出一个小坑。我们有些惊恐，但还是在数米外与他对峙着。

老头没看我们，花了好几分钟慢慢挪过来。在失去拐杖的依托下，他显得更为迟缓，如同蜗牛。他弯下腰拣起拐杖，我们不自觉做出向后退的样子，好像老头是王成，我们是美帝国主义。

老头拄着拐杖又慢慢挪回去，颓然坐回躺椅上。刚才的举动显然消耗了他太多体力。他坐在那里，低着头微微颤抖。有人发出一声惊叫。我们循声望去，见老头靠在椅子扶手上的一只手上流出一缕鲜血，顺着手指淌下来。不知是不是老头刚才袭击我们时，在什么环节上把自己弄伤了，总之，见了血使我们的游戏变得索然无味，遂发出一声喊，奔走四散。

数日后，我见老头手上缠着厚厚的纱布，仍然无声地在小屋内进出。我们不再去招惹他。游戏时，我们甚至有些提防他手上的拐杖。后来，我们慢慢卸去戒备，与老头互不侵犯，如同没有食物链关系的两个动物种群。某次，听长者口中说起那老头年轻时系坊间流氓，剽悍异常，曾赤膊空拳以一敌三，复又对其敬而远之。

5

暮春，老屋四处常常弥漫着一种介乎香臭之间的浓烈气味，让人昏昏欲睡。

我知道，那是泡桐树开花了。

向我们投掷拐杖的老头屋前的平地上，生长着两棵巨大的泡桐树。其中一棵被另一户人家的院墙包围起来，另一棵则有两个小孩合抱那么粗。树冠张得很大，遮挡住我们仰望的视线。有时放学回家走在树下，突然有什么东西会砸在头上或身上，弹性极好地弹落到地上，那是泡桐小小的钟形花萼。

武学奇才的叔叔在傍晚时分扛一柄"工字牌"重磅气枪，站在泡桐树下。枝丫间常常有麻雀三五成群地飞来，跳跃嬉戏，早晨地上会有很多新鲜的青白色的雀屎。那青年射手举枪瞄准，铅弹准确地射中小鸟，那鸟便吱吱惨叫着从高处坠落，发出沉闷的声音。我们便去争抢，如此三五回后，青年射手得意地叼起根烟卷，像完成一桩光荣的使命般收枪离去。

我喜欢下雨的时候，泡桐花被雨水淋湿，打落下来。白紫色的花瓣纷纷蔫萎在泥地，如同纸质，其状极美。那雨声因打在树枝上而凸显淅沥之声，顿生凉意，仿似少年的忧伤。

那个夏日的傍晚，我独自来到泡桐树旁，玩伴已经散去。我从百货公司新买了一柄售价六毛钱的小水果刀。记得那柄单刃小折刀为上海"双箭牌"，长约寸余，刀柄覆以黄色半透明的有机玻璃，刀身如扁扁柳叶状，锃亮精美异常。

那时，我们常常用各色小刀在泡桐树身上划来划去。划过的树皮会渗出大量透明的树汁，如同眼泪。那树身上一度留满了我们划下的刀痕。我将那刀尖捅向树身，想试试小刀的穿刺能力。我看见那刀身上有一道夕阳反射的灿烂余晖。许是用力不当，那刀刃反折过来，切在我右手食指的前端，使我惊了一下。

我看那伤口初时并未出血，也未感到疼痛。过了几秒钟便如泡桐树汁一样涌出大量的鲜血。我用另一只手去捏住伤口，这时感到了刺痛。我捏着伤口往家里走。快到家门口时，我感到头晕，赶忙奔进屋子，在一楼门口的躺椅上躺下。这时，我感觉心慌起来，便连声大叫"奶奶"。我听见奶奶一边应声，一边踩在木制楼梯上走下来的声音，我觉得天色一下子暗下来了。

奶奶后来对我说，那时从楼上听见我的喊声下来以后，大吃一惊。她见我脸白如纸，双目紧闭，便连声询问我发生了什么事。我只说一句"手割开了，头晕……"，便迷糊过去。

我清晰地记得第一次晕血的体验：意识未曾完全丧失，但无法言语，心慌无比。我听见奶奶大声呼喊我的名字，并把我背在背上，朝着距家五六十米远的联合诊所奔去。

奶奶原在搬运工会做苦力拉车为生，体质甚为强健。我倚在她宽厚的背上颠簸着，听见她因奔跑和焦急发出的急促呼吸，听见她不停地回头问我怎么样，我却无法应答，耳内开始轰鸣。后来，我感觉自己被放在一张诊床上，听见医生从值班室赶来的声音。那医生翻开我的眼皮，用手电观察我的瞳孔，然后确定地说："这个病人休克了。"

我觉得医生的声音渐行渐远，变得缥缈。随后良久，我渐渐醒转，只觉有糖水喂入口中，浑身冷汗淋漓。我看见奶奶的脸上也淌着汗水，见我醒来，如释重负。

手指伤愈以后，在食指上留下一道浅浅的伤痕。从泡桐树边走过时，总会觉得那次受伤是对我肆虐它的躯体而给予的小小惩罚。很多年里，我见血即晕，直至后来从戎，每有受伤，以兵勇的心理勇敢面对，此症不治而愈。

奶奶已故去数年，许多事在她离去后让我怀恋。那次晕血时，她背我去诊所的记忆、那被汗湿的宽厚脊背、那焦急的呼唤、我醒转后她如释重负的表情，在心底某处始终被清晰地深藏着。

　　每次看见食指上那个浅浅的月牙形伤口，我便想起泡桐花的气息，老屋和关于奶奶的一些片断，在很远又很近的地方缥缈，如同那日傍晚的呼唤。

小 院

　　其实在临平这样的小镇里，原来是隐匿着很多的小院子的。随意踅进一条"初极狭、才通人"的弄堂，时时会遭遇就是一片意外的豁然开朗。

　　老屋，就处在这样一个小四合院的东面。

　　江南地气潮润阴湿。孩提时的记忆里总是充满了和玩伴追闹的场景。急速奔跑、穿梭于一条条老弄，经过一个又一个院子和天井。那些弄堂对我们来说早已了然于胸，甚于清楚自己的牙齿。

　　老弄是多数是黯黑的，院子多数是明亮的。有时候从明亮到黯黑，眼睛一时无法适应，那伸手不见五指的几秒内，略有慌张间夹杂着神秘刺激，感觉不可言说；从暗黑到明亮，小院的各色住民、衣物和植物令人峰回路转，柳暗花明。就这样一明一暗，节奏不定，若江南丝竹之婉转、缠绵悱恻，跌宕起伏，伴随少年成长中奔跑嬉闹的沉重湿润呼吸和脚步。

小院西侧种满了各类花草植物。我的植物学启蒙即从小院起始。那里的植物我能回忆到的计有：

月季花。用青砖砌成一尺见方的小花坛，中有月季花茎数枝。花茎粗如小竹，缀满坚硬暗红尖刺，茎极长，顶端长及屋檐瓦当齐平，以竹片捆绑固定方可支持。只顶端缀寥寥数叶，从不曾见其开花，但秋风起时，遗世寂寞，颇有八大笔意。

虎耳草。叶片在瓦盆内密密拥挤，暗青色叶片脉络清晰，叶面毛茸可爱，若猫耳。叶片下方垂挂细细的、金黄或者暗红的根须，须端卷曲，若波斯佳丽发端，细观极美。

一丈红。学名应该是叫锦葵吧，状若络麻，拔地而起，花色红，贴茎盛放，只需七八枝，气势便堪称壮观。

菊花、大丽花、牵牛花、茑萝（五角星花）、一串红、木槿、石竹、太阳花、凤仙花、夜饭花……我的记忆里应该充满了这些形形色色的草花，虽然都是极普通的种类，却使我不能忘却。

四合小院的东西两端的瓦片转折处，下方摆放两个巨大的水缸，专接天落水。东面这个是我的乐园。西面那个是花草种植专家的专用。

我是一个不喜早起的人。早上起来读书更是一件令我脑袋如糨糊的事情。但在整个负笈时代，我常常无奈而早起，捧一册教科书在老屋二楼窗台，这时就可以看见那位花草专家了。

他是一位干瘦而头发花白的老者，戴一副假玳瑁边的老花镜。穿着因季而异：春秋季一色的靛蓝色的中山装，干净整洁如同他本人；夏季是烟灰色的西装短裤加本白色的圆领汗衫；冬天是一顶黑色罗宋帽加玄色或老蓝色对襟棉袄裤。

奶奶一辈都喊他作"Y先生"，带了一种恭敬的意味。因为他不仅会种花草，还会书画，做的鹞子（纸鸢）更是镇上一绝。他的小楼窗纸上画了几笔兰竹山水，是芥子园的风格。有次学校搞提灯会，奶奶为了让我完成任务，特地去求他做了一个灯笼。那灯笼极简，是由四个篾编的圆圈组成，上履桃花纸，四面由他随手画了几笔山水人物和梅菊，还有首认不出来的行草诗。我提着灯随大队伍在街上游走，大人们看了，纷纷赞这小孩的灯好看。当时，我心里是颇有一些假威的自得的。我一直怀疑他知道"史埭春灯"这件老临平风物，因为从地理位置来说，他应该就住在曲园先生的北屋方位。

清晨时，他从转角的水缸里用洋铁勺子兜（舀）勺水，逆时针方向慢慢地浇过去，一边凑过去细细观察他亲手种植的花草。这时，他一定是把老花镜滑到鼻梁下方，以便及时调整视力的焦距。他伸手掐掉一两片老叶或斜枝，或者捉掉一两只虫子，无论花卉名贵与否，一视同仁。

菊花是最容易招虫子的。每当浇到菊花时，他便绕过不浇，待全部花草浇毕，回过身来，才把水勺放在菊花前，拿出烟来吸。烟该是蓝西湖，无过滤嘴。他极少吸烟，我只在每天清晨见他在浇花时点一支，边吸边四处再巡视一遍。这时，他并不细致地检查花草的生长状况，而是带了一点欣赏自己作品的意味。秋日清晨的院子里，空气洁净无比，青白色的烟雾淡淡缥缈，气氛如同仪式。

他吸几口烟，就把烟头往水勺里一浸。我在高处俯视，仿佛听见那烟头在水里发出轻微的"嗞"声。他慢慢把烟屁股里残存的烟丝剥出来，在水勺里来回用手指捻搓，最后将沾染了烟丝的黄色小半勺水仔细浇在菊花的茎叶上——这是一种驱虫的好办法。

他将水勺洗净后，就负手站在院子里好一阵子，什么也不做，也没有表情。阳光开始投射到小院子里，他就像得了一个无声的约定，转身走进屋子，不复出现。

　　Y 先生留下的那个水勺在半个缸盖上静静搁着，许久没有下雨了，屋檐下的蜘蛛网结得大大的，挂在老屋残存的半片牛腿下，小院在这个时候总是呈现出一种空寂，好像什么也未曾经过。

　　秋天来临的时候，小院的菊花开始盛放，形态色泽各异，虽然都很常见，但却很美丽。除了一两盆绿菊，那种色泽绿得非常浅淡，但又十分出挑，与那粉色、紫色、蟹黄的同类形成鲜明对比，那种绿有让你亲近的诱惑。这个院子里所有一切都老旧了，除了那些无声的花草。

　　我总觉得 Y 先生身上呈现出一种典型的古镇人味道，沉稳无闻，专心致志，默默生存，虽然悄无声息，却让我们敬畏。菊花开的时候，我们从不在院子里嬉闹追打，就连经过他屋前时，都是有意无意地蹑足而行，不知是我们害怕惊动了他，还是害怕惊动了花，也不知道自己是否在无形中，感染了他的那种说不出来的气质。

少年乌托邦轶事

关于乌托邦

　　这是二十世纪七十年代初一个国营厂的集体宿舍。

　　在我漫长和无所事事的童年时代，这个被农村包围的厂子像是一个世外桃源。一条公路隔开了生活区和生产区。在生活区，有独立的浴室、食堂、理发店，每周都有厂车载着回家或者进城购物的工人及其家属，喜气洋洋地开往杭州。

　　那些在厂区集体宿舍的日子令人怀念。记忆里随父母换过好几次集体宿舍。最早的是在山坡上的一间厂办招待所，五六个平方吧，只能放得下一张小床和最简陋的桌椅，在外面的走廊上搭起一个砖灶，生火做饭。清晨的阳光随着麻雀的啁啾从窗子里投射进来。因为那时还很小，所以记忆里只有这些片断，而且好像都是春天的片断，没有盛夏的酷热和冬日的严寒。

　　后来搬离了那里，转到一幢略大一些但十分破旧的宿舍住。在那里的几年充满了黑白而丰富的记忆。宿舍是一层楼，低矮阴暗，不见阳光。墙壁上的石灰摇摇欲坠，而且呈现出奇怪的黑色，像黑板一样的石灰墙。

　　这是一个真正意义上的乌托邦。我始终怀念着那个地方，但也始终无法给它下一个比较明确的定义。直至我读到高中《世界历史》关于托马斯·莫尔那一段时，我才明白：那就是乌托邦，一个少年的、黑白的、有点迷离的乌托邦。

情报处处长

斜对过的人家，是一对夫妻、两个女儿以及一个儿子。户主是个戴着像涟漪一样深度近视镜的干瘦男人，据说是在宕口拉石头的，重力气活。我无法想象这样一个男人如何拉得动一车石头。还据说他是个中专生。这就让我更不明白，中专生为什么会在这里拉石头？其时，"文化大革命"已接近尾声，他应该不属于需改造范围的"五类分子"。这个问题的答案到今天都不得其解。他的妻子，背略驼，脸色黝黑，沉默寡言，好像是得了多年的慢性气管炎，基本无劳动能力。好在几个儿女都出乎意料的健康。

这个家庭的困难是可想而知的。一个男人，要养活包括自己在内的五口人，三个小孩还要读书，妻子是药罐子，按理来说，应该充满悲剧意味。但事实上却并非如此。这个家庭充满了无厘头的色彩。事隔这么多年，想起这个家庭，我就充满莫名的快乐。这么说，并非是我没有同情心，也绝无嘲笑他们的意思。

男人长着一张布满皱纹的脸，当时不到四十岁的年纪。这使我在很长一段时间内产生一种错觉，以为四十岁的男人便已经很老很老了。他的脸有点呈菱形，戴着假玳瑁边的深度近视眼镜，看上去有些意味深长的搞笑，也令他看上去极易让人产生非常狡猾的错觉。他的这张脸在这个厂子里知名度很高，几乎所有人都认识他，而厂子里的一个科长倒未必大家都得。那是因为他长得像一个著名的反派演员。这个演员出现最多的就是在一部叫作《渡江侦察记》的电影里，饰演国民党的情报处处长。

那时，厂子的食堂里经常放映免费电影，我的邻居一家每场必到。由于片源很少，总是循环播放，观众对所有电影的情节几乎了然于心，每次情报处处长在屏幕上一出现，甚至将现未现之时，许多观众就开始大声喊叫他的名字，然后引起满场大笑。这也许就是当时规模最大、最有轰动效应的群众娱乐项目吧？有一次，同样的情形出现时，我也跟着大伙起哄，突然惊闻背后传来一阵与众不同、类似雄性鸭子发出的干笑声。回过头去，我分辨出那是邻居发出的，他的深度镜片在黑暗里反射着屏幕的光线，呈现出一种神秘莫测的意味。

"处长"是个非常幽默而达观的人，不会因为大家给他起了个"情报处处长"的绰号而生气，他甚至很有可能觉得自己要真是国民党处级干部那倒好了，起码可以轻松养活一家五口。

据说，每到夏天，他在食堂吃饭时，总会先灌下两大碗免费的咸菜汤，然后再要上半斤饭，这样可以暂时骗过空虚发慌的胃袋。按照他的工作强度，最起码要一斤饭才可以打发过去。即便这样，他还是很达观，每天晚上都坚持用他那台"红灯牌"短波收音机收听《美国之音》。我甚至一度怀疑，他真的是国民党特务。他表现出很权威的样子，并且喜欢用书面语。他说，我对他们（儿女们）

是"大棒政策"。僧多粥少，儿女间经常因为吃饭"分赃"的事发生争执，而他大声坚定地威胁某个子女说："你不要再吵了，再吵的话我要下毒手了！"于是，一屋静默。

夏天的傍晚，我们保持着乘凉的习惯。在屋子前一块十几平方米的空地上泼上几盆冷水，然后放上椅子或者竹榻，大人们便开始天南海北地神聊。当年的夏天真的不算热。"处长"穿条洗得有些发白的靛蓝色平脚短裤，赤膊执一把蒲扇，对时事了如指掌，并且一针见血。那时，"运动"已基本结束，言论渐渐放开，他的话题开始转向克什米尔公主号坠机的内幕。蚊子好像特别喜欢叮他，时不时见他伸手往腿上一拍，响声过后，他得意扬扬地用两指不停地捻着那只不幸的猎食者，直至把它捻成细细的条状。他好像非常喜欢这个动作，甚至为了这个爱好故意引诱蚊子来咬他。

我和"处长"的直接接触止于澡堂里的一次纠纷。那时，厂子里的澡堂是免费的，几乎天天开放。于是，一年四季，澡堂内都人满为患。一些工人甚至像古罗马的政客般，把澡堂当作了议事厅。我不太愿意去澡堂是因为那里的空气特别让人憋闷，大池里的水太热而且太脏。我不明白大人们为什么这么喜欢待在那里，尤其是"处长"好像特别喜欢去。我几乎每次都可以看见他得意扬扬地泡在大池里，高谈阔论。

那天，我站在大池边，寻找空余的淋浴龙头。他见我站在那里，走过来，出其不意地撩拨了一下我的生殖器，然后一脸得意兼阴险地笑着走开。周围几个大人见状，也笑起来。那时，我不知道他们为什么笑，却直觉自己受了羞辱，于是一声不响地追上去，猛地曲起拳头打在"处长"腰间。由于尚不懂按照技击的握拳规则，我记得自己的中指第二关节突出在外，刺中了他。他一脸惊愕地回过身来，过了几秒钟，他看着我，像是自我解嘲似的鸭子般干笑起来，随后，把身子浸入大池的水里。其实，我知道他真的很痛。

次日傍晚乘凉时，他看见我明显有些尴尬。我注意到他背后被我击中的部位拱起一个不可思议的大包。我不太敢相信，那是我干的。

高中生

　　关于这个"情报处处长"的记忆基本也就是这些了。事实上，我对他的儿子的印象更深。我曾写过一篇名为《高中生》的小说，主人公就是这个人了。直至今日，我还是愿意把他叫作"高中生"，不仅是因为他没能考上中专或者大学，而是他在我印象里，永远只是一个高中生。

　　这个高中生继承了他老爸的幽默本性，但他的幽默一直表现得非常严肃，其生俱来的无厘头让我直到今天还钦佩不已。我是一个真正能发现他的长处的人，甚至能发现他自己都没发现的长处。

　　他是长子，底下有两个妹妹。好像从认识他起，他就不用干什么家务，只需要读书，考上中专，然后农转非。这是他父亲给他定下的人生目标。他怕他老爸。我注意到他父亲对他的学习督促得非常严厉。由于旧房子的透音效果相当好，我经常听到"情报处处长"这样反诘"高中生"："我省吃俭用为什么？啊！你倒说说看？！"

　　我认为他对父亲已经达到一种敬畏的地步，尽管他父亲经常被全厂子的人取笑。有一天早上，我走过他家门口。他家很小，可以一览无余。我看见他神情紧张地站在屋子里的一张凳子上，伸手解挂在屋顶的一大串粽子中的一只。我立刻悄悄跑回自己家里，从床底拿出一双高帮套鞋穿上，然后大摇大摆地从走廊里走过去，发出"哼哼"的脚步声。因为"情报处处长"在宿口干活，总是需要穿套鞋。我走过他家门口时，看到高中生惊慌失措地从凳子上跳下来，由于情况紧急，失去重心，整他个身子在地上晃了好几晃，最终还是用手撑在地面上。他的眼神像刺猬一样惶恐而警觉。等他看清是我时，才站起来说："原来是你啊！"我大笑着说："你以为是你爸爸吗？"他说："是爸爸又怎么了？"他吸了吸鼻子，自我解嘲道："我只不过是怕粽子松下来砸到我！"

我们宿舍的外面是一道围墙，隔开了农村和工厂。有几个傍晚，我坐在外面看书，他总是很潇洒地端着一碗晚餐的残渣冲到围墙边，一甩手把碗里的残渣抛到围墙外边。每次抛完，他总是很得意地冲我瞟上一眼，多少带一点表演性质。我知道自己个子和力气皆小，是不可能做到像他那样的。终于有一天，他冲出来准备表演时，我及时喊住了他。

我问他，你可不可以扔到很高很高？他瞥我一眼，不屑于回答我的问题，却助跑了一下，然后把碗里的东西狠狠抛向高空。我看见一起飞向天空的还有他脱手而出的瓷碗。他反应很快，急忙冲上去试图接住那只碗。但那只碗在离他指尖很近的地方以 9.8 米 / 每秒的自由落体速度在他面前的水泥地上，发出清脆无比的碎裂声。

他的肩上落了一些鱼骨头。他摇了摇头，很沮丧的样子。接着，他便气急败坏地迁怒于我，眼放凶光，说"都是你害的"。我看出他想动手揍我，但这时有一个身影敏捷无比地从宿舍走廊里窜出来，然后是一记清脆的耳光。我真的第一次惊讶地发现"情报处处长"的身手如此敏捷，出手稳准狠。高中生慌不择路，转身窜进了不远处的女厕所。"情报处处长"站在外面大骂，并多次威胁如果高中生不出来的话，他就要采取措施了。他解释说，他的措施包括五马分尸、点天灯和凌迟，甚至很气愤地责问儿子："你躲着不出来，是不是想当查理一世？"我是在若干年后在历史课上读到"查理一世上了断头台"一节时，才理清了这个典故与由来。为此，直到今天，我还对"情报处处长"的旁征博引钦佩不已。

不过，"高中生"没有上成断头台，也没有成为中国传统酷刑的牺牲者。第二天，他有些鼻青脸肿地从我面前经过，仿佛知道我想揶揄他，及时而轻松地扔了一句话给我："我躲在女厕所里，他才不敢进来呢！"

除了上述事件，"高中生"还有几个片断令我记忆犹新。

一件事是有一天我经过他家，看见其兄妹三个在灶间里忙碌。我过去看，发现他的两个妹妹在灶后生火，他则在灶前忙碌，好像有种焦香味飘来。后来，他把成果展示给我看，原来他们把一些米放在锅里炒熟当零食吃了。他们的表情让我确信，这是一种非常美味的零食。

还有一次，我发现"高中生"用一个"英雄牌"墨水瓶子装了一些米饭，用一根筷子淘了一些酱油在里面，然后淘着吃，有滋有味的样子。我同样相信那是一种非常好的料理方式。我觉得"高中生"兄妹的革命乐观主义精神和创新精神是我毕生所无法企及的。

可能"高中生"把他的创意全用在了那些方面，他的成绩不算很好。高复班读了两年，第一年考上了，因身体不好放弃了，据说主要是由于视力问题。第二年也上了线，但好像是被有关系的人调了包。"情报处处长"非常愤慨，多次向录用部门提出严正交涉，并表示要上访到省教育厅及国家教育部，后来还是不了了之。

因实在供不起"高中生"再复读，"情报处处长"最后只好提前退休，利用当时的国家政策让"高中生"抵了职。如此，"高中生"总算有了一个编外职工的名额。很多年后，我曾在这个城市的广场一隅遇见他，他的目光平静得近乎呆滞，没有了彼时的惶恐。也许，一个人在知道自己的一生将被如何定位后，反而会变得从容起来。

我想，他可能未必能认得出我了。

两个老头

突然想到两个老头。

这两个老头之间没有必然的联系，但他们几乎同时让我回忆起来，非常有趣。我不知道他们的真实姓名，想来他们仍在人世的可能性不太大了吧！

老头甲，一个小贩，在当时很少见的小贩。"文革"后期敢于挑一副担子走街串巷做买卖的人并不多，这个厂子里的人比较排外。我亲眼见到一个鸡毛换草纸的义乌贩子被几个青工揍得口鼻流血，落荒而逃。但老头甲例外。老头甲仿佛是和这个厂子共同出现的，自打我记事起，就见他每天大清早准时出现在职工食堂门口。那里通常还有一些附近的农妇，带了一些自家种的蔬菜来卖。老头甲的容貌我一点也想不起来了，但还记得他担子里的货物——两个竹篓，上面放着两个扁扁的木盒子，分成很多格子，上覆玻璃；下面是一些彩色的糖球、扑克牌、橡皮筋什么的；另一边通常是几个冷却的菱形甜烧饼，还有一些软软的油条，有时还会有一些水果。夏初的时候，我最喜欢吃他带来的一种桃子，五分钱一个，非常硬，微酸，个儿小，但咬上去却很有嚼头，并略带一些鲜味。我一直认为桃子就应该是这种口感和味道，尽管很多人认为水蜜桃更好吃，更像严格意义上的桃子。我想，我一直到今天仍然固执地喜欢吃硬桃子，可能和这段记忆不无关系。

大人们都说，老头甲是个"生意精"，良心黑。他们告诉我，他贩的桃子是从树上筛下来的次品早桃。可我们这些小孩子无一例外地喜欢拥在他的担子前，因为他的小玩意儿和零食是别处没有的。他仿佛永远坐在那里，精瘦黝黑，戴着一顶烟灰色的罗宋帽，目光沉稳，淡定从容，无视周围工人们嘲讽的眼神，因为那时候像他这类人一般是不太被人看得起的。他每天都会准时出现在食堂门口，所有的货物都是不二价的。油条三分钱一根，但其实只是半根，他把整根的油条撕开了卖。但他的油条很好吃，和食堂里的不同。有时，大人们会拎着小孩子的耳朵来阻止交易，老头甲从不表示抗议，他身上好像有一种东西吸引着我们，让我们流连，而他可能也因此获得了自信。这个貌似猥琐的老头儿身上的气质深深影响了我。我却又说不出为什么对他的记忆会如此深刻。

老头乙，供销社里的老职工。这个供销社和厂子无隶属关系，却承担了数十年来物资供应的职能。全厂工人的油盐酱醋基本都来自于此。它形成了垄断，但严格执行指令价格。

老头乙长得也很瘦小，戴一副黑框眼镜，穿灰蓝色的中山装，戴靛蓝的袖套，面容沉静，坐在柜台里面看报纸。他把看报纸这件事做得从容不迫，天经地义，仿佛这也是他工作的一部分。他看报纸的样子很特别，由于深度近视，近乎"睁眼瞎"，阅读时他几乎把报纸贴在自己脸上，就像现在美女做面膜一样。我常常帮家里买盐或者酱油，每次看到他这样费劲地看报纸，总是有点同情。但他并不认为自己值得同情。他对顾客从不含糊，童叟无欺。我递上一角钱，他拿过来往鼻子方向贴一贴，很快看清了面值，然后转过身去，把一个纸袋吹开，用铝制的发黑的小铲子铲了盐装进纸袋，放到托盘里称。为了看清托盘上的刻度，他照例把脸凑过去，旁人看来，这个动作倒像是在嗅盘秤上有没有什么可疑的气味。称完了，他把袋口折好，塞好，递到我手里，然后一声不吭地重又把报纸贴到自己脸上。

我奇怪的是，他做这些事时，并没有因为视力的原因而放慢速度，相反，非常麻利。我后来看《动物世界》介绍非洲的响尾蛇"是靠两侧颊窝的热敏效应感知周围物体的存在"时，就想起了老头乙。他的动作不仅不慢，而且一气呵成，非常流畅，让我钦佩不已。

每天四点多下班，他也挑起一副担子，步伐坚定急速地走在回家的路上。

老头乙身上也有某种东西吸引了我，可能是他的自信。他没有犯过错误，一切都严谨而有序地展开，无论是否有紧俏商品供应，无论是否排起了长队。他身上好像充满了一种德国技工的品质，尽管视力上有缺陷，但能把供销社店员做到这个程度的人，我后来好像都没遇见过。

这两个老头如果还在世的话，也一定都记不起我这样的一个小孩子了。但一个人影响另一个人，不需要双方都知道。我只是觉得，他们曾在我的少年时期走过，影响我，直至今日。

呆　子

说完老头，就该回忆一下年轻人了。在我印象里，那个厂子里的年轻人个个都英俊无比。

一般来说，我对相貌丑陋的年轻人印象不太深刻。我当时认为年轻人应该都是英俊的，像电影里的法国男人。那时接触的法国电影较多，有《悲惨世界》《巴黎圣母院》，还有一些南斯拉夫、阿尔巴尼亚、朝鲜的电影，里面的配音简直是棒得不能再棒了。这是另外一个话题。

丑陋的年轻人中只有一个呆子给我印象深刻。他十六七岁的光景，发育得很好，老是在街上拍手大笑。他母亲倒是面容瘦削，我想她憔悴的原因可能来自于她的儿子。我常看到他在冬天午后的阳光里，安静地躺在母亲的腿上，让母亲用一个小勺子给他掏耳朵。彼刻，母亲忧愁的脸上印满了爱怜。这个场景在后来简直演变成了一个仪式。呆子特别喜欢去浴室。他的父亲长得很壮实，一脸正气，仪表堂堂。我始终想不通，这样一对夫妻如何会生出一个呆子来，不光呆，而且不好看。也许是因为痴呆而变得丑陋。他赤裸的身体在浴室里呈现出一种青白色，像早春二月黎明的天色一样。后来听说这两夫妻是表兄妹的关系，却始终无法得到确凿的证明。

他常常在浴室里大笑、大叫，在肮脏的大池里扎个猛子。也许他觉得这里是他的天堂。在他父亲的照看下，没人敢对这个呆子报以嘲笑。人们可以取笑"情报处处长"，却不敢取笑他。他父亲绷着脸，把他从池子里捞上来，一声不吭地为他擦洗身子，非常仔细和彻底，包括儿子的腋窝和腹股沟这些隐秘部位。我注意到呆子的生殖器硕大无比，让我产生了一点奇怪的想法。

后来的某一天，听说呆子死了，是淹死在大池里的。大池的水只到成人的腰部，他如何会淹死呢？也许他有羊角风之类的病吧，反正他死了。他死以后，我没有再见到他那一脸苦相的母亲，仿佛她和儿子一起死了。而他那个壮实的父亲倒是经常见到，双眉永远紧锁，保持着一种悲怆的神情，好像他生来就是如此悲怆。可是，他们为什么不再生一个呢？

一个呆子死了，很快就被人遗忘了。多年以后，除了他的父母，大概不会有人再记得他了。大概只有一个我，依然清晰地记得他。没有理由。

两个帅哥

很明显，"帅哥"这个词是现代流行词汇，那时在江南沿海没有这个说法，只是说某个小伙子"长得漂亮"或者"样子好"而已。所以，用现在的流行词汇去定义过去的人物时，总会有一种恍若隔世的感觉，因此，在叙述中我甚至怀疑自己是不是活得太久了。事实上，我知道当下的自己年富力强，酒量也是开天辟地的好，只是有些事过去得太过久远。为了尊重他人，我还是隐去当事人的姓名。

帅哥 A。这个小伙子身材颀长，皮肤白皙，眉清目秀。在我的印象中，他应该比刘德华还帅，不仅帅，而且身手敏捷过人。他可以轻松翻过我们宿舍前的那道高不可及的围墙，然后快速消失在乡村的广阔天地里。他的钓鱼水平很高，自己动手做的鱼竿细而长，精美无比，手柄上紧密地缠着暗红色的玻璃丝，竹节处用火烧烤整过形，形成匀称好看的花纹，并用细砂纸打磨过。这样的钓竿简直不是用来钓鱼的，而是一件艺术品。

鱼，他只钓鲴白条，一种和他一样细长敏捷的小鱼。他站在溪沟边，以苍蝇为饵，入水即起，半小时便可钓小半桶。姿势随意轻松，仿佛一切尽在掌握，又仿佛他和鱼是约好的，那鱼心甘情愿地来赴约，为他所钓。

那时，他可能初中已毕业，游手好闲，自在无比。后来，突然就工作了，也是在厂里，成为一个工人，而且是一个司机。可能是他父母托了关系，也可能是因为他的英俊和机敏，这是别人不能同时具备的两个优势。在当时，司机那是一个多么令人羡慕的职业。很多小伙子为此争得打破了头。但他却得了，就像为他所钓的一条鱼。最终，他去学了一年驾驶。这一年，我很是怀念他，尽管没和他讲过话。我还很小，和他不是一个层次的，有代沟。

有一天，他突然就回来了，穿着一件军用的工作服，黄绿色的。那时没有迷彩服，这种军用的工作服是很难搞到的。夹克式样，下摆有卡夫（cuff）和几个用来松紧的金属环。他让这些环啊袢啊的都松垮着，耷拉着。他让我坚信世界上最好的司机就应该是他这个样子。

最绝的是，他头上戴着一顶宽檐帽，是草帽。我们很快都理解他为什么要戴这么一顶帽子了，因为它是礼帽的替代品。那时厂子里经常放映一些关于中共地下党的电影，里面有几个枪法奇准的地下党就是戴着这种样式的礼帽。这种礼帽的头顶截面部分是尖尖的，整体像一粒瓜子的形状。这种类似于巴拿马式的宽沿草帽其实直到今天还有农民在戴，好像材质是蔺草。但他戴上了，就大不一样了。我甚至一度毫不怀疑，如果给他一柄枪的话，他的枪法也会如地下党般奇准无比。

但他不是地下党，是个比地下党还牛的司机。这个世界上最好的司机开的也是世界上最好的车——一辆厂里新买来的丰田海狮。

那时，我们不抵制日货。只有厂里的党委书记才可以有权力调用它。这样一辆车似乎从制造之日起就注定了应该由他来开，就像他的鱼注定为他所钓一样。有一次，我终于有幸坐进他开的车。那天是附近农村里的一户人家结婚，具体是谁结婚并不重要，重要的是我去喝了喜酒，帅哥A作为司机也去了，因为他的车被那户人家借用做了婚车。婚礼结束后，他用车捎我们回厂子。虽然路途很近，但我却因此第一次坐上了面包车，那辆被他擦得锃亮的白色面包车。

我坐在后排位置，看见他戴着宽檐帽，很轻松地一跃上了驾驶位。然后，他用两个手指轻松地捏住帽子前方的瓜子尖部位，头略低一下，把帽子摘下来，挂在右侧的一个钩子上。他转过头来冲我们笑笑，嘴角叼着一支"红双喜"，是用牙齿轻轻咬住的。随后，他轻巧地打着了火，车子往前一窜。他把后脑留给我，然后潇洒地转动着方向盘。车子在狭窄无比的村道上轻巧行进。他的手势很夸张，有时故意把方向盘打得很大，有点表演性质。我觉得他的车技非常之好，一切尽在掌握。

后来，帅哥A被抓起来了，是在"严打"期间，犯的是流氓罪，判了无期，送到青海去了。据说，他猥亵了一个同厂的少女。那个女孩子我知道，长得非常难看。听到这个消息时，我很奇怪他这样一个帅哥怎么会去惹这么难看的女孩呢？后来听"情报处处长"在晚上乘凉时说，帅哥A其实是比较吃亏的，应该是那个女孩勾引他的。后来有一次被女孩家人撞见了，女孩一慌就一口咬定是帅哥A欺负了她。那时是"严打"，于是他就被抓起来了。不过，这只是一个小道消息而已。

说真的，我今天想不起来他当年是不是真被抓起来了，如果是，确实是因为那件事吗？"严打"时，厂子里抓了太多人，大多是年轻人，以至于我都混淆了。不过可以肯定的是，有一天我发现那辆丰田面包车的司机不再是他，而是一个老成的，长得一点也不英俊的大师傅了。从此，他从我的视线里神秘消失了，不知道去了哪里。如果真像我记忆的那样，他现在应该减刑出狱了，或者回到了故乡。但我没见过他，也许见过了，但认不出他来了。

若干年后，我也学会了开车。有时，我喜欢戴着一顶耐克帽，在村道上行驶。我会把方向盘故意夸张地打得很大，感受车子的离心力。

每当这时，我就想起了帅哥A。

帅哥B。实际上，我到今天也不知道他的名字，而且按照今天的标准来衡量，他也算不得很帅。当时的审美和现在还是有些区别的，至少厂子里的很多女孩子都觉得他很帅。那时的审美尺度是以电影里的演员来衡量的，一会儿流行高仓健，一会儿流行那个奶油小生叫什么来着，有阵子放映一部印度电影《大篷车》，好像是讲述一群茨冈人的吧，里面好像有个男主角，长着一头卷发，和帅哥B有些形似。帅哥B的肌肉十分发达，与帅哥A相比，显得稳重一些，扎实一些。但他却没有帅哥A的那种轻松潇洒的气质。但这并不影响我对他的好感。他可以称得上是运动健将，常常穿着一个印着红色"5号"的白背心，提着左右八把热水瓶到锅炉房去拎取免费的开水。他和人打招呼时，会露出一口洁白的牙齿。

很多次我看到他在篮球场上闪展腾挪，矫健异常。他的腿上长满了浓密而蜷曲的汗毛，背心被汗水湿透。

但是，我对帅哥B的好感并未持续多久，终结于我自己亲手造成的一次意外事故。

那个冬天的傍晚，我突然对骑自行车产生了极大的兴趣，拖出父亲那辆破旧的二十八"永久牌"自行车，推到操场上去练习。由于个子小，不能坐在车座上，我便学着别的小孩，把腿穿过三角形的车梁练习骑行。没想到，一下子就成了，只摔了两跤，我就掌握了平衡的窍门，可以歪歪扭扭沿着操场转圈了。我非常兴奋于那种滑行的感觉。

后来天色暗了，我带着些许自信骑着车，像那些小痞子一样，试图从斜坡上冲下来。操场建在高处，有一长段约三十米左右的斜坡延伸下来，与厂里的主干道相交。斜坡右侧是操场的围墙，因此在没有到达主干道前，是看不见主干道右侧的状况的。我记得当时自己志得意满地骑着车滑行下来。

车速越来越快，我感到有些害怕，就去捏手闸，却发现那个本来就备受磨损的手闸基本失灵了。下滑的势能太大了，我在惶恐中听见发硬的刹车皮与钢圈摩擦时发出的"突突"声，然后，那条横在眼前的主干道快速向我靠近。

突然间，我失去了主干道的位置，确切地说，是什么东西挡住了我的视线。我一头撞向那个物体，得到了良好的缓冲，几乎是慢慢地连人带车倒在地上，身上没有疼痛的感觉，但心脏跳得十分厉害。

下面，我想简化一下整个过程，说说我清醒后了解到的所有情况。事实是，我以很快的速度滑下来，这时帅哥B拎着八把热水瓶从开水房出来，沿主干道健步走来。于是，我就像一颗彗星一样，一头撞上了帅哥这颗地球，并且把地球撞出了将近两米远，好在他落地的地方是一个巨大的垃圾堆。确切地说，运动型帅哥下意识的自我保护做得很好，他顺势以一个漂亮的抢背动作缓解了我的冲力，然后摔向垃圾堆。更神奇的是，他是拎着八把热水瓶完成这一动作的。

帅哥非常愤怒地迅速从垃圾堆里站起身来，并不怎么看我，就把热水瓶轻轻侧转，放在地上。他认真地把一把把水瓶里的热水倒空，检查一下外观，又试图把耳朵贴到瓶口去听。我知道这样可以检验水瓶的真空层是否完好，但是他显然忘了那里面刚装过热水，于是被烫了一下耳朵。他跳了一下，嘴里"嘶"了一声，立刻用手去捂耳朵。这使得他一度显得非常狼狈。我注意到他的运动短发上沾着半片发黄的菜叶子，他漂亮结实的、长满蜷曲汗毛的腿上沾满了一些灰尘和黑色的脏污。他用眼睛狠狠剜了我一眼，立刻转过身去，改用目测的方法来检查水瓶是否完好。

我多少有些尴尬地站在那里，车子倒在地上，轮子还在"咯咯"转动，像在嘲笑这场事故。他花了差不多半个世纪来检查热水瓶，结果我听到他松了一口气，因为这八把热水瓶居然完好无损。实际上，我比他更担心，要是真破了，我得让我父亲赔。

可是后来帅哥的话让我极度失望。他挂着菜叶子，充满讽刺地说："不会骑车！不会骑你就不要骑啊！豆子一样的人，还骑车？"

我一声不吭地站在那里，充满了悲伤。也许我眼睛里含了莹莹的泪光吧，他悻悻地转身用强壮的手臂拎起热水瓶，大踏步消失在我面前。

后来，我对篮球失去了兴趣，不再喜欢看厂子里车间之间的篮球对抗赛了，为要回避帅哥B。我单纯地认为，这样一个刻薄的家伙喜欢的运动一定不是什么好运动。后来，在道德课上，我把一条宣传口号与那个事件联系起来，那就是——心灵美才是真的美。

　　综上所述，自从我学会自行车起，在漫长的少年时代，我的车技得到了突飞猛进的提高。直到今天，我仍然可以用一辆普通的自行车玩出许多花样，如骗腿从车把前上车、从车的右边上车、单轮骑行、倒着身子骑、站在书包架子上滑行等等。

　　不过到后来，这种技巧练习从单纯挽救我的自尊进而演变为一种真正的乐趣，我甚至忘记要在帅哥 B 面前表现一下我的高超车技了。

彼时花

弄堂、石桥与那小子

青涩二三事

高中二三事

弄堂、石桥与那小子

1

我喜欢上学时走那条弄堂,喜欢到希望可以永远走在弄堂里,那种在路上的安定和愉快的感觉。

初一时,所在的学校是临时借用的,称为"分部"。从老屋到达分部,步行十余分钟。有好几条路线可以走,但我走得最多的便是经过弄堂这一条,堪称经典。

从老屋走出,经过小院子和花草专家的成果,穿过一条数米长的如隧道般黑暗的走廊,就来到有泡桐树的空地,走出空地,横穿过一条窄窄的街道,是一条长而笔直的水泥道路,那路紧挨着酿造厂的酱园,有一段围墙是用空的酒甏垒成,有浓重的酱味从园内飘出。那个酱园其实就是老底子的恒泰里,他家的什锦菜和醋大蒜都是极好的,已收归国有。

走到弄堂尽头右拐,继续沿着酱园外墙走,可以经过一口双眼井，那里是一个叫"大园"的居民区，有各色人等在井台忙碌。再往南就是那条我最喜欢的弄堂，叫作"顾家弄"。弄堂的路面为青石铺就，尚未用水泥覆盖，宽在二至三尺，迂回曲折，逼仄清寂。

走在这条弄堂里，两边的泥砖墙平整高企，那些条石砌成的墙门洞颇有意味，走一段便可见到几块刻着（×界）的墙界石。若推开其中一扇木门，经过一条短短如省略号的走廊，里面的院屋内涵之丰富令人吃惊。

经过弄堂时，没有车马喧嚣，无须担心和闪避车辆，偶有自行车穿弄而过，也早在十数丈外便闻车子飞轮的滚珠发出清脆的"咯咯"声，回响在狭长的空间里。

经过一个公共厕所，便看见靠墙一排淘洗干净的马桶，在那里晾晒，桶盖翻起，露出里面黄白的尿碱，旁倚一柄尺半的竹制刷帚，呈现很草根的生活一面。这时，弄堂已走到尽头。

出得弄堂穿过一条大街，就是桂芳桥，俗称"东茅桥"，桥堍有算命摊、羊肉馆、杂货店、点心铺、五金行若干，临河而设。早起经过，有市声和着桥下机帆船的马达声，有羊肉的膻香味和着煤炉的青白烟雾感染嗅觉与听觉，妥帖平实。

过桥，或略在桥上停留看一会儿船，便又下桥过街，进入另一条弄堂。这条弄堂同样逼仄狭长，但并无奇特之处，远不及顾家弄之洁净清寂，只是这弄的名字颇有些生僻有趣，叫作"其其弄"，意为曲曲折折。初时不识这两个字，念作"其其"。走完这条弄就到了学校。

那时，常有同学来家邀我一同上学，若无须上街购物，必走此线路，一同嬉闹着走完全程。口袋里常常装满自折的纸弹，以铁丝、橡皮筋制成的枪，互射为乐，或分享一小包盐津豆，交换一两张流行歌片，在弄堂里追逐，拣起碎瓦片比赛谁先掷中屋顶的瓦松……

少年时期就在不同弄堂里的来回穿梭中悄然逝去，如鸟儿的翅膀悄然掠过平静的湖面，有微漪，最终复归平静，不着一丝痕迹。

2

那时，常与我相约上学的小子传奇无数。

那小子瘦短黝黑，伶俐异常，初一时随父母从北方安置插班而来，便与我结为朋友。其人成绩较佳，做任何事皆有模样，书法国画极有功底，且颇具专业味道，他房间内有《芥子园画谱》，时习之。

尝看《神医华佗》连环画，得知"麻沸散"系曼陀罗果中提炼而成。院土墙边有野生曼陀罗数枝，那小子便专门到图书馆翻阅资料，与《本草》上图示比对，确认无疑后，遂从实验室盗得酒精灯和试管，采摘果实数枚加水熬制成浓缩汁液。并取来注射器，初欲在邻家小狗身上做试验，不料腿部反被狗咬伤。又见邻人养鸡数只，灵机一动，转而乃擒鸡注射药水半支，那鸡惊吓过度，放开后在地上扑腾，呈晕头转向状。其人大乐，于午后跑到我家宣告试验成功、华佗再世，并赠我药水半瓶。

而后，那院内之鸡被其悉数试验并乐此不疲，那鸡被反复注射不明药水后终扑倒在地，一一死去。

3

那小子几乎天天上我家，约我一同穿弄而过去上学。我与他玩得最多的就是比武——昏睡百年／国人渐已醒……那时电视剧《霍元甲》如日中天，校园内课余便见同学少年捉对厮打，皆有模有样、尚武精神，如电视剧中陆大安、陈真、霍元甲、刘振声状，校方屡禁不止。外人若入校，疑为一国术馆也。

我与那小子为固定习武搭子，通常多为我攻他守。时日一久，对对方招数皆已烂熟于胸。他身手矫健，防守密不透风。一日，我改变策略，换攻其头部为当胸直踹，那小子反应奇快，向后急纵，不料后方系一种植月季花之花坛，他往后纵去，一屁股坐在月季花上。

其人短小，因此多模仿陈真腿功招数，陆续照电视学会里合外合、连环鸳鸯、打旋子等各种腿法，并一一传授于我。一日学会乌龙搅柱，在操场上演习给我看，搅动地上尘埃飞扬，其人在尘埃中飞速搅动，潇洒异常，令我佩服不已。又一日在草坪上忽演示给我看鲤鱼打挺，叠腿下摆，借力腾起，稳稳跃起在地上。我一时惊为武林新秀，后得知系其苦练两周的成果。我遂下苦功，回家在地上铺好棉絮草席，十数日后也能稳稳跃起。两人在草地上比赛，他连蹦八个，我连蹦六个，终究比他不过，却引来同学惊羡目光，两人对视，颇自豪。

4

学校附近有一老天主教堂，已弃之不用，改为宿舍。课余，我俩常去那里玩闹，那教堂廊内光线极暗，拜占庭式建筑风格颇具神秘。我们一直怀疑那里某处有神甫留下的宝藏，多次搜寻终无功而返。

一日在走廊内追打，见廊内有码得整齐的干柴若干，便各抽取一根互搏。我斗其不过且战且退，沿走廊遁去，他见得势，便大叫擎柴猛追不舍。追到一半时，他忽被一道光罩定，我初惊为上帝显灵，细看时果然有一上帝模样的老者从廊内一扇门中走出，将其拦定。那老者怒叱一声，伸手揪其肩膀衣裳，将其半拎离地面，快速消失在走廊尽头。我急跟上去，见其半踮着脚尖被拖拽而行，其状略呈狼狈，手上还捏着那条干柴。我奇怪他为何始终不以陈真连环腿法反抗。后读《希腊神话与传说》，有一大地之子名叫安泰，离地便不能使出力气，最终为对手抓住脚踵毙之，方大悟那小子当时的窘境。

那上帝擒了小子，直将其送至班主任办公室。半小时后他回转，有泪痕但却拊掌大笑说"无事了"。谁知次日我与他齐被班主任叫去办公室，学习一封厚厚的投诉信。原来，那信是"上帝"写来的，那"上帝"为一党校退休教师，数千字的信分为若干页，用词华丽、立论严谨、说理充分、情真意挚，水平极高，可比相如之才，有许多词句为我们所不识。

我俩挨在那里认真学习，信从关心退休教师开始讲起，针砭社会之种种时弊，诉待遇之不公，党性原则等字眼触目皆是，后话锋一转，直指我等如何扰其清静，盗其干柴，对其身心造成严重伤害，将我等比作《茅屋为秋风所破歌》中盗其屋上草的顽劣儿童，叹世风之日下人心之不古，后呼吁校方要对我等严加惩戒，以儆效尤云云。末尾说，"以我一老朽之躯，死不足惜耳，安得清梦千万个，大庇天下退休教师俱安颜！若无处理结果，将向政府部门控诉……"

我俩站在那里，边学习边听老师的训斥，冷汗潸潸。后此事以挨训、检讨、全班批评了结，但那位"上帝"之信之抑扬顿挫、如泣如诉、慷慨激昂令我一直难忘。

5

学校围墙不知为何破了一个大洞。一日与那小子穿洞而过，即来到一居民小院。院内一角有一破裂氨水瓿残片，上有一手柄相连。兴起，我抓住那手柄，用力举过头顶，砸向地面，那残片居然坚硬无比丝毫未损，欲再试时，那小子见状，劈手夺过，运力发声喊，只见那残片坠地碎成数片，仅留那手柄完整无缺。小子大喜，拣起手柄反复端详，称此不失为一件工艺品也。

正得意间，忽从那居民家里杀出一个凶恶男子，怒不可遏地冲我们上下打量。少顷，他发现那小子手上还捏着手柄，人赃俱获，那凶恶男子不容分说，一把将那小子揪起，于是那小子又脚不点地被拎在半空绝尘而去，后又被班主任训斥一顿。我在办公室外忐忑不安，那男子开始执意要那小子赔钱，班主任与其交涉良久，证明那破瓿残片已了无经济、商业及文物价值。那凶恶男子见无利可图，嘟囔半天始悻悻而去。那小子在办公室里义薄云天，闭口不提我为始作俑者，最后他托我草拟检讨书一份，自己以清秀柳体抄写清楚交差了事。

我一直记得那小子两次被人揪起脚不点地的模样，虽狼狈，但其心理镇定异常，终究可成大器也。只是，由此可见人若生得瘦小，实在不是一件乐观之事。

6

走弄堂的乐趣随着初二搬迁到本部而结束。但我和那小子很快找到了新的乐趣。

本部校外有条河，那时河水尚未太混，河滩上的石块下常有小蟹可捉。河上有一座老石桥，年代久远，有些残破，桥栏上有莲花座，桥身爬满藤萝。桥下石缝长有野枸杞数丛，枸杞结出晶莹欲滴的红果子时，那古老与艳红形成反差，美不可言。

我记得那是十月初了。一日放学后，我们背着书包来到桥边。水已有些退下，露出桥基的石条。我戏言说，若有谁能从这桥基打个来回，那真是不简单的。那小子闻听，逞能之心顿起，说这个我行。我笑他吹牛，他反问道：“若我能打个来回如何？”我随口道：“不如何，承认你厉害罢了。”他一拍胸口说道：“看我的！”取下书包便直奔桥基而去。

那桥基下突出的石条宽仅两寸有余，且桥洞内壁光滑异常，无从抓手。他弓着身子，小心地用手抓在石条上方，将脚侧过来很仔细地搁在石条下方，竭力保持身体的平衡，慢慢地挪过去，我看他初时较紧张，后来慢慢就掌握要领开始娴熟，最终成功挪到了桥洞的那一端。

挪回来时他更为熟练，所谓艺高人胆大。挪回到一半时，他显然觉得这对他而言已是一件胜似闲庭信步的事情。他抬起头来看了看在岸上佩服不已的我，想做个什么动作，或者说句话来表示他的心情，但他没有说出口。我见他脚下有些虚浮，便想提醒他那石条很湿滑，可他终归还是不小心滑了一下，一只手向上扬了扬，身体好像有些失去平衡。由于习武，他的身体一直保持着很好的协调性，我见他处变不惊，半个身子侧斜过来试图调整，可是终究没有成功，他的身体开始向水面一侧倾过去，尽管如此，他的双手还是习惯性地以肩部为轴心，大幅度地转了数圈，像一只振翅的小鸟，最后，很无奈地以一枚炸弹的姿势后仰，沉重落水，溅起一大片水花。

他水性极好，少顷便从水里冒出头来，大口喷出水来，迅速游回，并上得岸来。他仿佛若无其事，简捷地从我手上接过书包，转身便走，使我一时看不清他的表情。有阵子没下雨了，校外小路上的泥土都浮起来数寸，他的脚步很坚定，湿润的皮鞋踩在泥路上，激起如雾的浮尘，留下一路的淋漓与脚印。

7

当晚去其家邀其玩耍，方知情况不妙。进得屋内，见那小子与其父对坐就餐，收音机正播新闻报纸摘要，其父脸色阴沉。我见小子皮鞋破败委顿在地，细看原为纸制，已尽为河水所毁，心知白日行藏已然败露，便不作声，盼其就餐结束溜之大吉。

　　父子二人对视不语。其父低头大口扒饭，那小子边扒两口边偷眼察言观色，其状甚为忐忑，如"这里的黎明静悄悄"状。

　　少顷，突见其父扬起手中搪瓷饭盆，兜头向其罩去。那小子早有防备，侧头避过，那半碗饭菜撒了一桌一地。那小子起身急退，其父猛扑过来，两人在狭小屋内缠斗作一团。我见其父攻势甚为凌厉，不免为那小子担心，欲上前助力。谁料那小子平日与我厮斗多取守势，其父手脚并用均被其成功格挡，竟未伤及其身。其父怒甚，顺手抄起拖把一柄猛捅过去，那小子猝不及防被捅倒在地，我见状不妙急呼"叔叔莫打"，并作势挡在那小子身前。其父已然愤恨之极，不顾一切拳脚交加过来。我不小心被踹中腿部，倒是给那小子争取了一点时间。

　　我当下心生愤懑，便顺手捞起钢折椅一柄与其父纠斗，那小子也举椅效仿。其父愈斗愈勇，我二人渐渐抵挡不住，且战且退，终于退出室外。我先撤身冲到院子，推出那小子的二十八寸坐骑"永久牌"自行车，飞身上车，大叫一声"快上车"。那小子扔下手中椅子，急奔过来飞身跃上我车，我死力踩车，便听见其父在身后大声叱骂，那柄拖把如标枪般带着风声从背后飞赶过来，稍失准头，落在我车一侧。其时，我们车已驶出十数米远，可见其父膂力极大。当下不敢回头，闷头踩车，直至拐过一个转角方有所松懈。

　　那小子与我甚为相投，直至高中分班各奔前程。十数年后参加那小子喜宴。那小子大学毕业后在省城创业数年，从小到大，贸易做得有声有色，拥有当时为数不多的私家车，已提前迈入富裕之列。其妻贤惠端庄，举案齐眉，实为皆大欢喜。在婚宴上再遇其父，慈祥无比，待我等小辈客气非常，早无觅当年勇猛严厉之状，但我仍有余悸耳。盖棍棒底下出孝子一说不虚也，那小子即是一例。

青涩二三事

1

某人自小木讷愚钝，数理尤甚。因长得文弱白净，所谓"聪明脸孔木肚肠"，多被老师误为聪颖，每每鼓励之，故整个小学期间压力较大，笨鸟先飞，尤以作文见长，获奖若干。然小学后期败象已露，研习数理每每力有不逮，加之玩心甚重，不思学业。幸我父轧出苗头，买来习题集，每晚从厂子赶回老屋，督促辅导之。及至小学会考，轻松过关，入本地重点中学初中部，一时引以自傲，此为后来种下之祸根。

至初中部，功课陡增，初时勉力应付，成绩尚在前列。

彼时班主任为一Z姓大龄未婚女，主教数学。小学时期班主任均为语文老师，因此每每收获褒奖无数，换至其任教，严肃认真，时以言语鞭策于我，怒其不争，家访时颇多贬斥之，令我惶惶。时日一久，吾破罐破摔，恨乌及屋，不再认真听讲努力进取，从此对数学厌恶至极。

　　既摒我所短，必欲长我所长，乃读课外书无数，知识面得以拓宽，尤以古诗古文最感兴趣。时教我语文之师长，亦系一女性，B姓，将至退休年龄，从未婚配，性格与常人有所不同。初时作文得其略略表扬，自觉还未引起其注意。某日布置背诵古文《岳阳楼记》，我为表现自己才能，连夜认真诵读，烂熟于胸，并理解每句文意。次日上课，其果要查验学生背诵，我成竹在胸，举手请试之。果被其叫起，我抑扬顿挫，从头至尾不错一字快速背将下来，引同学争相异而敬之。未料其以眼角瞟之，便察出我欲表现之心理，为教我做人道理，冷冷点评道，熟是熟的，就是背得太快了，也未必是好。

　　当时少不更事，未明两位师长之用心良苦，颇受打击，此后便钟情于河边捉蟹，嬉闹追逐，呼朋引类，不再用心于学业，现在想来，悔不可言。

　　那时教我们英语者，亦为一W姓大龄未婚女子，身材短小矮胖，双眼略有缺陷，若电影《虎口脱险》中误射自家飞机之德军士兵之眼，故得一外号，为师道尊严，不以明告。其人教学虽认真，但教法平平，发音甚为别扭，动辄以尖刻言语责罚学习不佳者。我当时不明就里，每见其上课，便误将其人形象与英语这门功课的形象混为一谈，以为学会英语必将如她般粗矮尖刻且有缺陷，故对其失去兴趣，懒于背诵，为今后成为劣等生埋下诱因。

　　此上三位师长，当时非大龄未婚女子，便为终身不嫁之老处女，未免对我等心理造成一定影响，好在大龄老师在初中期间均成功嫁出。Z姓班主任调往他校。W姓英语老师在我们初中待至怀孕，一日课毕，不小心滑跌于台阶之下，引得在场学生鼓掌大笑并额手称庆，并无一人上去相扶，可见当时人心不古之程度。其生子后，亦调离我校，不再出现。

2

我初中时期之老师个个有趣。

有一Y姓地理老师，白净魁梧，发略卷，文质彬彬，架副深度近视镜，双眼溜圆，有如时常惊恐状，讲一口沪上口音的普通话，有贵族气质，教学颇有大学教授风范，每上课，夹一长长地图挂图挂上黑板，充耳不闻堂下我等之吵闹，四十五分钟照本宣科完毕便转身走人，得一中国地理上著名沙漠之外号，事实上，我的地理成绩也不佳，那时我们总是欺他软弱无老师威严。某日师生足球赛，见其身着球衣在绿茵场上闪展腾挪，虽半日碰不到球边，模样却也很有专业风范，与平时着西装短裤和香港短衫的形象判若两人。一时同学奔走相告，一度对其肃然起敬，时日一久，便又回复当初。

一生物老师，W姓，四十不到的样子，身材颀长，瘦，在任一班级出现，那班便成清晨菜场，好不热闹，游戏的游戏、聊天的聊天，若周星星之百变星君授课之学校。其人充耳不闻，照旧捧书在教室四处走动授课。其常穿一件当时罕有之牛仔西便装，有顽皮学生伺其经过，便将准备好之小石块、扫帚丝、废纸屑塞入其敞口之西装下袋，未多时便满载而归。其人定力非凡，如若未见。一日做神经反射之实验，其人在植物园捕蛤蟆数只，剪去头部，持正负电极邀女生亲手试验，惊得女生绕室疾走。其人一脸严肃，持蟆紧追，惹得满堂大呼小叫，蔚为壮观。又一日，做血型试验，又举针向女生，要刺其手指以取血，又惊得那女生绕室疾走，后被逼不过，夺门而出，两人绕室外操场花坛急走，纠缠良久，一时传为美谈。

其人数年坚持锻炼，每日清晨穿一身蓝色针织运动衫，绕运动场奔跑数圈。一日大雨，我等经过其宿舍楼下，见其气喘吁吁，在一楼楼道做原地高抬腿运动，深为其运动精神所感。后有多事学生打听其原为南方一名牌大学毕业之高才生，不禁肃然起敬，期年后，我毕业离校，不知所归。

一 F 姓美术老师，瘦小精神，颇不俗。授课不疾不徐，从容不迫，讲述美术趣事逸闻，三年内知野兽印象抽象派，莫奈、凡·高、毕加索，极有趣味。一夏日午后，适其授课，因前一节为体育课，同桌体力透支倦极，便埋头卧于课桌之上，呼声大作，垂涎三尺。师捧书踱近，我见势不妙，急捅其腰提醒之。其惊觉，睡眼惺忪作惶惶状。师靠近轻抚其背道：睡吧睡吧，没有关系。夏日午后本就易困，撑着听课毫无必要，我等小时也常有这种经历，知道欲睡不得的难受……此老师之语历历在耳，吾至今未忘老师大名，虽数年遇师无数，未有其般令我记忆深刻，虽然他可能早就不记得我。

Z 姓班主任离去后，换一 W 姓新班主任，教物理。其人四十上下，棱角分明，有青色络腮胡茬，不苟言笑。他来担纲之时，适同学女生豆蔻年华，情窦初开，更有高年级及本级早熟男生响应之，那时琼瑶小说已日渐风靡，更是风助火势。他于是每日若特高课般在班级学校出没，若有风吹草动，必叫有关女生到办公室谈话，晓以大义，软硬兼施，然终究无济于事。我等每见其忧心忡忡，背手踱步，大有"早恋不绝，本大臣一日不还"之忧国忧民之心。由于专心治火，对我等懵懂少年便分心乏术、疏于管教，我便与那小子每日厮混吵闹，不亦乐乎。

一 X 姓音乐老师，女，教授五线谱。我天性愚钝，对音美之类艺术课反应颇为迟缓，虽感兴趣但终不得其门而入。其授课数年，仅记"下加一线 C 调 DO"之口诀也。但其授课风格及其人品为我所感佩。她开设音乐欣赏课，拎一双卡录音机，播放经典世界名曲，并逐一讲述其背景资料作者生平，自此方识柴贝等大师，欣赏到《卡门》《胡桃夹子》《天鹅湖》《塞尔维亚的理发师》《格萨尔王》等经典中的经典，也知爵士乐原非英国爵士专享与发明，系黑人草根音乐的起源……为后来我略通艺术欣赏打下基础。

一日，其拎录音机播放邓丽君之歌曲数支。那时，校园歌曲方兴未艾，邓氏情歌系当时社会上禁播之靡靡之音，此举令我等大跌眼镜。师解释说，何为靡靡之音？音乐无界限，邓之歌曲系特定环境条件下的音乐表现形式，你等若无欣赏过，怎知其为靡靡之音？一席话说得我等茅塞顿开。

其人虽四十开外，但思想开明。当时校方禁学生穿牛仔裤，她不以为然，并率先穿之。一次参观画展，见其篆刻作品数幅，以我粗浅眼光观品，觉其颇具功底不流俗套，可见，艺术原系相通。此师与 F 姓美术老师二人为我初中时期真心感佩之师长，虽她也可能不记得我。

W 姓英语老师离去后，换英语代课老师若干，有一女性代课老师其凶无比，动辄以"木头""呆瓜"斥之，后又更换无数，皆同走马观花；数学老师换作一脸苦相之中老年妇女，讲课如同嚼蜡，加之我等顽劣，功课每况愈下。及至中考临近，回望门门功课皆命悬一线，方如大梦方觉晓也。

初中三年，搬迁两次，从无潜心向学之时，倒遇趣师趣事无数，方知重点学校不过如此耳。至中考前，家长苦苦相劝，晓以利害，甜告之如初中毕业即去校入社会，终究文化太低而无觅好工作也，遂于中考前三天重拾课本，挑灯夜读至晨。那些书本内容多半为从零开始，及至发榜，竟稳稳上线，便又洋洋得意，以为大学梦终究可圆。岂知入得高中，风云际会，遇事无数，较之初中阶段，更为跌宕起伏，惊心动魄，且容我随后细细叙来。

高中二三事

1

入得高中，被分至一慢班，我无异议，但有得混便好。岂知无心插柳，竟又幸遇一良师。

那时班主任为一文学青年。彼时正值某西方自由化思潮泛滥之后，已为政党所归正。其人思想激进，常针砭时弊，指点江山。我等为其所感，亦随其后，读《人妖之间》《性格组合论》《梦的解析》《查拉图斯特拉如是说》《真话集》等杂书，便觉桎梏至今，终得拨开云雾见青天，叛逆之心日盛。每在作文课上借题发挥，作痛心疾首状，笔锋直指社会学校之怪现状。为吾师所识，终鼓励我小技得以发挥，从此在议论文杂文方面打下基础，指桑骂槐指东打西不亦乐乎。同学留言多指我锋芒过露不可方物。至后期读叔本华，方知人生原系一悲剧耳，便行韬晦之略，收敛锋芒专心攻读老庄。

此明师与我相处仅一年，但彼此结下深厚友谊，至毕业仍有联系，时常造访。后其调去省城大学任教，数年不得见，但知其早已抱残守缺，潜心训诂，有不闻窗外事攻读圣贤书之古风。如今每忆及，甚念之。

2

至高二分班，又被分至一文科慢班，那班主任 H 姓，故事无数，无厘头比后来的周星星有过之而无不及。在此不惜笔墨一一述之。

其人当时二十出头，主教历史。风华正茂‘风度翩翩，戴一黑框眼镜，留长发，颇有儒雅之风。冬日穿一粗花呢西便装，围一针织开司米白围巾，在脖子上缠绕一圈。若其振臂高呼，必维肖五四抵御外侮之热血青年。

我班当时已在教学楼四楼，课间同学数人常凭栏远望并议论纷纷。每见其上课，远远从楼下空地走来，左手拿一教案，右手夸张外张摆动，并翘一兰花指，斜肩跨步而行。初同学疑其肩膀有疾，被知情同学厉声斥之："H 老师这是潇洒与个性走姿之表现！"被斥同学便知理亏，噤声不语。

我班学生多为纨绔浮浪子弟，尤其是如我等通校生，终日不思学业，顽劣异常，此班与收容所无异。H 老师身为班主任，可见压力之大。但高中二年他担纲我班，毫无惧色，若他描述之曾国藩，屡败屡战、愈战愈勇。

其上课颇有特色,若今日赵本山之小品般生动好笑。开篇讲《鸦片战争》。提及鸦片为何物，他解释道："其物匪善，服用于人体有害焉。"有同学问之："如何有害？"他答："有害么，反正就是有害，吃下去后人会很精神；然后呢，就会很开心，跳来跳去！你说这东西好不好？"我们齐声答："好！"

讲《纣王无道》，说这个纣王很不讲理，有许多酷刑。为加深记忆，他指前排一同学说："打个比方讲，你反对纣王，好，很好。你就惨了。你晚上回家的时候，纣王派几个人，守着，等你经过，装入麻袋，擒至王前，先打一顿，问你，嘴巴还老不老了？还老？好，再打一顿。再问你，还老不老了？还老？好，再打！再老再打，再老再打，打得你不老为止。"

我今日仍对历史有浓厚兴趣，盖当年其上课之深入浅出也。

H老师才华横溢，琴棋书画样样精通，尤以书法见长。每进其宿舍，便闻星光墨汁之异味，满墙皆为习作，如入鲍鱼之肆，佩服其专业精神。观其作品，见其书法法无定法，恣意淋漓，无论中锋侧锋，摒弃间架结构，不拘一格，自成一派，实为不多见之佳品。我与其冰释前嫌后，他引为知音，尝以作品数幅相赠，奈我粗心大意，置之阁上，为猫狗所弄，最终沦为祖母引火纸也，实在自责痛惜之！

班上有美丽班花一二，始终为H老师所关注。课间辅导，常见其经过班花课桌前时，便俯身下去，贴耳辅导良久。班花每觉尴尬，侧身躲避，他浑若无视。

那时校园流行琼瑶小说，其首推《窗外》。琼瑶小说中男主人公多通音律，尤以吉他见长。那时学校风靡这种乐器，不乏擅长此道者。我为风气所盅，亦购得吉他一柄，师从一培训班学习弹唱，略有小成，但从未示人。H老师自学成才，购吉他在宿舍内苦练不辍。其喉咙小时有疾，扁桃体早为手术所摘除，发音沙哑，若公鸭状。

一日放学，其邀班花某到其寝室单独辅导。我等好事者三两人尾随至窗下，透窗隙望去，见其手持吉他，某班花在一旁作认真聆听状。他敲击六弦发出铲锅焦饭之声，以沙哑沧桑之声演绎流行歌曲一首：阿里／阿里巴巴／阿里巴巴是个快乐的青年／吼吼吼吼／芝麻开门……一时令我等捧腹无声笑翻在地。

那时教师清苦，其人倒也耐得寂寞，只怪食堂油水太少。每至期末家访，其必挨至餐时前往。小镇民风淳朴，饭时若有客来访，必客气让饭。其也不推辞，边饭边谈学生状况，其乐融融，后家长得知其特性，每至期末必备好酒菜待其。但亦有滑头家长，一边好酒菜招待，一边背后向校方告状。后校方教师大会上不点名批评，并重申家访一律不得在学生家中用餐。其原为首创性地搞好家校关系，未料得此下场，郁郁良久。

那时学生多素质低下，每与其发难。他骑一凤凰牌自行车，停放宿舍走廊，被人扎胎放气无数次，他叹人心不古，每在课堂摇头叹气以示气愤。后我高中毕业数年，亦闻常有顽劣学生晚间向其宿舍窗户投掷石块若干，冬日令其北风呼呼更无半片玻璃阻挡。他数度搬迁宿舍以避之，仍无济于事，与他相处之隔壁老师宿舍均毫发无损。毕业后我去其宿舍造访，见其窗户早已改为化肥编织袋遮蔽，再无惧投石也。

我与他高中时期仅发生一次矛盾。一日下午自习，我在课堂与同学讨论题意，讲至重点处，以手笔画之。适逢他来抽查，见我动作幅度大，便露似笑非笑之得意色，拿手指定我，要我出去谈。我未理亏，便无惧色，挺胸走出。及至走廊，他便肯定污我为随意吵闹扰乱课堂。我甚感冤屈，便力辩之并举人证若干。他辩我不过，又指定我说："若你是我弟弟，我一巴掌便过来教训于你！"我少年气盛，挺胸回道："你若动我一下，我必以死相拼，将你从这四楼扔将下去！"

他呆立当地，以手点我，道："你你你……"便再也找不出言语答复。我回身到教室，立于讲台，将刚才此番经过大声告以同学，引得掌声一片。他尾随进来，立于一旁，复点我道："你你你……"

我说完，顾自回自己座位，他悻悻而去，不复有话，引哄笑一片。

我毕业数年后，其人结婚复离婚，后去校赴京下海。据传他有兄长在京创业，置业无数，邀其同去发展，此后便杳如黄鹤，至今祖国形势一片大好，想必他早已事业成功，成老董级人物矣，我祝福他。

3

C某，时任校长，身材颀长，黑瘦，额头两侧若被重椎击打数下，呈凹陷状。实行大棒政策，对违反纪律之学生从不心慈手软，严厉责罚。我等觉得他对抓学生把柄并责罚是当作一项事业、一项专业来做，深为其数年执着如一日之敬业精神所感动。

他每日负手在校园内游走，抓夜里翻墙之住校生、迟到早退、破坏树木、随地小便、早恋、小偷小摸、追追打打、自行车放气、喝酒抽烟、衣冠不整、早孕早育、不孕不育……（最后那个系我猜测，未见他成功抓获过）。我曾于一日早晨接同学递来烟卷一颗，刚点上即被其成功抓获，后险被开除出门，后由家长具保得以续读。从此站在校方对立面，开展旷日持久之地下斗争。

那时办公楼外常有其亲笔签署之处罚学生布告，与法院判决书如出一辙，右下方有其亲笔签名，颇具威严。然其虽用心良苦，校内却越来越乱，各种状况层出不穷，常有校外不良社会青年窜入，打架敲诈、拉帮结派、寻衅滋事。C某终日双眉紧锁，手段日见严酷，被吾等称作白色恐怖。高二下半学期，我班有一良善同学，心理有缺陷，因随手拿一学生饭菜分食，被校方善诱之，后坦白罪行，被处以记过处分。其心理失衡，半夜起来去撞了火车，死状极惨。换来校方稍有宽松，生怕再惹出事来。但好景不长，不多时C某又如同警犬，在校内游走。历届毕业生俟毕业之日，必将课本文具甚至课桌等物从楼上随意抛洒，以泄三年恶愤。C某在某届学生毕业后，走在黑弄堂曾被不明身份人物暗算，蒙住脑袋一顿暴打，疑系毕业学生恶意报复，遍查终无所获。

4

遇H老师及C校长，我等自知愚钝，升学无望。便终日呼朋引类，在校内外窜进窜出，效仿《上海滩》，组织对殴，称为"团体操"。若有同学龃龉，必双方邀人，于课后在校外解决问题，通常两派后援均不出手，以当事人双方或各指定一人单挑了解恩怨。争端本就多为小事而起，约来双方彼此认识，因此多数打不起来。后来看《阳光灿烂的日子》，见到那些熟悉的青春场景，不禁热泪盈眶。

我在校时也曾因小事与同学发生争执，便约他校兄弟十数人，在校外决斗。对手无人可约撑腰，便单刀赴会，惧我气势，乃提出要与我一肥白兄弟决斗。我那兄弟生性良善从不与人争端，何况对手一米七八。众人鼓动下，捋袖振胆上前，两人拉开架势，对手只取守势。我哥们壮胆向前，仿照武打电影，缓缓击出一拳。那对手聪明过人，顺势扑上前来，以胸迎拳，假作被打中，又就势捧胸缓缓倒地。按规矩我等不能再打落水狗，便就此收手。他起得身来，连说我输我输。自此冰释前嫌，结为好友。其人毕业后考入一国家单位，后辞去公务员下海经商，今在街头遇见，熟络如前，事业小有所成也。

那时在班上发生争执是常事。有无势力者，便托人说项，最终真的打斗起来的极少。我那时有好友若干（请关注我后续之《好友记》），一时略有势力，虚荣心得到极大满足。后校外出斗殴等治安事件，派出所介入调查，我等乌合之众怕被定性为流氓团伙，遂随毕业临近各作鸟兽散。

那时社会风气不正，无治学氛围，若遇老师严厉，便可能祸及子女。我班上有一胖胖男生，架副深度眼镜，鼻梁疑似若有若无，常以手指习惯性推镜架数次，看去有些沉稳状，人颇世故，不拘小节，友之。不知为何人皆呼其外号为老屌毛。其母为他校老师，上课以严厉著称。顽冥学生积怨已久，便在校外伏击。一日他骑车上学，出得学校，便被七八小儿围住殴之。他虽身手不凡怎奈寡不敌众，挨数拳脚后脱身而遁。只那为首学生被其吃了一个眼罩。

他便来与我诉说，央我为其出头。我怒之，诺。次日呼死党二三人，又联合对方学校兄弟七八人，在校外守候。中午时分，那为首小子果青着眼圈驾自行车而来，见我等冲出，大骇，避之不及，便滚鞍下车拱手求告之。老屌毛得意非常，以链条锁鞭之，我等趁乱上去一顿狂殴，并令他悔过致歉。那小子被打得鼻青脸肿，踉跄而去。老屌毛于是推推鼻梁上的镜架，闪出两道神秘莫测之镜片反光,摸出早已备好之希尔顿烟卷一一散之,众人抽吸之,颇有成就感。遂散之。其人后考上中专,辗转数单位,据闻现任基层官员,很吃得开。

5

那时终日厮混有一同学外号为"格格巫"。身高一百七十八公分,瘦长,发卷,戴金丝边眼镜,三十米外看去颇儒雅。于高二从余杭镇转学而来。出手阔绰,动辄以三星万宝路等外烟散之,遂友之。常穿一黑色紧身西裤,将其麻秆身材衬托得益发突出。谈吐大气,谓家道殷实,有产业无数,家居镇中心,有店规模堪比百货公司。他居二楼,皆为防弹双层隐秘玻璃,里面看外面一清二楚,外面看里面什么也不得见。他交朋友皆为企业老板,每周回家必以外烟赠之。

每我等寻衅滋事,他必先躲其后,若对手弱,被打翻在地,他必冲上前去,以麻秆腿踹之,状甚英勇。为人极大方,有好烟酒多共产主义,在我圈内人缘极佳。

他原系风流种子。写得一手好硬笔书法。高二不久,恋班上一女生,苦追之。初那女生对其略有好感,无几日,不知何故,那女生对其翻脸怫然不见。他万分痛苦,每借酒浇愁,在校外破机埠泥墙上以派克笔写下情诗数首,多系名人经典摘录,中有"问世间情为何物,直教人生死相许"句,一时传为佳话。后临近毕业,那机埠泥墙被我一顿飞腿踹塌,情诗随之玉碎。

后有同学亦自他原校转学而来,问之格格巫家况,那同学听我等描述，嗤鼻道："屁！"他家在小镇一隅开得一家小杂货店，二楼居住只有木制窗格，每周返家必偷拿其母零售之外烟及营业款若干。我等知真相，为免伤自尊，未去揭穿，仍友之。

临近毕业，兄弟数人在他宿舍小酌。酒至半酣，他诵李商隐情诗数首，触景生情，连呼那女生姓名，状极痴。后有友看不过，便电那女生，不说缘由，邀其来聚。那女生来到，格格巫情难自控，作势欲扑之。那女生见状不快，掉头便走。他此时酒已上头，大呼道：你不要走！女生不理，顾自下楼。他复叫："你若狠心走，我便跳楼给你看！"作势往楼道直冲。此时两位兄弟将其死死抱住，那女生疾步离去。

他在室内不知女生已离去，哭喊着要跳楼寻死。我早看出他刚烈是假，烦他不过，冲过去喊，放开他，让他去死吧！说完拽他臂将其往楼道拖。他见状便将身子下坠不肯随我去。扑回床上痛哭一阵，酒意袭来便沉沉睡去。安顿好他，同学拖我至室外，问："若他真跳将下去，如何是好？"我答："那楼不过二层耳，他若真要寻死，决计不会在有人时选二楼跳将下去。"同学大悟，拊掌大笑而归也。后那段恋情无疾而终。

格格巫终不改风流本色，临近毕业之时在男女关系上还是出了一点事，随后调离本校，不知所终，我等不复再见。期年后从那镇上人口中得知其回家后，初时在当地一公司谋事，后发挥其如簧之舌，伙同本地混混玩仙人跳、调包计等诈取钱财为业，复沦入江湖，渺渺不得相遇也。

高中另有一趣事为连环恋。格格巫暗恋之女生，视格格巫情书漫天为不见，却钟情于我另一哥们，写情书若干；那哥们儿又不中意于她，而对另一班内班花情有独钟，那班花偏不喜同辈毛头小孩，专恋一社会青年。回过头来，又有一女生一直倾慕格格巫风流倜傥一掷十金的潇洒，怎奈格格巫心无旁骛；我又一同学，暗恋那喜欢格格巫之女生，又始终难获芳心……如此循环，形成感情链若食物链也，事如春梦了无痕，如今忆及那时青葱岁月之红尘趣事，犹如一梦耳！

6

至毕业大考临近，方知三年荒废已多，任我心急如焚，断无初中会考时挑灯夜读便可成功之事也，C某之妻时任我数学老师，擅长题海战术，每见我便冷笑，言数学必不及格毕不了业。乃死马当活马，临时抱佛脚下苦功以攻书，至毕业会考，题目竟颇不难，窃喜之。至数学，有老屌毛等诸友相助，竟顺利过关，那时据传有一同学，英语一窍不通，以橡皮削成立方体，写上ABCDEF若干，投掷得答案，竟以七十二分之高得以过关，实乃赌场奇才！但回想起来仍心有余悸如履薄冰，当年若一失手便不得毕业，有何脸面见江东父老？毕业数年，每每在梦中惊醒，梦中每对试卷呆若木鸡冷汗涔涔，可见当时担忧之甚也。

毕业在家赋闲未几，便由父母说项，得一行政单位临时工作，一月领工资147.50元，从此作别校园，踏入江湖，打工从戎，浮沉起落，洗尽少年轻狂，浮生悲喜，复入尘梦，浑然不知光阴荏苒。

噫！青春易逝，历事无数，何谓"无悔"二字？少年时期谓镀金时代，于我看来，皆已成黑白昏黄记忆，生命只不过是一次经过耳！旧事再不复现！

军旅记事

征　召

出校园混迹社会近一年，每日里与朋友兄弟厮混。虽严打已过，改革开放泥沙俱下，小镇社会治安日渐混乱。每至夜，舞厅茶座溜冰场台球房如雨后春笋，我等流连其中，尝目睹团伙为小事火拼，动辄棍棒钢折椅乱飞，更有为三棱刮刀捅成重伤者。居于小镇，甚觉不安定，遂如此度日生厌倦之心。

二月，收居委会寄来之征兵体检令。当兵吃香时代早已过去，有同学为避兵役，便想方设法。体检前夜须集中住宿于人武部招待所，我与不相识之适龄青年数位同住一室。夜，有三五人逾墙而去，约我同去，婉拒。凌晨始归，次日抽血，肝功能指标大大超标，故淘汰之。暗告我昨晚通宵饮酒麻将。

我一关一关过去，结论竟为二等甲级，可当海军。但我那时不会水，更加之海军最少要服役四年，故向人武干部要求当陆军步兵。体检过关，见我履历档案尚可，便先后有两支不同地方接兵干部来我家访。一为浙北山区一武警县中队，一为沿海一武警院校。县中队干部先来到访，为人颇诚恳，历数其中队之纪律严格，为培养真正军人之部队，又述及押解犯人兼刽子手之职，言表现佳即可提干，我心已蠢蠢。后那军校接兵干部来家，J姓，吐沫四溅，备述其校在市中心，条件极好，为总部直属，培养武警边防技术干部，机会良多，又为沿海发达地区云云……

两相比较，我虽仍向往那山区艰苦地带，家人却均已确定要我去那安全舒适之军校，也免去万一做刽子手，虽可立功，却从此负人命债，非良善可言，恐有血光之灾。后那山区接兵干部不舍于我，几次三番上门说服，均为我家婉拒。

当下通知三月九日去镇政府集中。那时我办好单位手续，与同事惜别，去人武部领了服装。我父同我去杭州，在市里买了一个牛仔大背囊，购高级日用品与副食品无数。父亲又买流行之小虎队盒带一盒送我，因我早有父亲送我之飞利浦扇形随身听一个，当时尚为罕有。

那日我们一行九人，皆穿无衔之警装，戴作训帽，佩大红胸花合影留念，并与父母留影。上得中巴车，锣鼓喧天中与家人挥别。我见向来坚强的母亲眼中泪光闪闪，我尚微笑挥手作别，以为从此可脱家庭羁绊。谁料车一启动，便有同行者痛哭失声，我初犹劝之，后不禁默默坠泪。盖从小到大，首次远离父母家庭，一去便是三年，征途茫茫未卜。一车人皆无语，在那接兵干部带领之下，去火车站登车。回望熟悉的故乡景物，心痛忽如绞。

九人到得车厢里，同车共济，想到以后也将同处一营，便开始熟络起来。这九人之中，有我本就熟识，也有先前未曾谋面之人。

最活跃为一高个青年，时年已二十有三，为最年长者。报名时我已见过，那时他穿一身笔挺的公安制服，赳赳神气，后知其时为派出所外聘司机，非正式编制，为一固定编制方走入伍之径，名为阿联。（外号皆有出典）；二亦为一高个青年，嘴角上扬，肤白，有青春痘若干。于座位上架二郎腿，晃悠之，显洋洋得意之色，盖其父为政府一干部也，略有背景，故暂不与我等同流，后得外号为流大；三为一健壮青年，原系我浮浪于市井所结交之群党，眼细，笑容满面，身手不错，打架能手，呼之平哥；四为一忠厚老实之青年，有成熟相，动作慢条斯理，不多话，烟瘾颇大，系当地农村青年，家境并不宽裕，呼之篾头；五为一敦实矮个圆脸，眼珠乱转，一看便知为反应快喜运动之人，也系农村青年，家道殷实，呼为小个子；六为一大个子，上得火车便以帽覆脸，一言不发，颇阴沉，宛若杀手，我等暗惧，不敢搭腔，后知其名为建中（无外号）；七为成熟稳重身材适中之青年，为我同届同学，举止潇洒，风流倜傥，呼为阿施；八为一精瘦活络之人，双目炯炯，神气焕发，当时常出入城郊江湖之中，颇有勇名，呼为阿唐。九为我。

四个多小时火车，到得那城市已六点多，我等早已肚饥，那J接兵并未为我们安排饭食，任我们对车厢内其他旅客之盒饭垂涎之。出得站台，便有中巴车来接，我等问驻地远不？J接兵微笑着，连说"不远不远，马上就到"。这个马上一直持续了近一个小时，天色已暗下，透过车窗望去，便见那车出了市区，直往郊区奔去，我等已起疑心，但不敢多言。未几，经过窗外一大片山丘，在暮色之中层峦叠嶂。有同行者忍不住嘀咕之：这哪是市区，分明是山区嘛！

便见那J接兵咆哮之：什么山区？！谁说是山区？！我等见他灰黑嶙峋脸上一脸狰狞，与以往大异之，便鸦雀无声。

车行一小时后，在约莫七时许驶入一个大院，在一面操场停下。

我等下车整队，排队进入餐厅，天色已暗，分辨不出院内景物。有两个老炊事兵守候在伙房。一个高瘦，头发全白，瘪着嘴狡黠地笑，一个四十开外壮实憨厚，拊掌咧嘴也冲我们笑，有些诡异之气。饭为冷饭，菜只得一大盆咸菜，我听那壮实炊事兵以方言连呼"咸鸡咸鸡"，窃喜之，谁知掏了半天也未见鸡骨一块。后才知当地人呼咸菜为"咸鸡"，实为"咸菌"，有古风也。

我等饿了大半天，自是饥不择食，那冷饭咸菜也视为至味，好在饭管够，尽三碗方觉肚里充实。那J接兵在一旁冷笑之。有小个子暗告我，他曾见其中途去过餐车，抹着油嘴回来，方知他早已享受饕餮，始知官兵有别。

狼吞虎咽用完晚餐，便背上行李，被J接兵引至东隅一幢四层楼房。在二楼教室模样的房间集中。走进一个身高一米八余的严肃干部，我们那时已认得他肩上佩的红牌为学员牌，即已忝列干部队伍。他背微驼，高个子很多都有这样的问题，但却英气勃勃。日光灯之白光打在他脸上，清晰照出他两颊坑坑洼洼的麻子。他简短介绍道："我姓刘，名风，以后就是你们新兵连的排长，你们可以叫我刘排长。"正说着，又有两位挂下士和中士衔的老兵进来，原来为我们的新训班长。那闫姓下士为我班长，看上去较和善，心里有所放松。

正胡思乱想间，门"咣当"一声又被推开，一身材结实中尉挟一阵料峭之春风进得室内。那刘排立即小跑过去，两腿一靠，敬一军礼，大声道："报告队长同志，新兵已集合完毕，应到九名，实到九名，请指示！"我看那队长三十左右，身材虽不高却极为挺拔，精气神俱佳，那目光炯炯，向我们一一扫视，如同机枪扫射。

眼光中自有威严，令我等在小马扎上不由得挺直身子。他扫射一会儿，便带浓重山东口音道："我姓黄，你们三个月的新兵训练由我负责，希望能快速转变身份，适应警营生活，迅速成长为一名武警战士……"

是夜，我等九人在该楼四楼寝室分三间一一安顿完毕。我夜不能寐，于暗黑里披薄薄军被，辗转良久。熄灯号在大院内响起，起空旷苍凉之埙意，此为我入伍第一夜。

新 训

清晨，在起床号里醒来，下楼整队，班排长带我等绕操场晨跑，后又整队至食堂早餐。始初窥部队大院之全貌。

我等宿于院最东北面，二楼为驾驶班。大院内有四百米操场，场中杂草稀松斑驳，显然未植人工草坪，操场东侧居中为一礼堂（电影班）。操场西侧围墙外为建筑群集中之处，教学楼、办公楼、勤务楼、图书馆、卫生队、话务班一应俱全，另有食堂三个（学兵食堂、教员食堂、勤务食堂），有大学校园风范。

早餐为实心馒头加咸菜稀饭。昨日见过那两位老炊兵早早守候在窗口之内，食堂内陆续有就餐官兵若干，均以陌生眼光打量，我等老老实实若绵羊，埋头苦干，那饭食虽平常，却觉得可口，尽四枚犹未觉饱，想再要时，馒头稀饭皆已告罄。

接下来一周时间，我等居然没安排新兵训练，问班长，才知有批福建新兵要一周后才能到来，待他们到达之后新训方正式开始。于是一周时间内，我等白天打扫卫生，晚上学习睡觉，虽无自由可言,却也无甚苦处。一周时间内,同来者相互也有了解,对部队情况、带兵班长、排长等一干人等也有初步知晓。

那一周内,倒有一事令我等诧异,尤令阿联和流大二位旷世倜傥情种奇才激动不止。那日晚间,天色已暗,有车行至楼下空地。班长接电话后道:"有兵来!"急忙下楼而去,我等以为是那福建佬儿来临,凭栏俯视之,借楼下路灯之微弱光芒,却见那车内袅袅婷婷走出高矮胖瘦不等之女兵三位,直奔三楼而去。是晚,小个子在寝室内舞拳踢腿,摆POSE无数。那流大与阿联二人则在楼道内点烟抽深沉,直至被麻排呵斥,方灰溜溜回室就寝。一夜无话,按下不表。

一周之后,那十名福建新兵终于到来。我等之前听班长说起,那福建兵来自福建S市,为国家级文明城市,市民素质极高,要我等向其看齐。待他们到来,见一个个容貌各异,其中不乏狰狞者,大多皮肤黝黑,个子矮小,鼻梁扁平,呈典型南方人特征,有一矮黑新兵赳赳上楼,鼻孔下拖两条黄白色浓稠鼻涕,随脚步振动上下伸缩。我等虽异之,但深知人不可貌相的道理,按下心中疑虑,客客气气将其迎入宿舍。

当天即开始分班,那十名福建兵与四位女兵随机分入两班,我被分入二班,班长为和善之闫姓班长。次日新训正式开始,我等始坠入苦乐参半之新训阶段,每每忆及,仍为军旅生涯中最难忘的日子。

新训被安排在操场边、礼堂门前那条水泥路上进行。

因女兵的加入,令本来单调的新训变得有意思多了,这应该是鲶鱼效应。我所在二班,排头兵为阿联,二为一福建兵,肤色很例外的苍白，面部多皱纹如婴儿，嘴唇外翻，我送其一外号为"卡西莫多"（《巴黎圣母院》中的钟楼怪人），平时走路说话袅袅婷婷，见之起寒栗。第三为我，阿唐、小个子均在我班，流大、平哥等分在一班。还有其中一小胖可爱女兵分在我班，为尊重女士起见，暂呼之为鱼儿。

　　新训第一天为军人姿态，就是在操场上站得笔直，不能稍动。一站就是半个小时至一个小时。此事看似简单，实则累人非常。三月中旬，天气已有些热了，穿着作训服，扎着武装带，实在有些闷热难当，面对班排长严厉之目光，只得死命硬挺。八分钟时，我只听得耳边一阵轻微的呻吟，余音未了，并见身旁之卡西莫多如一团烂泥般直泻下去。

　　我等正想借机放松，被麻排一声大吼震定。卡西莫多被送往卫生队，我们仍站在那里。未几，又有一福建小个子兵直挺挺倒地，又被送去急救，所幸未有我们老乡倒下。

　　军人姿态训练为一周。一周内虽苦却也有乐事无数。

　　其一：麻排督阵时常手持武装带，负手到处转悠，连休息时间也不得坐下，不然就将武装带挥将过来。"老子在指校（指挥学校）读书时，比你们苦多了，这点累算鸟啊！"——此系麻排之口头禅。

　　那日麻排新自督阵，我们站成笔直一排，不敢稍动。于无声处，突有排气之声响起，我等竖耳静听时，只听得那声初时强作忍耐状，后终不能忍之，但又战战兢兢，试图悄然放之，因此做抖索之音；后发觉不能禁住，便想放任自排，但声初作，突遇麻排凶厉之眼神搜索，立即强禁住。但终不能禁，此时我等俱已抖动身体强忍笑意，队伍有无声之骚动，那位仁兄借机趁早乱放之，终于喷薄而出，带余音作袅袅状，颇似卡西莫多之语调。一时再也忍俊不禁，终于大笑作一团。麻排急怒，大叱："不许笑！"怎奈早已控制不住。爆笑后的代价是多加一小时的军姿。

又一日，两个班新兵各站得笔挺，我等已渐适应，懂得如何在不动声色的情况下逐块放松肌肉。正舒坦间，忽听身后不远处有脚步与哼哼声响起，我等虽异之却不敢回头张望。一会儿那脚步声渐近，杂沓如千军万马，更有"咻咻"之声，如气急状。我等心内大惧，但见班长脸上肌肉抽搐，似在压抑笑意。不一会儿那声源已在我身前，偷眼看去，原为二三十余头猪，系炊事班饲养，冲破樊篱，欲作胜利大逃亡也！只见它们东拱西撞，如入无人之境。班长见状急呼道："笑一分钟！轻一点！快快！"说完，自己背身捂嘴大笑，我等也笑成一片，所幸麻排在远处徘徊。后我看电影，每见银幕万马万牛奔腾之磅礴场面，便想起新训时之猪群。

站军姿最怕有如上等事发生，但越惧便越有状况。一日微风拂面，春光已浓。忽我等觉脸上有痒感，乃微风中带来蛛丝若干，缠于脸鼻，风拂之，奇痒，又不能伸手抹之，实在难受至极，只能趁班长不注意，做挤眉状，以暂缓痒感。

麻排巡视至一班，见有一精瘦福建兵外号为"肖狐"（盖其身上狐臭不可近），正挤眉弄眼，怪相百出，便大声问："肖××，你在干什么？"肖大声答："报告排长，老子什么也没干！"麻排又大声问："你是谁老子？"肖大声答："是我儿子的老子！"

我等大笑。麻排气恼，罚其做俯卧撑五十个。肖一边不情愿地俯身下去，一边嘀咕："他妈的……"谁料竟被麻排听见，又大声吼问："肖××，你骂谁？！"肖以更大声答："我骂我自己！"答完便快速开做俯卧撑。麻排抓不到把柄，只得作罢。

新训期间，我等个个如饿鬼投胎，每日两三碗饭下去，未几时便又腹中空空。盖因训练有消耗量，加之饭堂多为素食，寡油少肉，每日饭也是定量供应，基本都只得七分饱。来自文明城市的福建兵于是和我们围绕饭食问题斗智斗勇。

新兵用餐与其余官兵分开，由福建兵与我们轮流当值。福建兵打饭时，每有荤腥，便死命往自己老乡碗里添菜，被我等看见，便当场斥之。轮到我们打饭时，轮值二位表面不动声色，提早进入饭堂打菜，若有荤腥，将肥肉等埋于自己老乡碗底，上覆薄薄一层白饭。拿到的战友也不动声色，端着饭碗心照不宣，此为其一。

每日只一大铝盆饭，吃完便没得再添。因此我们经策划，达成共识。第一碗只盛得浅浅，三两口扒完，便速赶去盛第二碗，盛得满满，这样基本可以保证不会饿着；而福建兵心凶命穷，第一碗是按了又按满满当当，半天总算吃完，欲再盛第二碗时早已告罄。

后稍经打探，方知那福建兵也颇可怜。原来他们大多系那 S 市地区下属一个山区，经济落后交通不便，到县城要两个多小时车程，到 S 市更要四五个小时之多。多数为农村户口，当兵无非想转志愿兵以期跳出农门，只有肖狐、卡西莫多，还有一个叫阿林的来自县城。据说为当兵，送接兵干部财礼无数。我们这才想起那天他们来时，有后面几个兵扛了几大纸箱的物品，原来是送给接兵干部的土特产！他们不无得意地说若无财礼，大多数像他们这般身体条件是无法入伍的，怪不得一个个颇有些奇形怪状异于常人。

同是天涯沦落人。后我们两地士兵渐放下对立改为对话，虽时有摩擦，但已趋于和平演变。

一周军人姿态，之后便正式进入队列训练。一周内进行被包折叠比赛，那被包要叠得规整若豆干颇有讲究，我在班长传授之下，掌握窍门若干。俟比赛开始前夜，我便不再用被子，将被子以手指量好，并在需折叠处用钢笔一一做好记号；取一茶缸水，含于口中，将被子上下细细喷过，千万不可在阳光下晾晒，以免棉絮鼓起难以服帖。叠好后，取三合板一块，覆于被面，上倒置方凳一枚以定型。次日评比，我与一班阿林两人获最佳"被包奖"。

队列训练动作不标准闹出笑料是常有之事。练习正步时，班长要求举腿定型一分钟，在脚面上置小石子一粒，若稍有失衡，石子滚落，树枝就往腿上招呼过来，但闫班长从不真正体罚，只是象征性地抽打一下，但我们均很认真，尽量免受其责罚。二是动作严重失衡。出现在福建兵身上的情况较多，有齐步走同手同脚如木偶般，也有左右摆动如汽车上的雨刮器的，那兵后来因此得外号为雨刮器；女兵鱼儿走队列也颇有趣，人胖墩墩的，短手短脚，迈开小步走去，像是从地平面上平移过去的一个小包袱，状极可爱。

还有一个是我们浙江兵，队列尤其搞笑，班长一喊齐步走，他便躬着背，将右手提起与肩平，以肘部为半径，以肩关节为轴心，划着大圈子，迈开八字步往前走，若穿件黑色栲绸衫，背个盒子炮，活脱脱一个日伪汉奸。此人即为像黑社会成员之建中。初时我们甚异之，以为他是故意这样夸张走路以示反抗，谁知原来是他习惯性动作，班长树枝抽了几回，方知他是胎里毛病，没法改正，只好作罢。

跑步走时停下来有一个连贯动作，此动作可分解为四个动作，并不复杂，但建中老兄始终不得要领，每次均弄得十分紧张。班长喊："跑步——走！"他便闷头晃着胳膊拼命往前跑，班长喊："立——定！"他不会做那动作，便索性双脚一并，腾空跃起，双脚落地，将身子与胳膊一起晃上三晃，以维持身体平衡，然后转回头来看班长的脸色，以为可以蒙混过关。我们每忍俊不禁，哄笑之，至此才知黑社会建中原为一老实愚钝之人。

那时我们彼此之间早已熟络无拘，但建中从不与人交际。阿唐与建中同住一室，一日午后我经过，见阿唐背对我在窗前读书，我有心戏弄一番，悄悄摸上去，以手轻拍其两颊，作耳光状，谁知他竟未反抗。我正疑惑中，他缓缓转过身来，以呆滞之目光望定我。我细看，原来非阿唐，建中是也！连说对不起认错了，他不搭腔，又转回头去，看那手中棋谱，骇我出门心里乱跳良久。

又一日，篾头与阿施于午间休息时摆开棋盘略作消遣，但见建中手持棋谱，默默趋近在一旁观看，篾头见状，热情邀其同玩一局，谁知他并不领情，沉默良久，从嘴里以低沉土话咕哝出一句："你们也会下围棋啊？"言毕，负手转身而去，似有颇多不屑。那下棋二人面面相觑，从此不敢再班门弄斧。

新训期间，我被J接兵（时任新训指导员）拔出苗头，拉去负责黑板报撰稿，那时我已决意洗心革面，因此每期板报均多豪言壮语，阳光灿烂。阿施有美术功底，版面设计全部归他，出来之板报有诗有通讯有插图，颇有模样。我心下对新训并不习惯，概因与在家时反差太大，抹杀个性。因此常鼓动战友搞小动作，如在整队去饭堂时，一般都要喊口号或者唱歌，喊口号大致为"严格训练、严格要求、纪律严明、保障有力"之类，我与战友串通之，改成"服从教育、服从改造、改头换面、重新做人"。三四个人混在队伍里趁乱喊之，麻排气急败坏终无从入手。唱歌最多为《战友之歌》，中有"同吃一锅饭/同举一杆旗"，我改为"同蹲一个坑/同拉一泡屎……"又趁乱起哄唱之，颇有阿Q之精神胜利的满足感。

那时我虽未尽脱社会之顽劣之气，但训练之时却是十分刻苦，为规范动作，常常反复练习，特别是正步，每日均于晚饭后去操场多练半小时，军装尽为汗湿。一周过后，晚间大会，每班从新兵中任命班副各一，协助班长主管内务。我与阿林列入其中，却不知早有人背后红眼相加。

从第二周起便开始加入紧急集合项目。我等初涉集合，可谓惊魂不断、笑料不断。紧急集合的标准要求是：全副武装五分钟，轻装集合三分钟。在规定时间内，必须完成起床、穿衣、打被包、扎武装带、挎包等系列动作再跑下四楼到下面空地集合。

第一晚入睡之时，黄队亲自来宿舍——巡视，见我们睡得很肃静的样子，便过来掀被子，见我们均和衣藏匿于被子底下，连武装带都扎得整齐，便大斥我们投机取巧。我们刚将外衣全部脱好，便听得那急促的集合哨音响起。我们摸黑手忙脚乱地打好背包跑到楼下，七零八落地在院子里整队，一看时间幸好在五分钟以内。

麻排持手电逐个照将过来：雨刮器站得笔直，身上一样东西不缺，但两只鞋大小不一，并均为左脚鞋；肖狐背包打得很紧，但脚上却是一双海绵拖鞋；还有一只穿鞋一只光脚的，挎包右肩左斜的，歪戴帽子的，衣服反穿的，扣子错位的……七零八落如电影中国民党之散兵游勇。

后几次集合，此类状况开始渐渐改善，只是班排长们又想出各种点子来折腾我们。如加多集合频率，最多是一个晚上六次；或在集合后进行重装五公里越野，并加长越野距离，最长一次为重装越野九公里。我清晰地记得那次晚间在黑暗中奔跑感觉，军装已如同水淋，气喘如牛，脚下步子如牵了夯土石般沉重。因是班副，必须断后，一公里不到便已拾到队友散落下来的毛巾、茶缸、备用布鞋若干。行至中段，建中晃手在我前面奔跑，已力不能及，背包全散，他便以手挟在腋下，作奔跑之状，其速却如同蜗牛。我索性迈开步子，作行走状，竟可轻松超越他。至营地，解开背包，方觉已为汗所湿透。

紧急集合那两周之内，为新训最累之时，白天训练，晚上不得安睡，次日起床揽镜，脸皆呈浮肿状。母亲写家信来，信中颇多担忧，说到一日遇流大母亲，那流大在信中已声泪俱下，称新训为非人生活，已不能一日稍忍。我回信道纯属胡扯，新训生活虽累却乐，战友相处也颇多乐趣。却未想及流大原系养尊处优，虽人高马大却向来娇生惯养。

新训一月，按例复检。小嘴巴因腮部疮疤一直流脓未愈，被队医劝退；还有卡西莫多被查出肝脏有问题，也被劝退；卡西莫多虽人丑些并作娘娘腔，但为人却友善，一月相处下来，也已初步适应新训生活，但军令不可更改，那日下午他二人整理行装踏上归家的车子与我们挥手作别，眼中竟垂下泪来，令我心下均起恻隐与不舍之心。

卡西莫多走后，我们便依次进入军体、擒敌、射击、战术等各科目训练。军体动作只教到三练习，便已有队员不能完成，而我们晚间倚在栏杆上，看那些学员们在单双杠上做出潇洒无比的五练习，心下极其羡慕，便趁夜去研习，不久可以做到四练习。

擒敌无非是擒敌拳、配套、倒功之类，反倒未有想象中这般艰苦，一周下来，我就将擒敌动作练得如同风车般熟练，黄队讲解，要我出列陪练，稍一用劲，但将我扛起掷于地下，以脚背接之。我们均对黄队的拳脚功夫钦佩不已。麻排于一日晚间告我们，黄队系武术世家，一日他与黄队便装出差至火车站，遇十余小流氓寻衅滋事，他与黄队瞬间悉数放翻对手。我只搞翻了三四个，麻排不屑地说道，剩下的都让队长给解决了，队长还直甩手说："晕菜，手打伤了！"

一日我们向黄队证实此事，黄队拿眼斜睨了一下："屁！没有的事！"我们立即噤声不语。

麻排自诩英俊潇洒，我们训练之时他常拎一武装带，在远处转来转去，踌躇满志的样子。休息时他便给我们讲警校里训练之事，还拿了一本《××公安》杂志的封面给我们看，那上面他是阅兵方阵上的三个排头兵之一，端着八一杠，迈着正步，由于照片掩饰了他脸上的凹坑，看上去确实英武无比。有时他在远处小车队附近唱歌，是那时流行的连续剧《人在旅途》的主题曲。有一次，我看见小车队一辆废弃的破吉普后档上，有人用手指刮着上面的泥灰写了很漂亮的歌词："从来不怨／命运之错／不怕旅途多坎坷／向着那梦中的地方去／错了我也不悔过……"不用说，定是麻排的手笔。

麻排另有一个特点便是颇具绅士风度，对女兵总是照顾得非常妥帖，有女兵在场之时，他必诙谐随和。

四月一日，我等沿用西方愚人节之习惯，相互作弄。玩到兴浓，我们便请鱼儿作伐，打电话给麻排，说门口有他家信。我们在四楼走道凭栏看其扯开两条长腿，颠颠地往传达室方向而去，心里无比快意。

谁知他回转之后便紧急整队，大发雷霆，定要查出幕后主谋。我们刚向他解释此乃西方传统习俗，由来已久，不过一玩笑耳。麻排脸色铁青训斥道："什么愚人节！老子不吃这一套！你们以为自己是谁？告诉你们：中国要服两种役，一种是劳役，一种就是兵役！你们弄弄清楚！"他面目狰狞，青筋暴出，我们私下大异之，未曾想其器量如斯，官本位如斯，自此便敬而远之，保持足够距离。唯有小个子对其佩服不已，常以好烟好酒待之，奉为偶像。

未几，射击训练之时，阿唐不服麻排'法西斯'作风，出言顶撞之，被罚做低姿匍匐，目标前方猪圈，那枪托不慎撞到门牙，撞出裂缝来。那麻排居然漠视，出言讥其无用。那阿唐生性耿直，原在地方也素有勇名，曾以菜刀挑战一地方黑大哥，背上被砍三刀也不皱眉。此时便忍怒不住，跳起来欲与其拼搏，被我等按捺住。那素以军事尖子自称的麻排见状竟未发飙，而是喊了一声解散便悻悻离去，实乃出乎意料。

提及射击训练，更有趣事忆及。射击训练场地在操场东侧礼堂前的泥地之上，因操场乏人照料，地上悉数为碎石。黄队实为一可爱之人，外表冷酷内心柔软，数日相处便觉其有山东人之任侠豪爽之气。训练第一天，进行一练习，即卧姿瞄准，我们见面前地上尽为小碎石，便出脚去踢扫，以期整出一块平地，黄队为射击教官，见状过来便斥道：踢什么踢？说毕，以脚将更多的碎石堆在几个靶位上，我等面面相觑，不敢作声，心中叫苦不迭。

后我们又想一法，操场边多青草，我们趁休息之时拔之，每人练习之时便携一些放在身下，几轮回下来，靶位上已如新燕筑巢般铺满青草，趴在上面柔软如席梦思。班长心软，并未加以制止，正惬意间，见那黄队与麻排疾步而来，将我们连同干草一一勾踢出两尺有余。复趴在那碎石之上，以肘部为依托，将自动步枪搁在小马扎的沙袋之上，练习单调的击发，那小碎石硌在身上，如同受刑，实为人生一大苦事。

人生一大苦事后，接踵而至便为人生一大尴尬之事。训练时间一长，其余皆已痛至麻木尚可忍受，唯那胯部硌得生疼，不时扭动身体，被教官看见便上来一脚，呵斥动作变形，实则他们感同身受，早已明白缘由，心照不宣罢了。一日小个子伏我身边，良久岿然不动，静若处子。休息之时他面现得意之色，我正疑之，他以手指身下示之。我望去，便发现其中秘密：原来他偷偷在胯部挖两指见方两寸深之小浅坑，将那要紧物件搁在小坑之中，便可稍免痛楚。他得意而夸张地将胯部如迪斯科般扭动几下，深为自己的发明而陶醉。我们见状，纷纷效仿之。

谁知好景不长。未舒坦几时，又被黄队发现，他不作训斥，将那碎石填满并高于那小坑之上。

至此，我们再也不自作聪明想出令自己舒坦之法，潜心练习射击。

一日下午我们正在练习射击，忽听远处欢呼声传来，循声望去，见那远处两个身形飞奔而来。走到近时，才发现是卡西莫多、小嘴巴二人。他奔近来，与我们一一热情拥抱（除了女兵），眼里闪烁，语无伦次。我们终于搞明白：原来部队将他二人送回家乡后，送兵干部与当地人武部交涉，人武部不肯接收，称既已送至部队，断无中途遣返之理。当初体检通过，若有身体状况，也系部队训练所致，因此应由部队负责。送兵干部又去做家长工作，两家家长亦不肯接受现实，那送兵干部原系接兵干部，当时收了家长不少好处，自然不敢多言，生怕家长抖出底来，便设法与部队联系，最终还是被送回部队。

新训期间，每周有休息日一，可以放部分新兵过江去到对岸滨海小镇。我们部队大院处于大江南岸，院外皆为农村田地。江北为一古镇，史上颇有记录，且有一招宝山，位于大江入海口，历来为兵事要冲，有古炮台遗址，景色颇好。过江须坐轮渡，票价仅两角而已。新兵尚无人身自由，只能分批去对岸小镇采购生活用品，顺便观光。

　　我与阿唐等几人同批初登轮渡，站在船头甲板之上，听那汽笛长鸣，浑浊江水滚滚向东，极目之处，远山如黛，江面茫茫，想及故乡亲人，心下震动，忽垂下泪来。

　　登岸到得小镇，游历半日，方叹此镇虽小，却极合我意。街道皆不宽敞，但却整洁，有淡淡海腥味。出码头向北，过大街即为新华书店，那时我以文青自居，极爱读书，见书店便如鼠遇米仓。在书店盘桓良久，购得叔本华与尼采哲思集及当时流行之老席诗集数本，很觉满足。出门但沿大街乱逛，有电影院、文化宫、溜冰场、棉纺厂、中学等。小个子见到溜冰场，两眼顿时放出光来，盖其在地方为泡妞，终日混迹于溜冰场，早已练得绝技，此番更如鱼水，便于我们道一声别，转身进场不见。我们又逛至山下老街，见那老街逼仄回曲如同家乡之东大街，古风尚存。又按指示到得招宝山脚，见那山不高不大，却苍翠雄拔，顿起登临之意，怎奈时间不多，只得折返。

　　新训接近尾声，忽一日父亲出差到 N 市，顺道来探望我。按理新训期间家长不得探访，但黄队、麻排等人得知极为热情，安排下小灶以待之，我父怕影响不好，未在部队用餐。我父了解情况，黄队称我为此批新兵中尖子，表现甚优。后征得同意，将我接至附近村集一小饭店用餐。当下将店中所有好菜上齐。近三月下来，我肚中油水早已刮净。当下展开饕餮盛宴，将桌上菜肴一扫而空。末了又要了一品锅雪菜面，方感心满意足。我父与同行之同事惊叹我胃口之巨如七把叉，乃感新训之艰苦实不虚也。送别父亲，回到连队，打开我母捎来之包裹，见其中高档零食之多实为以往罕有，又有平时我爱吃之菜蔬精心包装以保鲜——可怜天下父母心，儿行千里母担忧。虽只隔数百里之遥,那慈母之心却是一样,心下又有酸楚泛起,强捺住,将那美食与战友分食之。

　　新训后期,已渡过紧急集合与越野等难关,初到时的不适应已渐缓释。我那主撰之黑板报也颇得好评。初有文名,加之训练刻苦,为黄队等所赏。新训近三个月时,进行最后考核。一轮一轮下来,队员均基本过关,按得分进行排名。流大单个队列成绩颇不错,位列第一;我拿下擒敌第一、队列单个动作第二、射击第三之综合佳绩。虽则阿联向来认为自己擒敌无人可及,颇有微词,被闫班听见,驳道,人家擒敌确实比你漂亮,四个考官总不可能偏袒于他,不服再比过?他便不再作声。新训结束的授衔仪式在阶梯教室举行,大院内的首长(大校副校长)亲临现场。作为唯一的新兵代表,我草拟发言稿洋洋千余言,并以标准军礼与靠腿动作上台读毕,赢得掌声一片。

　　最难忘即为授衔仪式,当那鲜红的列兵衔挂上我们肩头,金色的领花缀上领尖,我仿佛又回到孩提时代,成为第一批少先队员系上红领巾的时刻。新训结束,共有四人获记嘉奖,我班是我和阿联;那班是阿林和另一福建兵(其名已轶)。当初以为嘉奖是军人极大荣誉,众人皆抢破头皮、力争上游,谁知到头来不过类似一根狗狗眼前的硅胶骨头,不免心下有些失落,倒是成为一名真正的军人的兴奋感远胜于此。

　　新训结束中午会餐,满桌皆有鱼肉,加之营地濒海,便有海鲜数种。奇怪是新训三月,连肉味也极少尝到,更不提海鲜。当下开酒大快朵颐。我素量小,酒至半酣,便回至宿舍就寝,睡至一半,觉身上奇痒无比,方知从小患上之食物致皮肤过敏顽疾又发矣,当下乱挠,浑身发肿,渐觉气喘。战友将我送至卫生队,那马姓卫生队长亲自诊视,开葡萄糖进行静脉推注,良久方可慢慢褪去。当时自视为标准革命军人，怎能为小小海鲜所难？自此，每逢海鲜必舍命大啖之，屡啖屡犯，屡犯屡啖，越年余，此症竟自愈！实为神奇！

花开二朵，各表一枝。自此新训结束，各单位争相前来要人，黄队新训时原系勤务中队队长，早欲将我招至其麾下任警卫班长，怎奈早有一葛姓警务参谋看中我，调我去校务处警务办任文书兼通信员，黄队虽有不舍，终究无奈，便将军事素质良好为人活络之平哥调任警卫班。

我原以为校务处为一清静机关福地，从此可赋诗作对，徜徉自由。怎料我少不更事，不知从此坠入漫漫无边之钩心斗角之罗网，更遇坎坷无数，为我成长平添无数阅历，呜呼哀哉！

三年一觉军旅梦，赢得警营浮浪名！

校务处 · 老葛

做文书的好处有很多，譬如不用天天出操训练，不必住集体上下铺，连洗衣服也有公用洗衣机。这在当时来看是不可思议的事。

校务处在二楼，葛参谋将我安排至二楼东侧的一间宿舍，进得房间，见里面仅列两床，后得知另一床为值班之营房助理值班偶尔住宿之用，绝大部分时间均为我一人所独有。我隔壁即为葛参谋独住之宿舍。最东侧为警务办公室，即我平时工作之地。警务办主要负责兵员管理、军事实力统计、枪械管理、日常勤务与临时警卫任务，也属要害部门。

当下安顿完毕，颇心满意足，从此不用再提心吊胆于暗夜之中听紧急集合哨声响起。便一一打听战友去处：阿联因原来就有驾驶技术，被分至驾驶班；流大也早托了关系去汽训队学习驾驶；阿施因有美术功底被分至训练处电影班，住在大礼堂楼上；阿唐去勤务中队做了文书；小个子被分至学兵大队炊事班；建中与箍头被分至学员食堂炊事班；子清也在学兵食堂做给养员；女兵一个去当了打字员，另外三个去了话务班。同时又有消息传来，那J接兵已被调至勤务中队做了指导员，自此改称J指导。

二楼共有九个办公室，除警务办外，更有营房办、车管办、财务办等等，有正副处长二人，下辖干事、助理、参谋等若干。俗话说：参谋不带长、放放屁也不响。我虽从未听葛参谋放过响放屁，但却很快与他打成一片，直呼他为老葛。此人江苏人氏，年方二十六，个子不高，但为人极爽快，待人如嵇康般做青白眼，谈吐也颇不俗，是值得一交的朋友。

处长头发花白，身材微胖，面色红润待人和善。副处身材魁伟，面色黝黑，声音嘶哑，表情严肃颇有官威。

每日晨起，打开水为必修课目，共九把开水瓶，要跑到八十米外的学兵食堂去灌开水。我力气素小，一次拎不动九把水瓶，只能四瓶五瓶分两次打，时间长了，便可一次性打完。据说我前任文书为一安徽兵，倔，以勇名胜，因不满处里干部颐指气使，多次将水瓶灌半瓶冷水，被调至学兵食堂烧锅炉去了。我一心向上，全处仅我一个兵，自然是夹起尾巴做人。

好在顶头上司老葛对我照顾有加，不多时便结为好友，那一年时间为从军生涯快乐之时。老葛独身，其余干部除值班，均在市区或江北家中住宿，夜幕降临，二楼便只我与老葛住宿。

老葛常在隔壁敲墙，我闻暗号便移步他处，两人开酒数瓶对酌，酒不分种类，有喝便好；话不在多少，投机便行。喝得最多的还是本地的啤酒，或者是一种叫"一滴香"的四川配制白酒，老葛酒量甚好，酒一多便牢骚满腹，针砭时弊，历数大院里种种典故轶事，大多我闻所未闻。至此慢慢看穿部队之中玄机甚多，渐起警醒之意。我每不胜酒力，一段时间每晚均不知如何捱回宿舍，但心里却也冲淡思乡之情，开始喜欢部队生活。

六月末一日早上，老葛叫我，将一份军事实力报表缄封后交于我，命我送至杭州总队。老葛轻描淡写问我："给你五天够不够？"实则我从部队到家单程舟车一天足矣，我怎不解其中之意？当下大为激动，立即通过话务班打通程控电话告知家中，收拾行装即刻出发。坐轮渡过江，坐中巴至市区，转车至火车站，买好车票登车赴杭。到得杭州，将报表交付警务处，便搭中巴返家，一路上，那景物渐渐熟悉，心内怦怦，中巴过三联公司门口，正好遇父亲厂里那班厂车并行。我暗猜父亲是否会在车上，将头伸出窗外拼命找寻，不得。车辆错开后，我眼泪止不住流淌。到得家中，原来父母早已迎候在家，置满桌好酒菜，嗅到家中熟悉的味道，此时平生首次感到原来家可以亲切温暖如斯！

在家三日，无所事事，日里去同学朋友及部分战友家中乱转，到得晚上，自有朋党来约我去夜生活场所。那几日晚上，混迹于歌厅茶座，见那灯红酒绿，夜夜笙歌；回顾三月警营生活，恍若隔世。

三日即毕，便搭下午一时整经过镇上之火车，可直达市区南站。再换车舟至部队已是傍晚时分。回到部队，早有要好战友围拢询问家乡形势变化与家中事宜，一一告知，战友颇羡慕，便将从家中带来之土产分食，部分留给老葛。老葛见有好物什，当夜便又开酒同酌，酩酊而归。

转眼一年过去，一年之内，倒也安宁无大事，只是得工作便利与老葛关照，经常得以探家机会（当时按规定义务兵服役满两年才有一次探家机会），并有出差及住勤补贴十数元。

那时，我副班职津贴加其余各项补贴仅为三十五元，入伍之时家中带六百余元早已告罄，多与战友满足口腹之欲，余下就是买书不少。入伍一年，渐改往日社会浮浪之气，不再显示阔绰，也不取家中补给之资金。

一年以来，也渐明了校务处实乃勾心是非之地，各参谋干事助理背后均有靠山，相互倾轧以期自己能早日升职或提前转业；正副处长间也是权力之争，那副处人品不佳，且一直未能掌握实权，暗里十分嫉妒不满。

唯有老葛一人遗世独立，从不与人争这些鸟事，尤为我所佩服。老葛为人大气，能力很强，木秀于林，不免招致是非。有传闻，他与卫生队一副团职队医关系暧昧，那队医年届四十，出身军界名门，谈吐也不俗，倒确实常来老葛宿舍，两人以姐弟相称，惺惺相惜，常邀我同饮。以我心细，亦未发现其有越轨之举，但传闻却是沸沸扬扬。

老葛因不屑钻营，一直在正连职位子上多年。我那时只认定一个道理：谁对我好，我便加倍返还于他；相比而言，那其余干事助理便有距离，我受老葛感染，对其中那几位獐头鼠目之干部也颇有鄙视，时日一长，以我区区小兵，必招致背后整之。尤以一财务助理和那副处长为甚，那副处以军令压我，常令我疲于应付日常勤务之事，身心俱累，苦不能言，那助理常在背后以莫须有之小报告诬我松垮，不守军规，但我未出一声，默默受之。

老葛得知，常劝慰并暗中袒护之。秋夜，那队医女士来老葛处，亲手置办小菜数件，三人对酌，半酣，同出院门至江边码头。夜凉如水，江面在月色之下泠泠如碎银，江轮拉响汽笛，远处那入海口在有无之间，伫立良久，又有凉意袭心，心中虽有万言，欲说还休，遂无言返转。

此时离我入伍仅七月有余。

校务处·阿四

严格来说，阿四并不是校务处的人，即非干部，也非士兵。他只不过是驻地附近农村雇来在校务处勤务食堂的帮工。

阿四也非排行老四，在当地有个习惯，喜欢把姓施的，或者名字里带个同音字的，均呼作"阿四"，仅大院里便有五六个"阿四"，我的一位战友姓施，后来也被我们呼作"阿四"。这么多的阿四里面，数这个阿四知名度最高。后来我很偶然在司务长那里查了一下，才知道他不姓施，姓乐，名字中间有个"社"字，正确的叫法应为"阿社"，系讹，也便将讹就讹了。

我们初到警营那晚，满脸堆笑在食堂直呼"咸齑"者，即为"阿四"也。后来我才知道他和那个汤姓的满脸皱纹的瘪嘴老头皆为雇工，自然也就解了我先前对他们的"老兵"之惑。

阿四五短身材，穿一身已淘汰之八三式武警常服，没有肩章和警衔，镶着红边的裤腿上沾满了油污与面粉。他膂力极大，一次我见他左右手各挟两麻袋大米，疾步走进食堂，脸上肌肉上下攒动抽搐，但终未喘一口大气，一时惊呆。

勤务食堂为大院所有食堂中伙食最差，终日不见油水。每日早晨均为稀饭与实心馒头加什锦菜，周四有肉卷（即花卷内夹肉末少许），在我看来便如同过节。那老汤头更是号称"抖三抖"，即每回打菜时，他用马勺满满捞得一勺，至饭盆时，便抖上三抖，盛到碗里，早余三分之一勺，并巧妙将菜中荤腥尽数抖去。

阿四为人显然厚道得多，有时还会主动多捞一两勺子余菜到我们碗里。老汤头为人城府极深，阿四常常受制于他，被他叱骂而不出一声。但他不改初衷，仍与我们友之。

阿四不嗜烟酒，平日里极为俭省。他饭量极大，这部队食堂是他最好的栖身之处。我们常开玩笑说阿四你省这么多钱做什么啊？讨老婆么？阿四便满面通红，低头离去。

阿四据说是个不带钻的王老五，四十多岁了，加之其貌不扬，估计要找个相配的老婆的概率并不大。但据传他居然有一个相好，而且是个年仅十八岁的外地女孩子，养在家里。消息是否确凿我们未亲加考证。阿四十天半个月难得回家一趟，多数时间他忙进忙出，心无旁骛的样子。但不久我们即看出他并非表面那样老实。

我们这期新兵里有位叫鱼儿的女兵，矮、胖、白、脸红润，连十个手指关节处都有肉肉的酒窝，分在话务班。不知为何，阿四独对鱼儿最好，虽然他向来对女兵均很好，但鱼儿格外。阿四的眼神很混浊，但每次见到鱼儿，便放出略清澈的光来。

一日，食堂开饭，我们刚进饭堂便得知今日吃鸡，共三只鸡，有八十余人分食之，到得每人碗里，也只得一些疑似鸡骨的物质在其中。我们无甚怨言，假想为鸡肉饕餮盛宴，闭眼想象食之。待打饭接近尾声，适逢鱼儿进来，盈盈一笑，便奔食堂后门而去。

我们隔着窗户窥见那阿四鬼祟露出半个身子，偷偷将一盖得严实之搪瓷碗递给鱼儿，鱼儿接过，复一笑，便扭动身躯款款向食堂之外走去。

此时便有好事之战友跟上去，兜头拦住，周旋片刻，便将碗盖掀开，大叫一声。我等拥上去看时，便见碗内有两个完整带歪把之鸡腿赫然在目。

至此阿四那老实之良好形象便在我们心目中一落千丈。我们便说他表面上对我们好，实为他自己泡妞而虚晃一枪——高！实在是高！！有战友如此评价道。

鸡腿事件败露之后，老汤头更为得势，动辄压制阿四。一日我们见那干瘪老汤头在厨房之内破口大骂，神情义愤填膺罄竹难书的模样。我们循声望去，见阿四弯腰在一旁埋头干活，脸憋至通红，双手颤抖，一言不发。我花了好几分钟时间，从老汤头通篇比喻与涉及阿四祖宗繁衍过程中的错误等等的粗口中，大致弄清了事件的真相。原来那阿四趁老汤头不备故伎重演，将当日所购带鱼中段尽数藏匿，并清蒸完毕欲向话务班贡之，被老汤头当场拿获，遂恶毒咒之。

至此，虽阿四在打菜时对我们一脸谄媚，我们皆轻之。

又一日，阿四在食堂遇平哥打菜，其时平哥已任警卫班长，不知因何故两人发生口角。我正好路过，便见平哥大步赶将上去，干净利落以一擒拿动作将他按翻在地。阿四虽力大，此时关节受制，哪里动弹得了。我见他半边脸颊贴在肮脏的地上，脸色通红，嘴里不停咒骂。我见他四十多岁了，竟被人如此按翻在地，便有恻隐之心。上前相劝，平哥遂松手放之。阿四从地上起得身来，便不再骂，从仓库挟起一大个苞米，纳头便走。我见他背影，竟有些蹒跚。

　　傍晚时分，我见阿四独自坐在操场边的围栏上，没有表情地看那些士兵闪展腾挪地争球，他指尖破例地夹了一根烟烧着，脸色酡红似是喝了一点酒。

　　大院的夕阳很凝重，如同国产电影冲洗的胶片。

训练处·阿宣教员

阿宣是警营中的文化人。

我与他相识于勤务中队一次联欢晚会之上。那时，他分来大院不久，肩上还是大红的学员牌，我尊称他为"潘教员"。我们大院担负全国边防武警的专业培训，因此从地方上分批招收了不少德才兼备根正苗红的地方院校本科生做教员。阿宣好像是教机电的。

那次联欢会由我主持策划，会后阿宣便热诚自荐上来，与我探讨一些文艺问题，便很快成了朋友。他是干部，独宿一室，室内电炉电扇一应俱全，本人又有小资情结（当时无此名词，我以"布尔乔亚"称之），我便时时去他宿舍玩耍。其时，阿宣亦刚出大学校门，年纪也只在二十二三岁，与我相差并不大。

阿宣身材不高，显瘦小，架副眼镜，嘴略大，嘴角向两边上扬，显得很亲切友好的样子。他在整个大院里应该算是个才子了，弹得一手古典吉他，拿手经典名曲计有《爱的罗曼史》《雨滴》《少女的祈祷》《致爱丽丝》，并且跳得两腿好舞，从恰恰、探戈到华尔兹，皆为国标式，且会反串女步。尝见各类联欢晚会上，他那瘦小身躯拥着比他高半头之女干部，在拥挤的舞池之中轻灵飘忽如入无人之境，心下实为叹服。

阿宣有辆当时极为罕见的山地车，轮辐约二十二寸的样子，直把，轮胎很宽，有变速器，比那种细胎的公路赛车牛多了。他整天骑着那小车在校园内外转来转去，轻灵快捷，令人羡慕。我因与他为好友，常借来一驾。

距部队约十公里左右的江对岸，为一著名高校。阿宣每到周末，便换上便装，穿一双锃亮的皮鞋，骑上小车绝尘而去。我知他是去参加校内大学生舞会，曾邀我同去，我因不喜欢跳舞，便以那句"当男人可以公然搂着女人的腰跳舞时，道德开始沦丧"讥之。他知这点上与我志不同，便不再勉强。

阿宣数年寒窗终成正果，情窦自然初开。我早知他醉翁之意不在酒，跳舞也并非仅喜欢耳。但从未获知他有所斩获的消息。忽一日下午，他约我去看海，说在舞会之上结识才女大学生一名，邀其一同玩耍。我知他近我而远其余教员，盖因我为义务兵，在驻地不得谈恋爱。我调侃道："是否此女为你追求目标？"他颇不以为然答道："仅朋友罢了。"我便不再问。

去到江边，那才女渡江过来，在码头等候，见她身材微胖，容貌皆属一般。阿宣与我交换车辆，他骑我的"永久牌"公车带她，我骑他的山地单车同行。当时，我未意识自己先为挡箭牌后为电灯泡，仍乐不可支地追随左右。

一路欢声笑语，我便知那女子确实可抵"才女"二字。她刚从当地高校历史系毕业，酷爱文学，写得有作品数篇，以超现实主义诗歌为最，并与他人合作诗集一本。彼时，我正迷恋北岛、海子、梁小斌，也尝试写诗，大院之内和者甚寡。阿宣虽风流倜傥，但于文学也仅知雨果、鲁迅、托尔斯泰之类。我当下便与那才女娓娓攀谈，从金斯堡、萨特谈至约瑟夫·海勒之《第二十二条军规》,海明威之《太阳也升起来了》,未想到她对茨威格的《象棋的故事》也同我一样感兴趣，当下相见恨晚。我们谈得吐沫四溅，抬头瞥去，阿宣正扭动瘦小腰身，下死力猛踩踏板，不发一言。

个把小时到得海边。那海并未有想象中般漂亮，四处是乱石，海浪混浊拍打，泛出白色泡沫。极目处，有插入海中数百上千的竹竿随浪孤独摇动，我们的衣袂随风飘拂，一时倒也颇有气势。

我们伫立良久，又沿海边徘徊，转过一块礁石，我忽发现那后边有一块沙滩，十余尺见方，系天然形成。我大喜，呼他二人来。我们从背包取出啤酒与零食若干。在沙滩席地而坐，听涛、饮酒，看暮色沉浸，月华流泻在沙滩之上，洁白如银，思索升腾，不可名状。我遂称此为"未名沙滩"。

那次以后，阿宣便有意同我保持距离，我知晓原因，并不在意。未过一周，他忽又来热情相邀我同去那才女家耍。我惊异于他的大度，推托不过，便同去。那才女家在对江小镇西侧一宿舍楼，挨近公路边。我俩到得楼上，那才女早迎候在家。我们在她家盘桓大半日，应邀参观闺房，见其中各类文学书籍琳琅满目。她又拿出大学时期照片集供我们观赏，问我们她是否有三毛的气韵。我观照片，心中暗与三毛照片比较，果有几分神似。

后在她家用中餐，由她兄长亲自下厨，满桌海鲜佳肴。我二人乐不可支，大快朵颐。他兄长量豪，我们尽半箱啤酒（那时为木箱简装二十四瓶一箱），方才趁酒兴作别。归来渡轮之上，阿宣一扫前些日子之忧郁神情，两颊已为酒精沁染至酡红，迎江风击节而歌，喜不自禁也。

复半月，那才女将电话打至我所在宿舍，约我同去登小镇那一小段古城墙。我初异，婉拒。才女说有事请我帮忙，申明莫约阿宣同往。我应约前去。才女边与我在城墙之上散步，边把用意说明。

原来那阿宣自海边那次便早已爱慕于她，此后一周便以电话展开攻势，未果，便单刀赴会去造访她家。才女对其并无那爱情感觉，便以言婉拒，并问阿宣为何不与我同去。言下之意已很明显，只是将阿宣当作普通朋友。那阿宣被爱情冲昏头脑，并未听出其意，便佯称我有事不能前往。回家之后便又来邀我做幌子，借口我欲与她探讨诗歌文学，才女信以为真，才有开始那场家宴。

阿宣误以为才女已垂青于他，便又独自上门约见。这回才女没有这么好的修养，推出其父做挡箭牌。昨日阿宣又来叩门，其父脾气暴躁，见这当兵的屡次纠缠爱女，怒将其拒之门外，言明不欢迎他再来。阿宣心下黯然，便将手中之水果递上，以期见才女一面，又为其父驱之，只得悻悻而归，如同那红楼中的黛玉。行至楼下，便有水果铺天盖地从楼上掷下，几个梨正中其身，才女在楼上见阿宣抱头仓皇遁去。

得知真相，我便答应才女劝阿宣苦海无边回头是岸，便与才女作别，为免搅入浑水，从此不再与那才女联系。但从此数日内，不见其人，我去敲门他也不开，问他同系教员，答曰其处于失恋之中。从此但闻夜晚那吉他声极哀婉，如杜鹃之泣血。

如此越数日，终于在教员（训练处）食堂复见阿宣身影。只见他警服整齐，新授了衔，那一杠两星赫然在肩，显然神气许多。只是头上缠得大圈白色纱布，如同那英雄王成在朝鲜战场，神情落拓，平添几分英雄气短。

　　我急赶上去询问何故搞成这样，阿宣苦笑摆手，避而不答，转身离去。

　　又过数日，一傍晚阿宣忽内线电话至我宿舍，约我同酌。我得令速赶去，他早已备好酒菜，纱布已取下，露出数寸结痂伤口，有手术缝合针脚若干。

　　那日酒至半酣，他便将原委一一道来。原来那日遭受水果冷遇后，他便心如死灰，郁郁数日不得平复。一日，有高校举行舞会，系团支部书记特邀其前去教授舞蹈。他初不愿去，后想郁闷得紧，去放松一下也好，便骑上"小马"，出门赴会。

　　到达现场，无非是以舞会友。阿宣失恋不久，自然望去一切皆灰色无味。至舞会结束已近十点，他便骑车返营。归途必经过才女所在宿舍。阿宣至其楼下，见其闺房灯亮，心内一阵激动，往事涌上心头，不仅泪水潸潸。夜晚了，她不睡，在做什么？是在著诗，还是读书？她是否还记得我这一往情深的痴情警官？他这么想着，边骑边回头去看那窗前灯光。那路上本就无甚明亮灯光，他虽胡思乱想，骑速却并不慢。正思索间，便觉迎头遭受重重一击，眼前登时冒出无限星星灯火，闪烁礼花。当下，连人带车放翻在地，晕死过去。

　　良久醒转，便得数人围观。他那天身上穿着警服，便听有人议论："这当兵的撞了撞了。"他方才醒觉：刚才一不留神，将脑袋撞上停在路边一辆大货车的尾部，以其瘦弱之躯，无异于以卵击石矣！当下血流满面，头晕眼花。有好心百姓赶来将其扶起，他站立不稳，便又倒了。那百姓急问他如何？他忽想到才女，便说："我这附近有熟人，烦请你去到那楼上××房间，唤那×小姐来，就说是她朋友。"

　　那好心百姓果真上楼，一会儿，见有一熟悉身影近得前来，他未及辨认，那身影在数米开外顿了一顿，显然已认出自己。阿宣正满怀感动等心上人前来呵护，谁知那身影转身便消失不见。

那百姓转来，无奈摊手道："那姑娘说不识得你，我也没办法。"阿宣只觉天旋地转，在路边挨得半晌，苦苦挣起，独自摇摇晃晃推了车子去附近卫生院草草包扎，身心俱伤，撑回宿舍。

阿宣叙述完毕，双眼泪光盈盈，仰脖尽酒一大杯。

后我与阿宣虽仍为友，但他变得深沉无语，我便与他渐渐远离，至第三年，我同届有女兵欲考军校，找上阿宣请其辅导文化课。阿宣原本数理功底极扎实，见有美女上门自然热心为其效劳，并义务提供茶点夜宵，更不取女兵分文。数月后，女兵应试，得中，数日后便离营去天津就读。阿宣又连着数日郁郁如死灰状，不知其故。

数日后，便有他同事放出风来：原来阿宣为女兵辅导功课，日久生情，欲将爱意向其表白，谁知落花有意流水无情，那女兵为提升文化，表面上敷衍，心内却恶之。至考上军校，便径自离去，更无半个"谢"字。

我闻听此消息，便对阿宣顿生怜意！

阿宣的吉他搁在墙角，许久不弹了。有一日，我在站哨，见远处有一小黑点疾驰而来，到得近处，却见是阿宣。他满面笑意，一脸阳光地递过烟来。我估摸着他又找到新的目标了。

许多年以后，我忆起阿宣，想起一起看海的日子，却已想不起那个才女的名字和模样，仿佛有一砚墨汁倒在溪水里，缓缓稀释，终究由各种形状化为无形。

而阿宣，我想他该早就娶妻生子了吧！

麻　排

新训结束不久，麻排便从我们的视线里消失了。小个子告诉我们，麻排回指校去完成毕业的最后程序。原来，他带我们新训只是实习阶段。

除了比较自负，开不起玩笑以外，麻排身上并没有别的明显缺点，甚至部分女兵还对他的粗犷风格颇有好感。他也是本省人氏，原为农村户口，当兵给他带来了根本性的转机。

小个子是他的粉丝之一，常常与他同进同出，并常以家中带来的一些土特产孝敬于他。小个子是我们这群人里比较富裕的，家中开得数台绸机，经营状况颇好。

麻排敬礼的动作很不标准，却潇洒。他个子高，站在我们面前有鹤立的感觉。每回敬礼时，他即将手举至帽沿边，然后向前作半个砍劈动作再收手，就像美国战争片里的军官敬礼。我们在练习军人姿态的时候，有意无意地模仿他这个动作，后来被黄队大骂一通，说我们不是美国兵是革命军人。我们举麻排为例试图申辩，黄队大怒道："等你们也当了干部再说！"

　　说实在的，麻排这个动作也就他做出来看得，像流大、阿联他们做了，就不免流于浮浪。倒是黄队的军礼敬得干脆利落，漂亮异常。我们新训结束向首长汇报时，见黄队挺胸收腹，小跑至台前，一个转身并腿，同时右手举起敬礼。整套动作一气呵成，我们私下里一片啧啧声。后来在勤务中队站哨，我反复练习军礼，终于也敬得有几分黄队的模样了。

　　麻排总是和我们提起在指挥学校的苦，称那为"非人生活"。我们直听得一愣一愣的，常常产生麻排读的是西点军校的错觉。觉得要是警校出来，那就是钢铁战士坚不可摧了。他原来做义务兵时，便在大院服役，供职于训练处下属之校图书馆。这实在是个清闲的差事，换作我早就乐不思蜀了。可两年的图书管理员经历好像并未给麻排带来多少书卷气，只有在训练间隙，我们听到他那有些沙哑的歌声时，才约略感觉他似乎有些心事。

　　麻排与勤务班一名蒋姓班长为同年兵加老乡，蒋班是留在部队准备转志愿兵的，长得五短身材若武大，脸上也是一脸如星辰般的麻子。我们入营时由他负责给我们理发，他干脆利落用手剪将我们一个个理成马桶盖式。据麻排说，其军事素质颇为不错。我们常常见他俩在大院同进同出，一个瘦高且略佝偻着背，一个粗壮但挺胸收腹，对比鲜明，却甚为和谐。

　　我们新训之时，麻排有一天专门邀蒋班来给我们训练，蒋班果然素质绝佳，那口令喊得虎虎有生，特别是对女兵，更是言传身教，手把手纠正其动作失误，实为琴心剑胆也。可惜女兵不识好歹，在背后竟对其颇多微词。

　　此事不知缘何让麻排得知。那日，他吹哨将我们集在一处，满脸阴云，大声骂道："居然在背后说蒋班长是花班长！你们简直是反了！"

我原与麻排关系算是不错，但一次愚人节玩笑，加上此次多少有些公报私仇，令好几位战友对其品质与度量均产生怀疑，新训结束后自然不再与其接近。

我在校务处三个月后，麻排毕业回转，仍在勤务中队。十二月，又征新兵一批，为江苏兵，其中还有几位女兵来自省城，有两位女兵为某部首长千金。麻排自然又担负起新训任务，平哥其时已任警卫班长，也被抽调出来组织新训，一日邀我去为新兵教歌，一来二去，便与新兵们混得熟络，其中一位千金名阿丽，虽容貌很是一般，但极豪爽，举手投足皆有女侠之风，其父托了老葛关照于她，不久便也熟了，如同兄弟般地相识。

那时，我已不堪忍受校务处压抑的氛围与那几个助理干事的嘴脸，主动请调至炊事班。干了一周后，处长知道我心中有气，便亲自找我谈话，问我有何要求？我答，无它，但求一清静之地，待至退伍便可。处长宽厚，便将我调至校务处下属仓库，任班职保管员，掌管枪械库，与一名叫季光的志愿兵同住一室。季光人极好，与麻排也系同年兵与老乡，麻排不时也来走动，与季光杀几盘象棋。

我是最先预知麻排要出事的人之一。不过也是纯属偶然。那日午后麻排来，我与他打过招呼，他便与季光在宿舍之内摆开棋局。我在走廊搓洗衣服。未几，有一正连职教员（我与他并不熟识）脸色青黄，迎面大步走来。我与他招呼，他只问得一句："XX在不在？"我说在下棋，他不再答话，疾步奔入。我见那教员手上拎着一根武装带，心知不妙，连忙跟上。

　　值麻排棋兴正浓，那教员奔入，一言不发拎起武装带劈头盖脸打去，麻排连忙举手格挡，那几下尽数落在他肩膊之处，向来潇洒神武之麻排此时竟满面惊惶，丝毫无还手之意，只是一味格挡闪避，终不能避。那教员已势同疯虎，将武装带抡得呼呼风响。我们一时皆呆住。季光反应过来，连忙上去抱住那教员，谁知那教员打得红眼，收手不住，一下抽在季光手上，季光忍痛，纳头将教员劝推出室外，我则将麻排推入内室躲避。那教员初挣着要扑上去打，怎奈季光死力阻之，他便一声不吭转头便走。

　　麻排脱下上衣，见那臂膊之上皆是红肿与血痕。我无知，问他："究竟缘何打你？"麻排顿了半晌，方吐出一句"他神经有毛病的"，便转出门走掉。我复问季光，季光显然隐约知道真相，但支吾着要我别问。我遂不再打听，但总觉事出有因。

　　又一日，晚饭毕。我在操场边看麻排他们打篮球。那麻排身高，打得一手好球，并会许多花式，他一个三步上篮，将球利落灌入球筐，博得掌声一片。忽有那教员，铁青着脸从球场外围疾速无声趋近，很像动物世界里的猎豹捕食猎物的模样。我又见他手里赫然拎着一块板砖！

　　有谁大叫了一声麻排的名字。我见麻排从篮架下转过头来，见那教员已冲上前来，他急扭头拔腿躲避。同打球一学员见势不妙，急上前习惯性地以身体作攻防阻挡，那教员闪了几回皆未脱出包围，便擎起手上板砖，咬牙道："闪开！谁挡我我砸谁！"那学员呆了一呆，教员趁机脱了包围，死命向麻排追去。

　　麻排慌不择路，但身手轻捷，只见他一个旱地拔葱，跃过场边一排黄杨，我才领略其在指校的训练确实不虚。那教员可能几何学得不错，从斜刺里包抄过去，很快接近麻排。麻排大惊，两人绕场急奔，有学员见状，又试图阻挡教员，有一学员终于成功抱住其腰，那教员受阻一时挣脱不得，见那麻排已如脱兔般遁走，急怒之下，猛发力将手中板砖掷出。

教员显然失了准头，那板砖未能追上麻排，重重砸在水泥地上，又弹跳起来砸中一名学员的脚背，那学员登时发一声喊，将身子蹼作一团，抱脚呼痛。满场大乱。再看麻排，其瘦长惊惶背影转瞬为一堵墙所隐。

此事后几天，我见小个子拎一篮饭菜，穿过足球场往苗圃方向去，问给谁送饭？小个子黯然答："麻排。"我大惊，问小个子，含糊不能答清，便转去宿舍问季光。季光见已不能瞒，便一五一十将事情讲来。

麻排在义务兵期间，于图书馆搭识妇人一名。那妇人系教员老婆，随军而来，安排在图书馆当临时工。麻排正青春年少，而那妇人也多情且有姿色，日久生情，便做了一处。时日一长自然有风雨满城，那教员约略得知又无证据，自是十分恼怒，便将妇人调离大院。不久麻排考上警校，教员以为从此无事。孰料麻排与那妇人为真情所系，学期间两地书频，堪比牛郎织女。麻排学成归校后，重情复燃，便自然又做了一处。终究为那教员察觉，便有上述状况出现。

情事败露，组织上开始调查，将麻排隔离关了禁闭。那时大院里不断有人被禁闭，非风流韵事便为经济之事。在部队，涉此二事皆意味着军旅生涯乃至个人前途的终结。麻排被囚于苗圃，责令限期交代。小个子忠心耿耿，自愿做了送饭的狱卒。

小个子不断有情报出来，令我们得知麻排近况。据说，其先是拒不交代，保卫处便对其精神施压，保卫处原就极精于此道。麻排抵苦不过，便要来纸笔，写了两天两夜。那保卫干部大喜，取来一看，却是毫不搭边之言情小说。再施压，再重写，折腾半月，终于将自己情事一一交代于纸上。据说麻排文笔也好，更将那细节之事也述得一清二楚。

本以为此事到此为止，谁料围绕此事却越闹越大，千丝万缕开来。先是阿丽等女兵被叫去问话，出来大怒，破口大骂麻排。我问之，原来那麻排不仅将自己与教员老婆情事一一交代，更以小说笔法将他在新训期间与女兵之浪漫情事一一写出。究竟真相如何，至今我不得而知。但阿丽父母旋即来校斡旋，最后终于无事。后阿丽称，那大院有一首长（长得酷似演员牛犇），与她父系同行，有宿怨，逮到机会便利用麻排，将污水泼于她身。阿丽便称麻排为"疯狗"。

我闻听大骇，若事情属实，那麻排虽有错，最终也只为权力争斗一牺牲品耳。

如此禁闭一月余，那教员早就不耐烦，一纸诉状以破坏军婚罪将麻排告上法庭，地方法庭查证破坏军婚者也系军人，便又将案子按下，告知部队，后又将案子交由军事法庭审理，结果不予起诉，由部队进行军纪党纪处理。麻排遂被开除党籍军籍、摘下肩上新挂不久之少尉警衔，作退伍处理。

麻排离开大院之时，悄无声息。我正好在走廊之上，看他经过楼下。他穿一身旧的光板警服，背一个褪色的帆布大包。他的脸色由于长时间的禁闭而变得苍白无比，背似乎更佝偻了些。小个子像条尾巴一样拎着一些行李，无声地跟在身后。我朝他挥了挥手，他习惯性地举手行了那个美式军礼，行到一半时似乎察觉出什么，软软地放了下来。

那是一个清晨。

我似乎听见空气里弥漫着一阵薄如轻雾的歌声，那是麻排以前最喜欢唱的《人在旅途》：

从来不怨／命运之错／不怕旅途多坎坷／向着那梦中的地方去／错了我也不悔过……

小个子

　　家境富裕的小个子，倒无多少铜臭之气，也实在是个有趣的人。他喜欢运动与女人。

　　运动一为足球，其寝室内皆是当红球星之大幅宣传纸，也不时上场去踢上几脚，或早上在伙房前将球颠上数百下。

　　二为溜旱冰。他人矮壮，重心低，稳。那双四轮双轴的旱冰鞋一穿上脚，便如同哪吒踩上风火轮，玩出许多花样来。他所在的学员食堂伙食最好，他将身体营养得很好。开饭时，他创造性地将溜冰鞋穿到饭厅之内，手举托盘，闪展腾挪，时不时还打个圈子，或者S型，赢得学员阵阵掌声。所以，小个子的泡妞攻势，通常皆在溜冰场内拉开序幕。

　　小个子还有一个长处就是很坦诚。美女和足球，永远是男人的两大诱惑。他的原话还要朴素一点，我将其升华了一下。他从来不避讳谈泡妞，并常常将战果拿来与我们炫耀一番。

　　那时，我、阿唐与他三人玩得最拢些。阿唐与我喜欢去田野捉田鸡，打鸟，或去山上拔笋，摸螺蛳什么的。小个子倒不十分喜欢。我们三人常结伴渡江去对岸玩耍，他一到得那小镇，若是白天，便直奔那棉纺厂边的溜冰场而去。若是晚间，便与我们一同看上几部香港警匪录像。时不时还与当地老百姓发生一点摩擦，起因大多由小个子惹起。

那小子本来在地方就喜欢聚众打个小架什么的，警服穿在身上，便似穿了神甲，似乎手底功夫也好上许多，便时不时想惹点事端出来。

那日晚间，我三人渡江去对岸看电影。到了江北码头，小个子一摸身，发现没带烟，便去码头对面街边小店买烟。店主为一三十开外男人，拿眼角瞟了我们一下，便扔出一包卷烟来。小个子见那烟盒皱了，便要换，店主不快，嘟囔了句"小当兵的"。似觉他人对兵有些排斥。小个子闻听大怒，点着那店主便说："霍拉泥子（当地骂人方言），你说我们什么？"

那男人颇魁伟，立马从店里抽出一根棍子直奔店外，指定小个子大声回道："就骂你个小当兵，咋啦？！"

小个子一见这架势，便顿在当地。我们也未料及这男人如此嚣张。不打肯定不行了，阿唐见小个子被震住，立即冲我使个眼色，我们即上前从左右使个绊子，放倒了，顺势反关节下了那棍子。那男人没有料想我们动作如此之快，欲起身反抗，小个子见势态已为我们所控，迅即赶上来，使那踢球之腿朝他胸口一撩，那男人扑地又倒了。此时听得店中一声尖叫，冲出一凶悍婆娘，手举一柄火钳作搏命之状，我等她趋得近了，以腿将其逼退数次。小个子取了那男人丢下的棍子，作随时攻击状，却并不下手打她。她见不能得势，便站在数米开外破口大骂。

那男人趁势起得身来，捂胸奔进店里，又抽出一把菜刀作势欲冲上前来。我们三人立在街边，冲他冷笑。阿唐大声道："你若敢拿刀来劈，我们定将你扔入江中！"那男人闻听略惧。此时那婆娘也慌了神，急上前抱住男人，去夺他的手中刀。男人得了台阶，便任由女人将刀夺下，又觉失了面子，拿手指定我们道："你们也不打听下我是谁？等着，待会儿不要从这码头过！"说完，返身去店里打电话。

我们见战事已结束，便不与他计较，返身去工人文化宫内看了两部录像。轮渡最晚是十点半，我们早已将打架之事忘记，边说边往码头走去。离码头数十米远时，小个子眼尖，忽道："看！"我们抬眼望去，便见那码头周围站得十来个大汉，均作社会人打扮，四处溜达观望，似有所待。

我们见此状，便退入一条弄堂，商议对策。轮渡是必经之地，若不能按时返营，查出来是要处分的；可若行至码头，极可能引发殴斗，对方人多势众，安全难保。若打电话到对岸求助，显然已来不及，且很没面子；若报警，被黄队得知必大骂："打赢了回来，打不赢别回来！报什么警？！我们是武警！"

如此踯躅一会儿，眼见末班渡船即将开航。阿唐顺手从地上抄起一根大木柴，卷了袖子道："走！看他们怎么着！大不了拼了！"我遂从腰上抽出武装带，将那铁头向外，捏定在手。那时，我们外出习惯将武装带系在内腰带之上。小个子随地找了一块方形地砖，夹在腋下，以手扶之。三人便大摇大摆向码头走去。

到得码头，那十数人便蠢蠢欲动。我望见那对面码头小店老板正在柜台之内急切张望。码头检票口有铁制栏杆数米，仅容一人通过，那几个便或坐或靠于栏杆两侧。我看出他们手上并无家伙，心里略宽慰。三人疾步走到近前，那时年少轻狂，倒真的是抱着豁出去拼了的准备，便现出杀气来。

那几人未料我们有备而来，见我们手上都操着家伙，也吃了一惊。为首的冲几人使了个眼色，那几人便装作无事，掏出烟来抽。我们视若无见，心里却是万分警惕，走至栏杆之内，故意放慢脚步，显出从容无谓的样子。随后三人便通过栏杆，到得码头近水平台之上。

此时，摆渡客人已经不多，轮渡尚未到点，引擎轰轰作响。为提防那几个人赶来，我们三人便以背对轮渡，望定上风的检票口。见那几人冲我们这里指指戳戳。我那时水性不甚好，最怕他们人多势众拥将上来，将我丢入江中，做个溺死鬼，实在太没面子。

直至渡轮鸣笛，我们即返身上船。轮渡缓缓离岸，江面波光吊诡，变幻莫测，有轻风拂来，方觉手心已尽为汗所湿。

小个子比较讲究养生，且方法怪异。食堂内常备有鸭蛋无数，他自去取用。一次，我与阿唐经过食堂，见他举着个绿色茶缸，一脸得意之色，递过来说："要不要来一杯？"我们探头见那缸内有两个敲开的生鸭蛋，便连连摇手。他转身去锅炉边的小管子里放了热水，将蛋冲成半流汁，仰脖喝光，抹抹嘴道："营养毛好。"我们正恶心之，他道："每天两个生鸭蛋，身体赛过活神仙。"我与阿唐相觑无言。

又一日，我在宿舍，阿唐电话来说："快去卫生队，小个子出状况了！"两人在服务社内买了点糖水罐头，匆匆赶去，见小个子正躺在病床之上打吊针，形容枯槁。见我二人来，他眼里流出泪来，道："兄弟，我不行了。"说完，转过头去，那泪也顺着鼻梁横向流到另一只眼里。

我们急向身边护士（和我们是同年兵）打听。她告诉我们，小个子昨晚突发食物中毒，上吐下泻，已拉到脱水，连蹲下去的力气也没有。我们恍然大悟，便问小个子："是不是昨天又食过生鸭蛋？"他点点头，又将头转回来，另一只眼里的泪又横向流回来。我说："糟了！肯定是沙门氏菌了。"后二人安慰他道："小个子，没事，拉完了就好了。"他神情黯然道："没用的，好不了了，我不行了。"说毕，又转过头去。

他病好之后，阿唐问他："现在还吃生鸭蛋不？"他连说："打死我也不吃了！"我们回想起那日情形，哈哈大笑。

入秋，三人去院外田野散步。我眼尖，看见路边石缝内有物蠕动，仔细看时，是半截蛇尾。我素惧蛇，但喜蛇肉味美。小个子与阿唐来自农村，皆不惧。小个子眼疾手快，跳下去一把揪住，便往外拽。那蛇便在石缝内躬起身子，将关节撑在石壁之上，小个子哪里拨动半分。阿唐随即跳下助力，两人共拔之，但听那蛇骨作响，有断裂之虞。我虽惧蛇，但经验较为丰富，连叫"绷住"，莫使蛮劲！他二人便绷住不动。

我又道："像拔河般，先将手往里松松。"他们便将手松一松。那蛇以为得释，速松了关节，欲往洞内钻去。我大叫一声："拉！"两人一使力，顿时拉出一大截来。那蛇觉出不妙，又将关节撑定。二人得了办法，松拉两次，便将蛇拉出洞外。那蛇张嘴欲咬，阿唐早拿脚将蛇头踩住，伸手下去掐住七寸。小个子道："我去拿刀。"便飞也似的跑回院内。我们沿田野慢慢走回来，那蛇在阿唐手里扭动挣扎。

不多时，小个子拿剪刀来。阿唐熟练地将蛇剖开，去了蛇皮，剪去头尾。那段蛇身也有尺半，还在拧来拧去。阿唐知我惧蛇，故意将那段蛇身递过来说："你拿一下。"我连忙将身往后跳开。阿唐、小个子大笑。

三人拿了蛇身去我宿舍。我打开电炉，阿唐拿了蛇去自来水边洗净了，剪成数段，放在碗里盛了。小个子又去食堂拿来姜蒜与啤酒。

阿唐起了油锅，正在观察油温火候，小个子大大咧咧将姜蒜往锅里一扔，那油便溅了起来，正好溅到阿唐手背上，登时起了两个水泡。阿唐痛极，大骂小个子："你小子没见我在啊？"小个子翻个白眼道："又死不了的！"阿唐大怒，拔拳要打。我拦下，二人反目良久。

不多时，蛇肉爆炒得熟了，奇香无比。我叫了季光，四人开了酒喝得畅快，便忘了那争吵之事。我口不能禁，将蛇肉吃得大半。阿唐笑道："碰么，不敢碰一碰，吃起来倒是厉害！"后来看阿城《棋王》中"知青吃蛇"那段，便想起在警营吃蛇之事，似乎要有趣得多。

后来战友相聚，阿唐说得最多便是小个子的趣事几件：一为那次争吵，二为那次拉肚，三为小个子泡妞，四为惹是生非。

退伍前，小个子惹了一件大事。

一日，他又与阿施、箍头、阿唐四人便装去江对岸玩。有辆三轮车经过时不慎擦了小个子一下，小个子拎起腿就是一脚，蹬在车尾。那车夫哪肯罢休，下来揪定小个子就要打。小个子见对手神勇，一时也呆了，作声不得。又是阿唐率先出手，将那车夫打了一顿。那车夫扬言找人报复，便踉跄而去。四人渡江回对岸以为无事，谁知身后发声喊，数十名车夫持棍棒呼啸而来。四人发足狂奔。阿施力竭，被围住打。阿唐英勇回来解围，与那跑在前面几人揪打作一团。小个子溜进警卫班，呼哨一声，在中队里休息的兵士全部出动，展开群殴。阿唐见有援兵到来，愈发神勇，将那领头之人按在墙角一顿暴打，小个子上去以脚猛踹。那人后跪地告饶，说："真不知道原来你们是武警学校的。"遂带人折返。此事总算不了了之。

小个子后来退伍回地方，子承父业做起了布匹生意，赚钱颇多；后来，找了同村一女孩结婚生子。有钱有闲，有房有车，但还是喜欢足球、溜冰与女人。有时相聚，我们历数他当年趣事，他也不恼。

我有时想：小个子有时真的算得上是用下半身思考之男人。可是只要率真，下半身与上半身未有多大区别，比那些个用上半身思考却做下半身龌龊之事的人要可爱许多。小个子对麻排忠心耿耿，也好同战友相处，虽有小商人的狡猾和农人随遇而安的品性，却不失为一有趣之人，如此甚好。

阿唐与J指导

阿唐为我入伍期间最好的战友之一。那时,我觉得他人虽精瘦,但精光内蕴,举手投足皆有气派,便戏言他日后必成大器,说不定可以当上村支部书记。

阿唐在勤务中队任文书,黄队对他也颇不错。一般来说,中队里的军事长官与政治长官要么是冤家,要么是好搭档。黄队作为军事长官,素质过硬且强势;而作为副指导员的J,相对来说就要薄弱一些,因此倒也相安无事。只是阿唐是个刺儿头,与他更是天生对头,以致闹出许多故事。

J指导其实人还是不错的,只是有些官僚作风。比如他要求阿唐每日为他打水打饭,甚至要挤好牙膏。阿唐从小没有侍候人的习惯,在地方也算得一条好汉,自然有些不情愿。J指导在黄队那里得不着什么势,在兵卒面前摆一下架子、体现一下威严也是极合情理的,因此动辄要责骂阿唐。

阿唐因为要上进、想入党,自然也忍耐下来。中队枪械由阿唐掌管，一日要阅兵，J指导便来寻阿唐。阿唐正好出去早饭，J指导找不见阿唐，便拿螺丝刀，将阿唐的抽屉橱柜全部撬开，将他衣物用品翻得到处都是，遍寻无着。阿唐回转，大怒，便去问J指导，反被对方以"无组织纪律"为由斥责一顿。阿唐受了气，郁郁不欢。

也合该有事。次日，他打水去J指导办公室，正好J指导去如厕。阿唐见一大串钥匙放在桌旁，想起昨日境遇，顺手捞起，飞出窗外。那钥匙画了一道弧线，落入围墙之外的鱼塘中。阿唐带上门，拎着水瓶跑到楼下，转悠了一阵，才假装刚打好开水上了楼，敲开J指导的办公室。

此时，J指导已回转，正如热锅蚂蚁般找钥匙，见阿唐进来，便狐疑问道："有没有见我钥匙？"阿唐头也不抬道："我刚打水回来，怎么会见你的钥匙？"J指导被噎得无语。后来，阿唐见J指导手持螺丝刀，"碎碎碎"将自己所有的抽屉橱柜全部撬开。阿唐转出门外，在拐角处闷着嘴，独自笑了半天。

冬天来临，J指导在办公室里伏案写报告，或者阅读理论书籍。J指导口才肚才均属一般，但还是比较喜欢讲。上政治思想课时，他照本宣科，直讲得嘴角白沫乱泛，加上不时习惯性地翻一下白眼，很像癫痫病人发作的样子，常常令我忍俊不禁。部队里没有空调，手脚不免冰冷，J指导便将茶杯里倒满阿唐打来的热水，捂一会儿手便倒掉，再满上，再倒掉，一个上午要消耗三瓶开水。阿唐气他浪费，建议他去买个热水袋算了，谁知又被责骂一顿。

阿唐出门在走廊上站了半天，仍不能平复怨气。正好见J指导出门，一声冷哼，冲阿唐翻个白眼道："政治学习了，给我泡好茶拿到会议室来！"说毕，甩手便走。阿唐在J指导办公室里一边泡茶，一边想起自己所受之待遇，便又恶向胆边生，朝泡好的茶里"呸呸"

啐了两口唾沫，以沸水冲之。那绿茶本就有白色茶沫，便混作一处，分辨不出。

阿唐恭敬地将茶杯放在J指导面前。J指导正讲至兴浓，遇茶来，便翻个白眼，歇上一歇，举杯噘嘴，将那浮叶吹开，津津有味地喝上一口。阿唐在后排正襟危坐，腹肌不住颤动，差点笑出声来。会议结束，他独自在寝室内笑翻了床，令室友大惑不解。

转眼又到夏天，J指导开始活跃起来。每到傍晚，他必要阿唐为他早早挤好牙膏，站在二楼阳台刷得满嘴白沫。这时，阿唐以手指定，悄告我："这孙子又去赴约了。他现在一天要刷三次牙。"果然，他刷完牙，洗了脸，又取洁白衬衣换了，满面春风地出门而去。我在阿唐处聊天至半夜，他便又回转，自己取杯子盛水，在走廊上刷了。这回动静没有这么大了，掩了门便无声息。

我与J指导私交其实不错，盖因他系当年接兵干部，我家也曾款待于他，因此，他对我也有颇多照顾。我的文字小技在部队也为他所发掘出来，加之我非他直属，平时也可以平等交流，还可不时调侃几句。我得知他谈上恋爱，便以语言诱他将女友照片示人。他其实早就求之不得地要拿出来炫耀一番，却故意皱着眉头，犹豫半晌才将抽屉打开，又装作无奈地将照片递过来。我未去点破，便拿来看了——是艺术照，那女子果然漂亮，颇有气质。我啧啧赞之，他便得意笑之。

谈得半年多，J指导显然情入深处，态度亦变得和淡，鲜有对阿唐等兵士颐指气使。谁料已谈及嫁娶了，不知何故又吹了。据说那女子交友略广阔，与几位异性朋友颇有暧昧，后为J指导所知，也便断了。那阵子，我见J指导面如死灰，白眼连连，时叹息之，显然为情所伤。于是，阿唐等又陷火坑。

彼时，阿唐女友来队看他，我安排其在招待所贵宾房间住下。时值我掌管招待所，便可有所照顾。我初看阿唐所携女友之艺术照片，以为极文气，谁料竟是一豪爽之人。我们几个老乡去看他们，正好他二人在宿舍内嬉笑打闹，那女子不知为何火起，一个巴掌扇至阿唐脸颊，将他打得呆了，复出一脚将其蹬于床下。素来神勇之阿唐竟捂脸委屈落泪，为我们讥笑为"一物降一物"。

第三年，阿唐还是入了党。碍于黄队面子，J指导也无法找出借口阻拦他入党。阿唐入得了党，回到地方，与女友结了婚，挺恩爱。一直不知J指导后来是否找好了对象，随着我们的离开，彼此也失去了音信。推断之，他应早已转业回地方，也该娶妻生子了。当然，这是按正常推断，我们无法得知当年那段情伤他多深。

阿唐进村当了出纳，勤恳数年后进了班子，又在换届中当了村支部书记，人也长了膘，变得有村官模样了。他们那个村子由于靠近市区，地也征得差不多了，村里经济也颇好，过得数年可能撤村建居了。

前些年，我们常去他家聚会玩耍，喝多了常会谈起J指导的那些趣事。这时的阿唐书记看起来倒又像个大孩子了，我每次都笑着说："当年，我那句戏言果然成了真。"

二友记

我在警务办时，除了伙食差些，其他条件蛮好。

晚上基本独住，偶尔有助理值班。有公用洗衣机，一到晚上便是自由时空。我将地板和家具擦得一尘不染，并整理干净，在室内拉起彩灯少许，并到对岸买来葡萄酒。那时没有好的红酒，以烟台的配制半干红干白最多，喝得最多的便是"雷司令""味美思""张裕"之类配制的葡萄酒。晚上开了酒，点了灯，便常有战友前来一聚。独酌或同醉俱佳。酒至酣处，便有"梦里不知身是客"之感。

那时，常与我同饮之人有两位学员。其中一个名"冬至"，东北人，瘦高，因生于农历冬至日而得名，比我大几岁，来这里读两年书，便回东北部队。不知何故，我们结识了，成了极好的朋友。

当时学员条件颇艰苦，管束也严。至晚，他便拎包衣服来我处，往洗衣机里一扔，又把手中的下酒菜往桌上一抛，便同我一起喝酒，

他越喝脸色越白。有回我过生日，邀了些战友同酌，都喝高了。看他背靠在白粉墙上，脸色与墙作一色。我们大惊。他却笑了笑，

站起来拔腿走了。

春末，警纪整顿，晚间一律不得出营门，我也乐得在宿舍做个闲人。傍晚，冬至携酒来，却无下酒菜肴。他便约我至操场隐蔽处，逾墙而出，至一片蚕豆地。两人潜入，将那初长成之蚕豆连壳捋得大半袋。因夜色尚未完全降临，怕为人所觉，冬至便将那袋豆子塞入后腰，并将手负在后面托之，撒开大步便走。我从他身后望去，宛然一驼背老农踽踽独行，差点笑翻在地。

至宿舍，插上电炉，将豆子放入锅内，撒把盐，不久便熟了，香飘满室。此时，叩门声又起，开门，为另一学员朋友，与冬至同班，因名字中带一"桂"字，名为"阿桂"，又讹为"阿鬼"。我们拊掌大笑，来得正好，三人同饮之。阿鬼亦为本省人氏，来校前在南部沿海边防服役。之前与冬至同来我处玩，谈起诗歌便眼睛发亮，原来是一铁杆诗人，遂引为友。阿鬼身上多书生意气，恃才傲物，风华正茂。我便常与他交流诗作，不时小酌。他最喜徐志摩，一度到达痴迷的程度，而笔下诗作也多有志摩之缠绵潇然，曾在校内外诗刊杂志获奖若干。

夏末傍晚，我与他散步江边小径，看那江水滔滔。他与我谈及部队生涯，心中那些青春情愫，初恋、理想与憧憬……谈至兴处，他便拉我去江边一家饭店小酌。那老板娘早就与他熟稔，便在后面小院单独为我们备下一张小桌。他叫了海瓜子、盐水花生和白斩鸡等，与我对饮。

那个夏夜并不甚热，院子虽小却洁净，围墙之上攀满爬山虎与凌霄花。我们谈志摩、金斯堡、维摩诘、顾城与海子、席慕蓉、纳兰性德……那夜喝了许多酒，出得门外，星辰满天，均在飞速旋转。夜凉袭人，我与他约定每人作诗一首，以录今晚心情。

我当兵第二年，他们即告毕业，离校回原部队。他走之时，赠一精美日记本给我，嘱我走后再翻看。载他的大巴车离开大院，我翻至扉页，上面呈阶梯状写有六字：浅园、凉夜、小酌……

不觉中，竟有热泪盈眶。

与我同游最多的还是冬至。休息日，他常来宿舍约我同去对岸玩耍。走遍那个小镇的角角落落，还有田野农村山间，亦尝遍各类奇怪小吃。

冬至话并不多，却是一个可以交心的朋友，且为人极幽默，喜那些歪扭对联，常挂在嘴边的有：

"大海啊你真他妈蓝；天空啊你真他妈大。"

"风声雨声读书声我不吭声；家事国事天下事关我屁事。"

等等……

我们数次同登招宝山。

山在小镇东北面，不高，因处于入海口，向来为兵事海防要冲，又称"鳌柱山"。扼入海之要冲。登临远眺，则江、海、天同揽眼底。山腰有铁炮数门，昭示曾经的战火，好像与一位姓吴的将军抗击外侮有关。山顶有座圆通殿，为宝陀寺残存大殿，香火很旺。山脚有明代抗倭威远炮台遗址，仅余残垣数块。

每至山顶，俯瞰船舶来往、码头繁忙，海天一色，有山风猎猎而来，便顿起长啸之意，一吐胸中浊气。

一日，我与他游山归来，至山脚，见那山壁之上生得大片如茵之野蕰。我道："此可当得佳肴也。"冬至闻听，立即俯身而上，不多时便挖得一大把。回至宿舍，我便将其一一挑洗干净，拣嫩的切成寸余，在开水中略焯一焯，以麻油味精并少许椒酱拌之。冬至早出得门去沽了白酒与猪耳一包。当下拉开架势，吃得不亦乐乎。冬至以箸指薤赞曰："不知山上原来有此美味！"

冬至与阿鬼是一同毕业离开大院的，回东北大连军中继续服役。他也赠我一笔记本，上以清秀隶书写了副对联：

有感即通千江有水千江月

无机不被万里无云万里天

我想起，这是招宝山凉亭里的一副联子，蛮好。

冬至在军中谋事至今，又经历坎坷不少，娶了公安系统一警花。我新婚蜜月去北京，让旅行社直接买了去大连的火车票。那时，我与他不见已六年有余。到站是清晨，他与妻子早迎候在车站，见了面，他抢过我的行李，说一句："来了？走，先去家里吧！"似乎那是我们共同的家。在大连几日，没有一日是清醒的，皆在酩酊之中，唯一有印象的，是大连滨海那美丽的风光。次年，他出差来我处，亦宿于我家，每日同饮，爽！

阿鬼后来在南方娶妻生子，我们不时有电话联系。他为公边缉私艇长，常要出海。后来我退伍、工作，他也换了地方，九字头的模拟机也打不通，竟失了消息。我想，以他之性格，本不宜在军中久待，该是转业回地方了。很想通过一些方法再找到他，但转念一想便作罢，还是留着那个夏夜最好——什么都在变，只有当年吃酒谈诗的感觉永存。

老兵季光

在警营三年，差事做得极为芜杂，计有通信员兼文书、炊事员、保管员、班长等，做得最久的便是第二年的班职保管员，住仓库宿舍，与一名叫作季光的志愿兵同住。

仓库共两层，已经很旧了，一楼堆放了一些破旧的营具，前面空地上还堆了两门船艇上的小炮，为学兵训练之用，平时以篷布遮盖。

我们住二楼正中间，开门正对操场，可见全景。季光二十八岁了，服役近十年，转了志愿兵，保管被装。他身材不高，但很有精神，极自律且俭省。

我初至仓库与他同住，他是排斥的。我的那位前任退伍回家，他已独住数月，当然颇为自在，见我一来出手便分云烟、红塔山，便认为我是纨绔，虽用手接了，却夹在耳上，从胸口袋里掏出一支北仑港来抽，还问："你这点津贴抽得起这么好的烟么？"

其实，我那些烟还是入伍之时和后来家人看我时捎来的，我也只是随处乱散，耍烟罢了。他觉得我非他同类，便时时存有戒备。

一日，阿丽她们几位女兵来玩，我便以零食待之。那几位女兵皆为参加我策划晚会之时相熟，正当青春年少，在这枯燥警营之中，难免喜欢寻点乐子。我便叫拢几位战友，喝点儿酒。阿丽她们便将舞会开至仓库宿舍，随录音机音乐跳几支交谊舞。这若在大学校园，原本也为极正常之事，怎奈身处军营，非官方组织，便别有了些意味。女兵邀季光同舞，他忸怩着红了脸，称"不会"，只将身子缩在角落床边，看我们跳，时不时喝两口酒，不停抽烟。

次日，我被副处长找去谈话，内容大致为："有人反映你在组织黑灯贴面舞会，造成不良影响，有伤风化，望引起注意。"警营不是社会舞厅，生活作风是直接影响入党的——副处如是说。

我出得门来，郁郁不平，转而分析：此事应无他人会告发。回宿舍，一脚将门踹开。季光见我阴着脸，便问我何事。我正在气头之上，便拿手指定他道："老子挨剋了！有人在背后告密！你说这事和你有关不？有种别抵赖！"

他沉默了一下，嗫嚅道："是我说的……"我便大声说："有种就当面跟老子讲，背后告密，算哪门子好汉？还老兵呢？"他青红了脸，说："我不是要告发你……"我没听完便甩门出去。

次日，他早起，见我醒转，便怯怯递支烟来，说："那事是我不对。我是错看了你性格，现在知道你是直爽之人，向你道歉！以后大家有话当面讲好不？"我想了想，接了烟说："好。"

时日一久，知他原为极憨厚之人。他家境不好，便早早出来当了兵，勤苦做得数年，转了志愿兵，只为一个居民户口和日后的安置，也算得吃公家饭之人。按理讲，被装保管员是个肥差，每年皆可有一定比例的被装损耗，可作价抵，但他把账目记得一清二楚，从不贪半分便宜。我觉得他生来就应是来这里当保管员的。

他藏有好酒。二楼最东面仓库存放有数箱汤沟大曲。这些酒存了很长时间了，不知道是从何处得来，也从没有人去过问，账目上也没有。开箱检视，那酒已蒸发了许多，大部分只余半瓶。他有时便去取来饮用，打开闻闻还很香。他建了一本酒账，每次划个"正"字，到月初发了饷，便按当月消耗数量将钱交出去，以每瓶两元计。

除此以外，他很节省。他快而立之年了，也该找个对象了，于是，省下大部分钱寄回老家。保管员是不必每天出操的，但一到早上，听到起床号，他便起来洗漱完毕，往脖子上搭块白毛巾，做几个扩胸抬腿，再跑步出院门而去。他跑的是五公里越野。跑到满头大汗回来，待收了汗，到自来水边擦身子，夏天就去冲个澡。

他还是比较看得起我的，说我有文化，写得一手好文章。我那时喜欢漏夜看书写东西，自然晏起。他便说"年轻人要早起运动身体才好"，便拉我去跑五公里。我碍于面子跑了一个月。他腿短，但耐力比我好很多。我后来不跑了，他便直摇头。

他还会武术，据说是家传的。看他摆得几个架势，确实有些形状。他在仓库里吊了一个沙袋，时不时去打上一阵。这个我也喜欢，便同他一起打。我打了几天，有次把沙袋打出一个洞，黄沙泻了一地。他并不责怪我，无言将袋补好又挂起来。

一日，他见我打沙袋，问我是否练过拳击。我说："在地方跟一个师父学了两周散打。"他说："怪不得出拳有点样子。不过散打也没什么用，还是传统武术好。"他这么说，分明是夸自己好。他说："你下盘不稳，飘，要扎马。"他举起一条板凳，摆出弓马箭步，确实舞得像那么回事。他说，那是家传的，攻防兼备。我看他那些套路大开大阖，便想起武打书上的情节，道："你这个好像是北派武术吗？"他点头，称此为"罗汉十八手"。他还对我的直拳边腿嗤之以鼻。那日，同打沙袋，他便说我这架势没用。我不服，他便笑嘻嘻道："我们来比划比划，点到为止。"他拉开架子，取了个很标准的守势，我则原地以小踮步，伺机而动。对峙了一会儿，他大约是看到我哪里露出破绽，大吼一声，直趋上来。我本就是个花架子，看他虎虎扑上来，一下子慌了，将身子往后，急纵避之。他埋头一拳击出，到我身前已不能穿鲁缟。我看他脑袋在我眼前，便跳将起来往他脑门上狠命一凿。他吃了痛，捂着头很吃惊地看着我。然后，他装作没事的样子，往后退了一退，又摆了个架势。我知他内心急躁，便蓄势以待。他大约又看出我的破绽，发力一喊，将腿直踹过来。我知他腿短力量极好，心下就有些慌乱，便弃了守势，转身欲走。为阻他攻势，我急乱之中看也不看，往后踹出一脚。孰料他正扑上来，猝不及防，被我胡乱踹中胯部。

他脸一下子白了，躬身站在当地，以双手覆于胯部，状极坚忍。我见闯了祸，连忙赶上去相扶道歉。他连摆手说："不打紧，不打紧。"忍着痛挪回房间，躺到床上。

他并不责怪于我，但后来没有再来指点我的姿势。一日中队联欢，我又受邀去主持，借机隆重介绍季光的家传板凳操，并动员女兵怂恿他来一个。他忸怩了片刻，就上场欣然将那板凳舞得如同风车一般。显然，他有阵没练了，中间有几个地方记不太清了，就停下来，挠挠头皮，复又想起，继续舞下去。尽管如此，他的表演还是赢得了满场热情与鼓励的掌声。

他善于自得其乐。除了弄点小酒，还常像个退休老头儿那样，弄个小半导体收音机，一边听一些谈心或音乐点播节目，一边干活。

他说："那些谈心节目真的很有道理，对爱情不能放弃，坚持不懈必有结果。"我说："那都是放屁话！"他呆了，说："主持人怎么会说屁话？"我说："当然是屁话，坚持不懈不外乎两个结果：好了或者吹了。当然'必有结果'！你追林青霞试试！"他挠了挠头说："倒也对啊！"便过去将台转了。

不多时，他整理行装要回去探家，很是神秘兮兮地告诉我：他这次回去是相亲的。他当我是朋友，才告诉我。我当然替他高兴，说："你要抓住机会，看得好了就主动出击，现在不讲含蓄的，你时间不多。"他点头称"是"。

一周后他回来，不再提相亲之事。过了两天，我终于忍不住打听。他苦笑着将大意与我说了。原来，他嫌别人介绍的女友容貌不佳。他说那女子倒是对他很中意，人也蛮实惠，蛮主动的。但他不满意，觉得拿不出手。我说："老婆是娶来过日子的。"又举了钟无盐的例子。又问："那女子总不至于比钟无盐还丑吧？"他说："我没见过钟无盐的照片啊！"

我知道他正犹豫，便不再多问。那阵子，他常与我对酌，喝了酒便说些心里的话。他开始接受我的观念，做人也没有原来那么紧了。

转眼便是第三年春上。我接到调令去另一支队服余下的几个月兵役。季光开酒为我送行，也赠我一本笔记本，上面以美工书法笔简单写着：赠我最亲爱的战友阿健！

我知道他是把我当作警营中最好的朋友之一。在仓库的这段时间，我们磨合，然后熟识，并结成真正的战友。从他身上，我学到朴素与节俭、低调与内敛的品质。

又过了几年，我得知季光已娶妻生子，并转业回了地方，隐于某单位。听说那妻子就是原来那女友。

警营记乐·打鸟

　　我于一九九〇年春进了大院，一九九二年春上离开，在这个院校服役两年整，从一不谙世事的青春少年磨炼为成熟稳健的青年人，此段时光是我人生中青葱亦难忘之岁月。警营为机关，少了基层全天候的训练之苦，却多了些钩心斗角之恼人事。

　　噫！以我当年之书生意气，怎堪此俗事之扰？原设想那警营为俗世中之绿洲，孰料竟是一杂烩耳！然俗则俗，时日久了，也从这俗中品出人生之甘酸苦乐，此为最大之收获也。

　　人生已届不惑，忆起那些警营中的欢乐之事，犹历历在目！故稍录乐事几桩，以邀诸看官同温耳！

　　一乐为打鸟。

　　我在地方之时，酷爱打鸟，且枪法颇不俗。至部队，任保管员时曾保管枪械，闲来便将那各类枪支快速拆解重装，对枪支原理性能也更有了解，十数秒便可将五四手枪半完全分解，再组合完毕。五四笨重、穿透力强射击入门较快；六四便携，但射击精度较难把握；

七七式精致，且撞针为内藏式，可单手上膛击发，也为驻外武官佩枪；七九、八五微冲也是各有千秋；八一杠自动步枪为阅兵与处决犯人所常用……

因枪弹分离，那弹药为老葛分管，老葛便时时约我同去专用靶场过枪瘾。我住仓库宿舍之时，窗外时有鸟儿飞来叽叽喳喳，惹我心痒。一日打靶，我见那树上停得一只小鸟，兴起，便以手中八五微冲瞄准射击。枪响后，羽毛乱飞，待拾到目标，发现鸟身已为子弹巨大冲击力打得支离破碎。军用枪打鸟到底不行，我便设法从中队借得一柄破得不能再破的老气枪，"工字牌"，为当时总队供基层娱乐所配发，打得破了，便无人要打了。

枪是轻磅中断式的，要折下枪管填弹，射击精度极差。我校正了一下准星，因膛线磨损，便往枪管里灌了些枪油，勉强提高了一些精度，可旋即发现更大的问题。我提着枪去苗圃打鸟，瞄准一只野鸽子，扣动扳机。原以为必中，那鸽子却若无其事地飞走了。我听声音有点不对，仔细看时，原来那粒铅弹卡在枪口之上，一半在内一半在外。

回去拆开了枪检查，发现那皮碗（活塞）已破损，压缩空气后如未在短时间内击发，空气便渐渐漏走，其力再也不能推动子弹射出。因没有备件，我又往那活塞之中灌得一些枪油，可勉强暂时保持密闭性。

枪械不给力，便不再外出打鸟。那些野鸽子即便中弹，也未必能被打下来。于是，每日持枪在宿舍窗前守候。窗外为一围墙，墙内有排小树，麻雀常常飞来飞去。我将枪悄悄伸出，伺机瞄准狙之，命中率极高。击中后，我飞奔下楼取回战利品，又持枪守候。

后来，我一度做了"专业打鸟人"，十分逍遥。每天早上起来，洗漱完毕吃过早餐，在电炉之上搁个小锅，倒点油，便去候鸟。鸟来，击之，中。顺路在自来水边将鸟身剥洗干净，回来扔在油锅里炸一下，敲个鸭蛋下去，煎熟了便吃，有几只吃几只。有时，斩碎了放个汤，也很鲜美。季光在旁看得呆了，复又馋了，我便送他一只尝鲜。他专门倒了一杯酒，虔诚吃了，赞我枪法好。

时日久了，那鸟学得乖了，知道此地为"百慕大三角洲"，鲜有再飞来的，我便还了枪不再打，但此时葬于我腹中的已有数十只矣！罪过罪过！

警营记乐·采撷

二乐为采撷果菜。

驻地附近皆为农村,去大院七八里,便有重峦叠嶂,随意入一山谷,便为风景绝佳之地。只是当地土葬风俗犹存,每每见那山中新旧坟茔,不免感到有些瘆人。有回偶然发现一前清进士之古墓,两边有联曰:人生一局棋,世事三更梦。忽起忧伤之意。

有一日我与冬至阿唐小个子数人同去山中游玩,不意闯入一片果林。因地处偏僻,似乎也无人看管。我们见那树上刚挂得青青李子,便摘下来尝之,极酸。冬至倒也不惧酸,摘了一大把嚼之有声,害我们腮帮酸胀,口水直流。

后又发现一片桃林,那桃子刚刚长成,很小,头部有一点红,茸茸可爱。尝之,居然鲜甜。当下几人便钻入林中,若孙悟空般大快朵颐,直吃得腹胀嘴粘,便去觅水洗嘴手。

到林中一处山泉边,洗手。不知谁惊叫一声,抬头看时,便见那泉边堆得褐色瓶子许多。仔细看时,上面有"乐果"及剧毒标志——

骷髅图案!

同去之人皆大惊,想今日遭报应矣!几人惶惶折返,有人在半路即捂腹叫痛。被这一叫,我们亦觉腹内古怪作痛,内心之惊惧远甚于腹中之痛,想若是如此中毒身亡,必死得极难看,且不光彩!几人挨回大院内,便想往卫生队冲去。后有人阻之,说去了定有处分!待上一会儿,我们竟皆觉腹中无甚大事,才知一场虚惊,从此落得笑柄!

大院西面靠近江边有一橘林,橘子尚青酸之时,早为小个子、阿唐等觊觎。至晚,几人悄悄潜入,见那橘林有点星照明灯。小个子摸块石头,随手一扔,竟正中,登时灭了。胡乱趁黑采之,一会儿便得"战果"一化肥袋。回到大院剥橘尝之,甚酸,胡乱散之。次日入食堂吃饭,牙早酥了,竟咬不动馒头。

至冬日,下雪。我邀几位老乡来宿合吃火锅,各人将好吃东西聚到一处,在伙房之战友拿来鱼肉若干,以电炉架一大锅食之。吃至一半,菜尽兴未尽,我们便逾墙至老百姓菜地。那雪已覆于其上,我们踏雪寻菜,觅得黄芽菜数棵,外表已为雪所冻,软不拉塌,呈烂布状。我等扒去外面菜帮,取菜心,白里泛黄,宛如玉雕成。真乃败絮其外,金玉其中也!切菜,得一满脸盆,下入火锅,吃得良久。

夏。窥见墙外有片绿莹蔬菜拔地而起,细观之,为莴苣。垂涎之,趁夜逾墙过,以美工刀轻松削得数棵。返宿舍,去皮削成薄片,以盐略腌之,浇入麻油味精拌好,早晨带去食堂,片刻被席卷一空。

夏夜无聊,阿唐便找来自行车辐条,剪去一端在石上打磨尖利,另一端用螺钉固定,插入竹竿,做成一柄田鸡枪。晚间,约我去田野,打个手电戳田鸡,我打下手。阿唐极有经验,一扎一个准,不多时便得半篓。两人回转,在中队厨房忙碌一阵,炒得喷香田鸡一盆。

刚要开吃，门"咣当"被踹开，黄队一阵风闯进来，皱眉道："你们在干什么？"我们慌了神，连说："搞点夜宵吃。"黄队使劲吸了吸鼻子，掀开盖子见那美食，严肃问道："这是什么？"我们答："田鸡。队长要不要来点？"黄队面不改色，道："嗯！到我办公室来吧！酒我有！"转身便走。我们会心一笑，三人在其办公室饮至夜深。

暮春之时，万物苍翠。我约阿唐、冬至等人同上山。山上野笋遍地皆是，不多时便可拔得许多，至山下田沟，又摸田螺数枚。至山中一野浅水湖，见那湖底有河蚌，便挽裤管摸得许多，用一破麻袋装了，一路拖回来。到宿舍，各自分工，剥笋、洗田螺、敲河蚌，至晚便做出咸肉炒野笋、红烧田螺、雪菜蚌肉，又沽了酒来，醉归。

警营记乐·喝酒

三乐为放假时喝酒。

我初到警营之时，可谓遇酒便倒，平日只得一瓶啤酒，便头晕眼花。遇老葛，怀才不遇，牢骚盛，终日以酒浇胸中块垒。我为他所邀，亦引为可谈心之人，终日同饮。他量豪，每回至酣处便大骂之，有竹林之风。我几杯下肚，早已昏然不知归处。

后有阿丽等加入，亦是豪爽之人。几人常同去院外小店饮酒。一晚饮至半夜，忽失了老葛踪影。一路呼喊寻来，经过路边一排水泥预制板时，隐约听见笑声，仔细看时，是老葛正蹲在那预制板后，像个大孩子般咯咯直笑。我们知他喝高了，欲扶他起来，他摆手道："不要起来，此地甚好！此地甚好！"

与冬至、阿鬼等喝酒也是乐事，不拘小节，不讲究菜肴丰俭与否。冬至云："今朝有酒今朝醉，明朝没酒喝凉水。"又云："感情浅、舔一舔;感情深，一口闷;感情铁，喝吐血。"我与他们喝酒吨位不同，但那种感觉特别之爽。

与黄队亦时有同饮。至节日，黄队便邀他看得起的几名战士到他家。嫂子极贤惠，下厨做饺子、羊肉汤。我们便开酒同饮。黄队家在山东烟台，为盛产苹果之地。他分苹果有一绝：手上稍一使劲，苹果便应声而裂，有如刀剖，尝之，极香甜。我们也来试，却不成。黄队说，家乡男女老少皆会此技，盖因运用巧力。黄队喝酒吃饭，常备生蒜几粒，或洋葱一个。喝口酒，嚼粒生蒜，或掰片洋葱，津津有味。我们看得眼馋，仿效之，辣至涕泗横流，口不能言，惹黄队大笑之。

春节，黄队又邀我与阿唐同饮。自中午喝至晚间，阿唐失了踪影，遍寻又不见。后去推厕所之门，为物所阻，猛力推开一半，探头进去，见他已颓然在地，如烂泥矣！

夏夜，本为浪漫情愫滋生之时。每当夜色降临，若无事，我便去小店拎一瓶啤酒，随意弄点花生米，坐在长长的走廊之上，看眼前川流之各色人等。有恋爱中的男女干部绕场散步，有来参加短训的学员学兵在秋千架、单双杠和浪板上玩出各种花样，有人也踢几脚足球。天色渐渐暗下来，辨不出人影。当熄灯号响彻整个大院的上空，一切变得阒寂，偶有萤火虫自天空掠过，如同流星。我慢慢喝着酒，又拿一把吉他，轻声吟唱。唱童安格、齐秦、张洪量、刘文正……忽想到柳三变的"忍把浮名，换了低吟浅唱"……此时的喝酒，纯属一种舒适与随意。有酒意慢慢袭上，便转身入眠。

若同约三五好友对饮，便天南海北，尽诉各自单位之事，趣事、愤事、绯色之事。大院环境复杂，故少不得哪个志愿兵在外花天酒地被抓获处分了、哪个干部勾引女兵了、哪两位义务兵恋爱了、哪位教员与老百姓打架被扔进江里了……聊完了，拍拍屁股，伸个懒腰，便休息去了。我凭栏，品味那一廊的静、一地的狼藉，便想起丰子恺的那幅画——《人散后，一弯新月天如水》……

警营记乐·同游

四乐为同游。

大院两年，周遭各处基本玩了个遍。我从来都是喜欢游历之人，而他人也喜欢同我游历，无论参谋、教员、战士、军士。那时，许多景点均可享受军人优待，票款可减免，正好任我四处闲逛。我也不拘一格，无论山水或城市，心中有景，便处处是景。

近处常去海边，找到那块"未名沙滩"，串了烧烤去，拣了柴，生起小小篝火，喝酒，听潮起潮落，凉风拂面。抑或骑车去开发区，在尚存之滨海老街上随意逛逛，在古旧的店面里买回一些现代的月份牌或一个廉价的气体防风打火机，回来把玩半天。

也坐车去到闹市之中，流连于鼓楼下的古旧书店，看那"缸鸭狗"店名的由来；到"城隍店"去尝尝那里的臭豆腐，到"天一阁"去看那藏书的泥胎雕版、善本线装……去走走那"走遍天下，不如N市江厦"的公园，看夜晚霓虹耀眼，看灵桥飞架江上……

也去那剡溪边的蒋氏故里，谒文昌阁、丰镐房；登妙高台，踏蒋母墓道，看青山如屏，松冠如盖。品千层饼尝芋头……

更去那供奉佛祖舍利之著名寺庙，在香烟缭绕、善男信女诵经礼忏声中，品味三藐三菩提，或至后院经幢，读那金刚般若……

青春总是好的，得以游遍驻地山水，也实为一桩幸事。多了与别人不同的心思感受，眼见得多，属于自己的思想与感受自然也多，读万卷书，不如行万里路。

警营记乐·办刊

五乐为办刊。

那时勤务中队建得团支部，书记为话务班一卢姓女兵，健谈开朗。团委要办刊，但无人懂行。J指导推荐我。她便来找我。我这时已在宿舍做姜子牙很久，见此事甚合我心，便担纲下来。

先是约稿，找那些有点基础之战友或学员，倒是约得一些，却少不得要大加剪裁编辑，侍弄完毕，还有封面设计。那时无电脑，亦无PS，更无图片库，我便去书店买了报花集，翻拣合意之图样。我无美术功底，但一时无人可帮忙，我便硬着头皮花了半夜依样画葫芦，将报花上一幅图片描摹下来，并略作改动，请人题写了刊名。刊名是我起的，名为《江之畔》，拿去打字班老乡阿虹处帮忙油印。

创刊号出来，散文、小小说、诗歌、杂文、扉页、插图均不缺，颇得好评，又有人专门访来交流，包括几位教员，平时自视也高，但与我交谈之后，便放下架子，时有唱和。

杂志为月刊，共出了三期，便被高层叫停。理由为"本就有院刊，再弄这些小刊，不利于集中与团结，容易出政治问题"。我因集编辑、校对、美工于一身，正有些腻烦，便得了台阶收手。那时在部队，手写文字变成铅字发表本已不多见，算是稀罕事，因此结识甚多可爱的朋友。从策划到最后出刊,各种付出,终有结果,其中感受,虽苦犹乐！

警营记乐·探家

六乐为春节放假集体探家。

众老乡早早订了火车票，并到当地购得一些土特产，便踏上返家之旅程。阿联与流大二人虚荣心颇强，去教员处借得二杠一星衔两副，挂于肩上。车厢中果引来好奇之目光——好年轻的少校啊！他们便得意吹嘘自己为武警特种部队警官。我们几人对此嗤之以鼻。

回到地方，除探亲友外，终日相互吃来吃去，今日到你家，明日到我家。最爽还是到农村战友家，如阿唐、篩头等，必杀鸡烹羊，大碗喝酒，至晚醉归，为那朔风劲吹，酒意上头，有人随自行车仆地翻入路边沟中，如《水浒》情节再现！

又一日，篩头上街，见远处一人上穿皮夹克，下穿军裤，歪斜上身骑着自行车慢吞吞过来。篩头定睛认出原是建中。家乡遇战友分外亲热，便迎上去大呼其名。孰料建中只抬眼看上一看，如闻所未闻，又低头骑车而过，将篩头撂在当地。篩头呆了良久，后遇我等说起，皆有此遭遇，方知其性格使然，便不作怪。

　　我探家回来，自有以前同学朋友来约。那时已有 K 歌包厢，便开了包厢胡乱唱歌。我所唱皆为军中豪歌，余者仍唱那流行情歌。当时，粤语歌曲方兴未艾，他们喜唱张学友、张国荣、黄家驹，我不甚会唱。唱毕去消夜，在街头排档，遇到喝酒之人皆点头认识，许多将头发理成港式马桶盖，穿肥大萝卜裤双排扣枪驳领西装，像随时要效仿电影《英雄本色》中的黑社会火拼。

　　冬天故乡也下了雪，便有三五好友同学来约同登超山，遂欣然前往。到了大明堂，看那梅花已结得骨朵若干，有生机暗匿。"何时买棹冒雪去，便向花前倾一杯。"过昌硕墓，一行人嬉闹上山，直奔山顶。沿途皆为竹林，竹上落满积雪，有同学趁不备猛撼之，积雪便劈头盖脸砸得我们一身，大笑。到得山顶，已发微汗。转去寺庙，求了签，得上上签，自己解了。又去后山，山势略险。俯瞰山下，见那遍地莽莽，河流与湖泊、鱼塘如点点光斑缀于白色阡陌之间，山风萧瑟入骨，又起苍凉之意。伸臂长啸，复回至半山腰，在小铺点了五香豆腐干下酒，酒意上来，便又兴奋，嘻哈半日归家。

　　一行人轰轰烈烈，闹了半月，便又陆续分批乘车返回大院。后半月则尽聊家中之事，分享家中带来之美食。

警营记乐·旅途

七乐为火车旅途往返。

我因工作原因，常去杭州出差，顺便可在家中盘桓几日。火车往返，旅途约四个多小时。火车之上，遇得不同人等，怎奈并无艳遇。

那日遇一老人，自上海来，去 N 市办事，彬彬有礼，矍铄又健谈，竟八十有二！我见他容貌模样，不过近七十。他是跑码头之人，年少时竟与水果阿笙（杜月笙）有些瓜葛。我一路听他谈那沪上旧事，他那学徒生涯，津津有味！

他告我仍在帮几家公司谈点生意，盖因子女家中无人赡养，反怪他不留许多财产于他们。好在他是老江湖，江浙沪一带人脉皆熟，便受聘做了掮客，从中赚取生活费用。他说已赚得一些余钱，除留一部分做棺材本外，另外悉数留给孙子孙女！车至目的地分手，他给我名片一张，称我为"小朋友"。我将卡片放入口袋，挥手道别。谁知次日将衣泡入洗衣粉中，此卡一并被搓洗一回，待发现时已成纸糊。我觉得不会联系他，却不忘了这位老者。

也有遇骗子经历。一次出差回部队，遇一小伙坐我对过，见我穿军装，便主动搭讪，说他也是武警。我见他下身穿条警裤，似乎是同行。他问我在何处服役，我告知，他便将我部队的情况说了个八九不离十，并举女兵鱼儿为证，称与其父较熟。

我便信任于他。他称自己为公安 × 处服役。我与他一路聊了些部队中事。到站，他便与我分道扬镳，走了两步，折返回来，问我身边可有余钱。他称自己忘记取钱，隔日定上门归还。我掏袋中，尚余十几元，留下中巴票钱，余者悉数给了他。

至部队，偶尔问鱼儿是否认得 ××。鱼儿小嘴一撇道："认得！"此人为其父所下辖一中队兵士，因多次诈骗而被开除军籍。我方知遇上骗子，还好损失不多，心下也并不在意。

过得数日，门卫电话至我宿舍，称有一战友来访。我大喜，接过电话才知是那骗子。他说要来还我钱。我早已心中有数，便不动声色迎他进来。他与我扯了半日，也未提还钱之事。我见晌午，便请他去饭堂吃了一番。他倒吃得挺有味道。我暗中告知季光，此人为骗子。季光惊问："那你还请他吃饭？"我忙说："别出声，我自有道理！你莫上他当便可。"

饭毕回到宿舍，他终于绷不住开口说，本来是来还钱的，怎奈又接电话要去出任务，身边正好没了差旅费，要报销了才得，可否帮垫付个一百元，到时与上次所借一并归还。我心中暗笑，答道："正好津贴费全部用光，正在等家中接济。"他便装出很焦急的样子。我说："那好，我找战友想想办法吧！"他眼中便放出光来。我丢个眼色给季光，便出门去中队与战友胡吹海侃了两个多小时。

我看涮得他差不多了，便打电话回宿舍，季光接电话，说那人正在走廊之上徘徊不定，开始连问你怎么还不回来，后又花言巧语骗季光借钱给他。我大笑,让季光把电话交给那骗子。骗子接过电话,我装作很无奈地叹了气说:"我帮你去借过了,一直借到鱼儿那里。鱼儿不知为什么不肯借你啊!她让我转告你句话:以后不要说起她,也不要对别人说你的真实姓名,还说要去保卫处……你和她有什么瓜葛啊?要不,下个星期你再过来,我帮你想想办法?"

他听了此言,便挂了电话,惶惶拔脚便走。季光后来告诉我,那家伙都顾不上和他说再见。"为什么我们不好好修理他一顿?"季光有些遗憾地问。我说:"对付骗子就要用骗子的方法。修理他?我还嫌累呢!"季光大笑称"是"。

此为警营乐事几桩,每每忆起,便有愉悦与怀恋之情萦萦绕心头,挥之不去。

大结局

　　一九九二年，又是春暖花开之时。距离我们当年新兵蛋子怀揣懵懂忐忑之心初入警营大院，已整整两年。此时，我们心境皆与当时大不同，不再单纯以追求上进或入党为目标。习惯了，很多东西便看得淡了。我们好几人故意摘下中士、下士衔，换成列兵衔。

　　当时，我们几人正好参加完警校预考，结果出来，大出意料。我等文化课较好之参考者无一入榜，平哥倒是赫然列入其中。后知其为考军校无所不用其极：先是想方设法与阿丽同年兵之另一警校副校长千金谈上恋爱，以期可以走通关系；后又使父母托关系，预先争取到考学名额；两年相处下来，我们对其品性早已摸透：一切皆为实用主义，只要对自己有利，皆可不择手段；在新兵连时，即在背后试图挑拨我们几个表现优良的士兵，无论是否同乡；为考学有利，想方设法讨好黄队，以换得警卫班班长一职；看谁表现较好，对其发展有可能构成威胁，便在背后无中生有捏造事实；我与阿唐等皆领教过他之手段：想要你帮忙时，即满面堆笑；无用时，便转身捅刀。我们后皆以"旺某"呼之，实在是恰如其分。

他后来终于如愿考上警校，毕业后分去沿海一支队。不久，便攀上一门亲事，结了婚，盖因其老丈人为当地四套班子领导之一，后借力升至教导员。我们猜他胸无点墨，少了底气，最重要的是人品太劣，终究不会再有多少发展前途。据说前些日子已转业，入一公司赚大钱去了，此消息有待证实。我却无意去证实，此类人等留给我的只"鄙视"二字，所有同去当兵战友皆不再同他联系，即是明证。

我们原对考学并不十分在意，只是其中的暗箱操作令人愤愤不平，遂向院方要求公布成绩，讨个说法，校方领导避而不答。一切昭然若揭。

我婉拒了黄队欲留我在勤务中队一年的好意，其允诺明年为我争取考学名额。后接到调令，我去离家不远之支队继续服役，思考一番，终究不惯大院内的怪现象，遂弃了长留军中之意。

离院之日，父亲借车来接。我整理好行装，与众战友依依惜别之。

车出校门，驶上江边公路，于车尾滚滚泥尘中回望大院围墙，渐行渐远，泪不能禁。此为青春感伤之泪，非不舍也。

至当年十二月，除平哥外，所有同入伍之老乡皆退伍回到家乡。正应了某大师的那句话："一个士兵，不是战死沙场，便是回到故乡。"我们去时在火车上为九人，后来了阿虹，也算正宗老乡，回来也正好是九人。

阿唐回来后被安置到村里，娶妻生子，后来通过数年努力，当了村支部书记，在当地颇有声望；早些年，我们常去他家聚，现在虽各有各忙，也偶会通个电话联系，若几个聚拢喝酒，还会谈起当年当兵之事，大笑浮一大白。

　　阿施在电影班放电影，有一定美术功底，人也挺聪明。电影班也算得一逍遥之地，他表现也颇不错，便有我们同训之江苏女兵英子倾慕于他，二人遂谈起恋爱。此本为警营所禁，而阿施不知何故得罪了电影班一江姓班长，两人关系渐趋恶化，江姓班长后纠老乡设计圈套于他，故意离开电影班，中途杀个回马枪，将其与英子堵在室内。后因英子有资源，校方亦不再追究，但眼看到手之党票却飞了。

　　英子后考上卫校，阿施回来后进了某金融单位。英子毕业后，分至省城一武警医院，二人终于结婚生子。英子为照顾家庭，又脱下军装转业到小镇，换上警服，也可谓一往情深。阿施经历颇有温莎公爵之风，终成正果。然近期传出二人婚变消息，个中缘由，我等不便妄加猜测评断，却实在不是我等所希望见到。

　　篩头性格温良，慢条斯理，一副与世无争的样子。回到地方，在各处当了阵保安，我们也常去他家玩耍。后家里拆迁分得一笔钱，他又做回联防保安之类，衣食应无虞，亦娶妻生女，后撤村建居，也当上了社区干部。彼此许久不联系了，都记不得其家的确切方位，有时常会想起他。

　　小个子是最无悬念之人，从哪儿来回哪儿去，子承父业，做了纺织生意。小子聪明，渐渐由小康至富裕，造了房子，买了车，娶妻生子，在市场里摆了摊位，自有稳定客源。平日里甩几把扑克，除了屋里还贴着球星的海报，以及到时不自觉蹦出几句粗口外，也渐渐发福，看不出当过兵的模样了。

　　阿联在驾驶班开了阵子车。有回出勤务，见路边有辆车子自燃，驾驶员束手无策，他便跳下车以灭火机喷之，终于化险为夷。对方写表扬信到部队，因此得了嘉奖。但后来他屡犯军规，不久便被取消了驾驶员资格，调至小个子所在的炊事班当炊事员至退伍。回地方后，被安置于一机关单位，当了领导的专职司机，一时颇为春风得意，逢人便称自己为特种部队退役，可以一当十。因他所属编制为机关下属实体，几年后公司在整顿中被取消，他也下岗，辗转无所得，最终还是干回老本行，当了一个汽训教练。估计那个汽校所有学员皆以特种兵教练为豪。

流大因家境较好，先是设法去汽训队学了汽车，回转，便被安排在驾驶班。他总是一副洋洋自得的样子。我与他交往不多，大概他颇认为自己是个天生楚留香，便与话务班过从甚密，应了那时热播电视连续剧《济公》之主题曲：哪有女兵哪有我／哪有女兵哪有我……后来他出了个车祸，将一辆军用切诺基翻到了河里报废了，据说当时车内有另一女子。所幸人皆无大碍。待到第三年上，他又托了关系退伍（当时的政策是驾驶员属技术兵种，需服役满四年才可退伍），被安置在地方的财政部门。我那时常见他开一微型车于街上溜得飞快，看样子日子蛮滋润的，但这均与我无涉。

子清是极老实之人，不会托关系走后门。他好学，理科极好，军事素质也不差，参加了考学的预考，被刷将下来。他倒是想得明白：人家有关系。他在部队食堂当了给养员，专门管账的。我们也时常在一起玩耍。退伍后，他被安置回原来的国有企业，做电工，工资不高。他便同人在外面开了个家电维修店，补贴家用。我结婚之时新居里的线路都是他给我排的。后来，他也娶妻生子，单位转了制，他又回转，踏踏实实一直做到管理层。

建中家里有人在民政部门，当初也是托了关系进的部队。但他人倒是极老实，一声不吭地在炊事班干了近三年。退伍后，还是由民政部门安置，居然和我做了同事。他当了经济民警，我去了业务窗口。他一直干经警到现在。后来，单位还分了房子。经人介绍，他与一女孩登了记。但不知为何，新房装修至一半，两人便分了，至今仍是单身。他就像是一声叹息，久久不变，静静地延伸着。

老乡中唯一的女兵阿虹原系农村户口，在打字班里不知何故被评了残，便农转了非，分配至地方某金融单位工作，一直没发现有残疾迹象，估计是走了"明修栈道，暗度陈仓"之道，倒也是个爽快之人。

据说退伍时，大院之内设了送别宴。每年此时，便为一级戒备状态，因每年皆有退伍兵可以从此解除军纪束缚，借酒大泄三年不平，常常弄得领导下不了台。那年领导层学乖了，将士兵档案押后一月，再调回地方，以防士兵作乱。但场面还是乱了，桌椅照例还是被掀翻，杯碗还是被摔碎在地。我原所在校务处的副处长最终也走避至一小会议室，拉灭了灯，任兵卒们将门砸得山响，亦不敢出来。闹完了，第二天，大伙儿便坐上大巴车走了，毕竟回家是一个不可抵挡之诱惑。

同年，那批福建兵里农村户口的大多留下来转成志愿兵。卡西莫多与肖狐、阿林皆退伍回家。肖狐油滑、不务正业，后期与一犯事之学兵扯上干系，对方为重案犯，肖狐后来也差点背上罪责。阿林原来表现优秀，后被人察觉有梁上君子、妙手空空之癖好，最背了处分。我们这才明白新训之时不断有人短少钱物的原因。

我调去离家甚近的支队服役，任班长。因是基层，人也少，自然也简单许多，又交下朋友数位。九个月后挨至退伍，便分配至某金融单位，从此坎坎坷坷十数年，也换岗，也跳槽，也娶妻生女，也交喝酒写字朋友，也为小人算计，红尘俗世之中，原多纷扰，所谓爱恨情仇，亦皆心内一时之悸动，无心，无欲，无憎，无爱，故无怖。但每忆及警营之事，宛然历历在目，皆因彼时正值青春年少。对酒当歌，人生几何。一路走来，自有情节常令人回忆，然一切皆归虚幻，徒增岁月华发。

权以此作结。

湖畔散记

桐扣桐扣

    上塘河自武林逶迤而来，过丁桥、星桥、临平至海宁逐海而去，串起了我漫长的青春期。临平的祖屋在东，桐扣的外婆家在西，两地相隔约十华里许。我的中学时代也在河之湄的龙兴桥畔度过。桂芳桥、西洋桥、宝幢桥、星桥、跨塘桥……无数次缘河穿梭往返在那些古老和现代的石桥铁桥水泥桥边，而光阴像一个狡猾的骑手一样阒无声息地驶过。人事景物变迁，淡漠了城乡差别，这条隋时便已凿成的人工运河，却已经成为捆束生长在我人生里的一根神经，无法挣脱，也不愿稍离。

    这次我要说的是河边的一个叫"桐扣"的小村。身边的人已经很少知道它的来由。以前，我也一直以为那只是一个再普通不过的江南乡村，是我少年嬉游记忆——外婆的八宝菜和鞭笋冬瓜汤、河埠头的鱼虾、土屋后茶山上漫坡的树莓、夏日没完没了的蝉噪和午睡醒来井水镇过的西瓜、冬日木床上的粗布棉被和轮回因果故事……

外公在桐扣山下的河边开了一家小吃店，经营熟食卤味。河面宽阔，舟楫来往，店里的常客主要是船工和采石场的农工，记得那时还有纤夫。酒精、猪头肉和大肠的油水是苦力们最佳的气力来源和补充。但他们很俭省，三两人拼几角钱的荤菜、卤豆干和斤把老酒，夏天的时候，到隔壁供销小店沽几瓶香蕉汽酒。我从来没有看见过吃喝得这么香甜的人类。他们通常戴着泄出帽边的旧蔺草帽，厚重的靛蓝外套被汗洇湿，敞着褐色的胸骨肋排，褪色的解放鞋沾满黄泥。喝酒的时候，他们的喉结上下翻动，额上青筋暴起。吃喝完了，喊声："会钞！"捞起竹杠麻绳出门而去。不一会儿，河边传来他们低迴的号子，一块块巨石通过跳板被合力扛运到船上。负重的船顺流而下，直到暮色苍茫。

黄梅水涨的时候，外公在河岸边支起巨大的四角网，简单的毛竹和绳子组成一个巧妙的杠杆渔具。后来,我知道准确的说法叫"攀罾"，是极具古风的渔猎工具之一。拉网是最值得期待的节目。几分钟漫长的等待后，外公猛吸几口烟卷，慢慢起身，握住粗大的主绳，弓腰低喝一声，身体后倾，双手交替发力拽绳。竹网架渐渐离水，网内的水均匀向周边退去,渐渐升高的网底已有不同的水生动物"啪啪"挣起水花。充满了不确定因素的渔获即将出水，如同阿里巴巴山洞开启的瞬间……

而立之后的某年，偶翻检史志，皋亭黄鹤，桐扣佛日，稽留山民，黄鹤山樵，班荆丁兰……那些人物典故突然在某个时间段内涌入，像临平湖水一样撞到我的胸口——"吴郡临平岸崩，出一石鼓，槌之无声。帝以问华，华曰：'可取蜀中桐材，刻为鱼形，扣之则鸣矣。'于是如其言，果声闻数里。"——原来桐扣是临平湖的西岸，三十多年来，我只是在河的上下游间迴溯从之。但，石鼓本就无声，何以非要敲响？意义何在？张华何以知之？这些问题困扰了我颇久。

当年，父亲就插队在桐扣。他讲起过乌龟山，说那里原来有个巨大的、被盗空的墓葬，巨大的石龟在运动中被毁。

外婆家的老屋原在桐扣石马岭上。少年时的春天，我一路往南越过山坡去往外婆家，山道旁的映山红花丛里倒卧着石马石人。老屋的土墙仍在，山泉清澈，鸟鸣山幽……

现在想来，桐扣确曾是风水佳绝之地。大石龟和石马石人，其实就是赑屃和翁仲，是规格极高的葬制，已无意考证。我只是坚信少年时无数次走过的石马岭就是桐扣通往佛日寺古道的一段。我和那些历史上的大咖踏过同一条山道，发不同之幽情。千余年来，临平湖早已难觅旧踪，上塘河依然向东逐海而去，失去了运输功能的它变得纤细柔弱。哥特式的城堡和公园矗立在茶山之上，外公的小店正坐落于当下欧式风情的小街。老屋早已迁往农居点，良田不复，老人已故去，没有了鸡鹅、偷鸡的豹猫和曾，乡村被命名为街道，再无农耕作物生长的泥地。

那些历史和典故也许离我太远，其实也和我并无太大关系。但由桐扣，我厘清了自己血缘的脉络：百余年前，爷爷一辈在上塘河东为羊鸭号生意奔忙时，外公的家族已从绍兴循水路迁居到桐扣这水草丰满之地辛勤农作。如果没有五十年前的那场运动，父亲不会和母亲相识于桐扣，也就没有我。历史难论功过却充满了因缘巧合。而数十年来，从内心情感上，我一直没有离开过桐扣，以及这江南的水系乡村，它们承载了一个临平土著、城乡少年太多的梦呓。从临平到桐扣，仅此，便可想见彼时临平湖的阔大，仅此，便知两地无分别。于是，我总是习惯把自己想象成一条居住在桐扣的草狗，琢磨着夏日水岸边柳树上的蝉，追扑着屋后仓皇奔走的黄鼬，茶山青翠，竹林疏风，荷香飘荡；累了，在蚕匾旁打个盹，醒来看那高远处的云影投在河面流走。

多年以后，我终于知道桐扣原来是一个如此有底蕴的所在，尽管景非人非，尽管客观上它早已不在。月影穿潭，竹影扫阶，我仍然记得那些劳作的背影、小河港的水獭与河豚、看云看山的青葱夏日。

父亲节礼物

　　女儿在父亲节前夕专门送了我两件礼物：一件是一个黑色的锚形坠饰，据说是天蝎座的象形物；另一件是一个很可爱的暴力熊手机挂件，女儿说那个熊有点像老爸，脸上贴满了膏药，估计她想起了和老爸对练时被她揍得到处乱窜的样子。

　　前几日，在当地报纸上看到某商场与媒体在父亲节策划了一次父子登山比赛，女儿就有一种想去尝试的想法。我问她："你想老爸和你一起去吗？"她很肯定地回答我："想。"她的回答激起了我沉寂许久的竞争意识。虽然平时我对这类赛事并不太感兴趣，但我不想打击她的那份期盼与自信。她老妈也很支持这样的活动，第二天就跑去商场报了名，还好报上了，排在第七。

　　周日早上七点半，所有参赛队员都在公园门口集结完毕，父子搭档很多，父女只有四对。虽然女儿的体育素质在学校一直是数一数二的，我还是有些担心是否能竞争得过那些精力充沛的小男孩。但我看女儿一脸的镇定，放心了不少。

　　赛程并不太远，从门口到半山腰估计也就 1.5 公里的山路。所有参赛队员都用红领巾将手臂连在一起。老妈一再告诉女儿，赛程中要听老爸的指挥。开赛信号一发出，我就牵着女儿的手冲到最前面，凭我的经验，起跑的那一段抢占先机是制胜的关键。很快，我们就和后面的选手拉开了距离，但到陡坡时也感到体力消耗增大。我要求女儿：迈小步，不停步。我问她："累不累？"她说："还好。"我看她的小脸已经热得通红，有些心疼，但见她一脸的坚持，信心大振。

　　到三分之一的赛程时，一对父子超过了我们。我看女儿的心理有了变化，于是告诉她："不用赶，保持我们的速度和优势就可以了。"利用坡度，我控制了一下节奏，上坡时尽量放慢速度，减少消耗；平缓处加快步伐，拉开距离，同时注意后方对手的动向。有几次后方选手试图赶上我们，我们就采用消耗战，对方一有赶超的意图，我们就加快步子，他们放缓，我们也正好休整。就这样，我们始终和后面的选手保持二十多米的距离，并一直保持到了终点。比赛过程中，我好几次发现女儿其实已经很累了，呼呼地喘着气，但她就是铆着一股劲，还不时提醒我："你尽量用鼻子呼吸！"这让我知道女儿的参赛心理非常稳定，更提振了我的信心。我不停鼓励她，大声告诉她："真棒！不错！"她始终可以跟上我的步子，真的很不容易。

　　最后，我们取得了第二名，只被第一名拉开了很微弱的距离。我大声赞扬着取得第一名的选手，女儿拉着我的手，自豪地说："老爸，你看第三名差我们这么远！"但她并没有很夸张地表现出胜利的喜悦，好像这个成绩是她意料之中的。第二名的奖品是六百元的户外用品赠券，我让女儿自己上前去领取。后来我才知道：女儿在赛前已经知道各个奖项的内容，并专门到专柜选好了犒劳自己的礼物——一个户外的包包！这说明，女儿对这次比赛有志在必得的信念。

这是这个父亲节女儿送给我最好的礼物。和女儿一起比赛的过程中，我看到了她的顽强与自信，给我的鼓励与配合，父女齐心向着目标冲刺的快乐。是不是第一并不重要，是不是获奖也不重要，重要的是我们发挥了自己的优势，控制好了节奏，相互鼓励，这也是我们参加这个小比赛的收获。

尘　缘

尘缘如梦 / 几番起伏终不平 / 到如今都成烟云

情也成空 / 宛如挥手袖底风 / 幽幽一缕香 / 飘在深深旧梦中

繁华落尽 / 一身憔悴在风中 / 不管世间沧桑如何

明月小楼 / 孤独无人诉情衷 / 人间有我残梦未醒⋯⋯

夜阑无眠。

电视里正好在播 Leslie 的传记片。

"哥哥"张国荣早已在我这一代人的记忆里烙下印痕，挥之不去。

我喜欢彼时的那些歌声，如罗文的这首《尘缘》，是我每次 K 歌的必点曲目。

只是，我总唱不出那种味道。喜欢的是那种意境。

清秋、深院、明月、小楼。恍忆人生若梦，梦醒后，了无踪迹。

很多人说，哥哥的死是因为入戏太深。我觉得未必如此。他死于自己敏感纤细的内心。

即使不进入演艺圈，他一样会忧郁而死，像希腊神话里的水仙少年 Narcissis。

他后期的很多歌都是内心的表白和一生的写照。

如《我》：

我就是我 / 是颜色不一样的烟火

天空海阔 / 要做最坚强的泡沫

又如《夜半歌声》：

只有在夜深 / 我和你才能 / 敞开心扉 / 去释放天真

把温柔的吻 / 在夜半时分 / 化成歌声 / 依偎你心门

而我最喜欢他的那首《当爱已成往事》：

往事不要再提 / 人生已多风雨 / 纵然记忆抹不去 / 爱与恨都还在心里

你不曾真的离去 / 你始终在我心里 / 我对你仍有爱意 / 我对自己无能为力

每每唱起他的歌，就有一种回忆纷至沓来的揪心。

而哥哥最幸运同时又最不幸的就是，他几乎找到，或者说是他周围的人，包括导演、演员、经纪人和粉丝为他找到了最真实的表露自己的状态，歌戏皆然。于是，他本就敏感的内心一次次得到表露。那种表露多少脱不了商业化和迎合受众的意味，很自然对他本就追求完美的内心造成了不可调和的矛盾。所以，忧郁，很多时候只是一种与生俱来的品质，而非精神医学上的病态。

这个世界已变得几乎没有时间和空间让你从容地忧郁一把，因而常常选择沉默，内心深处的无语。

早起上班的路上，透过车窗，望着自己从风景里掠过，只有那个片刻里，会给自己一个空间，感叹世间的无常变化。

不要奢望有很多人会懂你。真正懂你的，只有你自己。

有谁能明白，哥哥那鲜花掌声风华绝代的忧郁眼神背后，隐忍着多少的孤独与寂寥？又有谁知道，罗文和甄妮在光怪陆离的舞台之上，引吭那曲"人海之中 / 找到了你 / 一切变了有情义"的余韵里，注定了那灿烂光华的转瞬即逝？

每个人，于这世界，只是一段尘缘耳，就像那些老歌。

一城风絮 / 满腹相思都沉默 / 只有桂花香暗飘过……

怡然二三事

亲戚赠余上好绍酒一大坛，青花瓷瓶，上掩黄绸，以锦带束之。朋友从阳澄湖归来，特意捎来三对大闸蟹，以花线缚之。秋意渐浓，想到黄酒与螃蟹之绝配，便取酒欲持螯一醉。待捧出酒来，忽又有些意兴阑珊。

独酌不如对酌。"酌"与"喝"是两个完全不同的概念。喝酒须得人多，方有气势。余量素浅，喝酒初时必拘谨，继而狂放不羁，最终委顿无声，如同一生。酌，则须有对酌之人，约三两好友足够，举杯邀月，尽谈天下之花边，纵横捭阖恣意汪洋，此时则往往有千杯不倒之豪气。

说到平生憧憬怡然之事，头一桩便是心头无闲事牵挂，邀三两好友，赁一支小舟，在菊黄蟹肥之时，径往那湖面阔大、蒹葭拢岸、水鸟翻飞之处，随波逐流。温酒、煮蟹，高声谈笑，抑或长啸，抑或证禅。微醺时，便可取纸笔，搜罗平生畅意之辞，使心情与墨迹一同酣畅淋漓。至晚，玉兔高悬，夜凉如水，箫诉流芳，于那清泠之中，重温残酒，猜枚行令，最好有抚琴者，奏沧海一声笑……

平生最爱沈三白之人文。虽命运多舛，却于平淡之中体味人生之三昧。写人情之绝品，非三白《浮生六记》莫属。然三白若无芸之相伴，则苍凉悲紧，萧瑟至极。可见，人生不可或缺知己。每忆其浪游记快之事，心境暗合也！

居家之怡然之事，莫过于庖厨。尝取肥大之鲫，刮取肉糜，和以蛋清、绍酒，高汤打底，入以莼菜以做羹汤，算得人间至味；或取仔鸡之脯肉，以利刃片以薄条，入旺火煸炒，加荷叶兑色，则碧白相间，荷香入味，滑腻爽口，佐以波尔多红酒，亦是别有风味。或学"文狐"汪曾祺，于春季去往那阡陌之上，采荠菜，入沸水略焯，切成细末，加笋丁、香干，拌以香油，抟成塔形，当得上一味佐酒佳肴……予擅治小吃，尤以馄饨见长。取五花肉治成肉糜，大虾剥皮去仁，加生粉、蛋清、芝麻，剁入馅料包裹即成。以清汤做底，加葱花、蛋皮丝、紫菜、虾皮，现烧现捞现吃，实为一大享受也！

出门怡然之事莫过于户外。挨假期来临，于论坛之上呼朋引类，负行囊帐篷，春赏桃花流水；夏去嬉水速降；秋入红叶满山；冬来爬冰卧雪，于林泉之中阅尽四季景色，饮尽携行之酒，虽苦犹乐，此为跟团旅行不及其万一也！或骑山地车，于秋高气爽之时，或暮霭沉重之时，且行且赏景，不拘远近，亦为快意之事。余少时嗜书，曾耽于写作，近年来早已弃书不读。百无一用是书生。读万卷书，不如行万里路，若秉细腻包容之心，则满山风景皆为大书也，内外风景浑然入心，又何苦钻那故纸堆欤！

案牍劳顿，于家中露台之上置一沙袋，傍晚时以刺拳摆拳边腿猛击之，至大汗淋漓，则胸中块垒顿消。击毕，淋浴更衣，沏一壶英国红茶或安溪铁观音，顿感轻松适意。

每于冬日午后，于阳台玻璃房内享受日光浴，小几之上置茶炉，取山泉水烫毕紫砂小壶，听歌发呆，不须茶点，此也为人生一大乐事也！余浸淫茶道数年，各类茶皆品，但茶中独爱乌龙普洱。盖爱乌龙之清香满溢，普洱之温厚醇和。乌龙窃以为台湾为最，早年最喜欢黄金桂及金萱，名虽有俗意，其味却是不俗。绿茶中独爱径山，须取用洁净之八角玻璃杯，先冲沸水，歇三五分钟后投入茶叶，茶汤清润鲜洁，无与伦比。至于龙井之流，鲜有正宗老茶园产出，因市面上劣品充栋，只当得工作茶。顾渚紫笋与碧螺春亦是好茶，茶汤以盖碗盛之尤佳，但切不可久焖；千岛银针以形胜之，其味偏苦；安吉白茶虽珍品罕有但茶汤太淡，如放多茶叶则有暴珍天物之嫌，故弃之不饮。红茶类九曲红梅是余最爱，祁红因罕有佳品故多徒有其名；大吉岭红茶亦是佳品，但须得用西式茶壶冲泡方有其原汁之味，以大吉岭红茶制成之伯爵茶因有佛手柑之清香，风味独特，亦偶可喝得。茶圣云：扬子江心水，蒙山顶上茶；而现时泡茶确以山泉水为上佳。普洱系后发酵，故以生饼为最，但因其须经岁月窖之方可脱去生涩之味，加之江南湿热不易久藏，故我常择优质熟饼以饮之。以紫砂小壶泡之，玻璃小杯盛之，可观醇浓之茶色。余不沾咖啡已久，盖因咖啡之磨制器具如同实验室器具，西人于此可见无风雅之意也！至于苦丁悬米大麦之流，匪茶也，不提也罢。

俗语云：开门七件事，茶米油盐酱醋茶；亦有家居七事：琴棋书画诗酒花。怡然之事非拘于形式，只要心中宁静，诸事皆可怡然。前七事略有心得，后七事则惭之：吾不谙棋道，盖因智商愚钝；略会一点吉他，却无歌以和；书法则常于醉后奋笔疾就，无章法可言，孤芳自赏也；少时喜读现代诗，古今中外皆有涉猎，尤喜余光中、惠特曼及北岛之作品；后因下半身写作之兴起而不著一句，从此弃诗。好酒但量浅，花卉虽爱，但无暇料理，故不事多年。

怡然之事究其怡然，皆因来自内心。景物虽美，不及内心之美。噫！尘缘如梦，纵有鱼肠、焦尾、的卢，余宁换美酒、秃笔、脚踏车；饮酒、笔记、骑行，历遍荒野山川林泉，且行且歌，遣一身之风尘，品寂寂之人生，此，亦为一生之怡然也！

女　儿

对于我来说，女儿有很多昵称：小乖、小兔兔、鱼宝宝、小宝、阿芃芃、臭臭。最后两个称谓，她一般是不赞同的，一个太难听，一个不真实。她说："我不臭的，是香的。"

很早的时候，我希望自己的女儿不一定要出类拔萃，但应该有健全的人格，有达观面对人生的心境。现在看来，这两点似乎不需要我有太多的担心。现在我担心的是她参加这么多的兴趣班，会不会因此而把自己弄得很累。可是，她似乎一点也不在意。

目前，她的兴趣计有：钢琴（五级）、跆拳道（黄绿带，原来考出过蓝带）、拉丁舞（二级，今年刚学的）、书法（学了半个月左右，似乎比我要好些了）、游泳、数学兴趣班、写小说、画画、打架（陪练老爸，现在已经会使用柔道的一些基本动作）……

所获荣誉似乎也不少：每学期的校级"阳光少年"，上学期的优秀学生干部（二年级开始，她就以几乎全票的优势占据了班长的宝座），今年在校运会上又拿了跳远第一、百米第二、接力赛团体第二的佳绩。

去年,她居然尝试写悬疑小说,而且还写得有声有色。学期开始,老师看到她的小说也觉得很惊讶,四处传看。可惜原稿不小心给弄丢了,目前手头上又有一部新的小说写了一半,是完成拯救人类使命的,语言和构思都很有新意。她居然非常喜欢探案侦破类的东西,总想象自己是一个高明的侦探,可以找到背后的真凶。

对于老爸喜欢的户外运动,她倒没有表现出很大的兴趣。很早的时候带她徒步过几次,全程都无须照顾,体力和自理能力皆不俗。只是,她不喜欢露营。如今,带她出去玩,她就会问两个问题:一是住不住帐篷?住帐篷是不去的;二是老妈去不去?老妈不去,她也不去。可见,她的小资倾向是十分明显的。如果全家外出,她会提前准备好自己的户外小双肩包,里面装满了好吃的东西、防晒用品和喜欢看的书籍。

学习这么多东西,她似乎并没觉得累,按她的话来说,就是挺好玩的。她的目标是以后长大去法国,因为那里是艺术的殿堂。

开始和老爸玩打架时,她总会被打疼而掉眼泪。现在,她学会了还击和拼搏,不把老爸整倒,誓不罢休。不过,她知道老爸是让着她的,于是在比赛结束后会问:"老爸,这回你让了我几分?"

对美食她也有独到的见解,喜欢吃的菜往往是最贵的。前阵子,她几乎尝遍了本地所有咖啡馆的意大利面,并逐一进行了点评,却不愿尝一尝最地道的本土拌面。不过,她承认老爸烧的意粉确实是最好吃的,这让我不禁有些沾沾自喜。

不久前,看她练书法,有模有样的,老师也夸她悟性好。我这个当老爸的不觉有些手痒,问她借了纸笔,也写了几个字。她在一边看着,说:"原来老爸还有点基础的么!"不过,她私下里和老妈说:"以后我肯定超过老爸！"于是，父女俩每天晚上轮流占据书房，她练楷书篆书，我写自创的行草。我买了帖子来临，她在旁边不时发表一下自己的看法。我就和她讲苏黄米蔡的故事，她听了，蹦出一句："老爸原来还有点渊博的么！"弄得我愣半天。

　　前几天年级语文考试，她拿了个唯一的满分。据她说，年级里的语文老师传看了她的卷子，想找出错误来，未果。老师当众说："我们班里有位同学这次考试得了满分，你们猜是谁？"全班异口同声喊出她的名字，有点众望所归的意思。

　　见证一个生命的成长实在是一个很开心的过程，尤其还是与自己有着血缘关系的小家伙。我常当面说，女儿还是小时候可爱，现在不可爱了，老是要和我们争论。其实现在她越来越可爱，因为她在一天天成长，丰富了自己的个性和思想，懂得通过自己的努力去获得成绩。学习的过程对她来说至少还不是一种负累，全面的发展也许很适合她这个小射手座。我们并没有要求她做到最好，只要她能够抱着一种快乐的心情，认真去坚持，结果反而并不是最重要的。因此，我们也常常收获她带给我们的惊喜。

　　每每在烦琐的工作之余，想起女儿，内心就会变得温暖与平静。

鸟儿之爱

几天前下午，去书房整理东西时，从哪里隐约传来了鸟叫声。初以为是麻雀在窗外聒噪，但细听，却觉得就在近旁，而且叫声极稚嫩。

我是个多年不静心读书的人，书房利用率极低，也就一直没有安装空调，但墙上预留了穿管线的洞，直径大约七八厘米。靠房间一端糊了一张白色的墙纸。我立刻锁定声音的来源就是那里。

我小心地爬上书桌，慢慢揭开墙纸，突然听见一声惊惶的叫声。伴随翅膀的拍击声，我看见一只成年的麻雀快速飞离那个洞。我意识到自己惊动了它。

借着屋外透进的光亮，我发现墙纸后面果然是一窝小麻雀，共有四只。在干草的铺垫上惊恐地嘶叫着，挤作一堆，仿佛已经意识到身边的危险。它们的羽毛还没有长齐，大张着喙，边缘是嫩黄色的，很是稚嫩脆弱，显然不具备飞翔的能力。它们无力地蠕动着，试图远离我的觊觎。

　　我走出书房，告诉女儿这个意外的发现。女儿很惊喜地表示要看看它们。我把女儿抱上书桌，她凑近去看，很新奇的样子，因为她从来没有这么近地观察过幼鸟。看了一会儿，她爬下书桌，探询地问我："爸爸，我可不可以抓一只来玩？"

　　我想了想说："不可以。"

　　我知道，如果抓一只下来，它就无法再存活下去。这时，我忽然想到那只逃离的母鸟。

　　我对女儿说："要是抓一只来玩，它的妈妈会很伤心。"

　　女儿问："那它的妈妈呢？"

　　我说："被我吓跑了。现在也不知道它们的妈妈会不会回来喂它们了，如果不回来，它们就会饿死。"

　　女儿又问："那它们的妈妈会回来吗？"

　　我说："不知道。"

　　女儿说："哦，那我不抓来玩了。"

　　说实在的，我突然很担心那只母鸟真的不再回来。我想，她应该会知道潜在的危险。如果我把洞口一堵，它是决计不能再次脱逃了。

　　以前没有禁枪的时候，我一度以猎鸟为乐趣。我的那柄"工字牌"气枪曾击落过数以百计的各类鸟儿，其中最多的就是麻雀。那时，我很年轻，没有娶妻生女，更未想到鸟儿是否也有心情。

　　时隔这么多年，我在自家的书房里发现这窝麻雀，突然无比担心它们能否生存。这也许不是良心发现，而是到了特定年龄所必然具备的一种人文关怀，虽然矛盾，却很自然。

　　我小心地重新贴上那张墙纸，开始等待母鸟归来，衔来虫子喂养它的孩子。可是，一直到晚上它也没有出现。小鸟们还在墙纸背后不停无助地鸣叫，声音越来越微弱，显然是疲累与饥饿所致。

第二天上班的时候，我还是想着这窝小鸟。我甚至盘算着如果晚上母鸟还没回来的话，就去买点面包或虫子来试着喂它们，尽量把自己鲁莽行为造成的损失降至最低。

晚上回家我问妻子："那只大鸟回来没有？"妻答："回来了。"细心的妻告诉我，她看见那只母鸟飞到对面的屋檐下，仔细观察了半天，确定没有危险后，就径直飞回洞里。于是，我听见书房里的小鸟鸣声又恢复响亮。我知道，它们一定又获得了食物的补给，更重要的是，它们又重享了失去数十个小时的母爱。

我忽想到汶川地震的场景，那些遇难父母们身下护着的孩子，那份震撼与感动一瞬间濡湿了我们的双眸。舐犊情深，因为那份爱，是源自血脉与生命延续的本能与大爱，于人于鸟，皆是一样。

为了使被我剥离过的墙纸不再脱落，妻子还在上面加封了一条粘胶带。我不会再去剥开那张薄薄的墙纸，深知那后面是一份厚厚的亲情，每天都可以听见鸟儿们在成长中的鸣叫，于我们全家而言，都是一种莫大的幸福。

平淡生活里，总有一些事物会在偶然间拨动我们日益冷漠而生涩的心弦、荒寂而蒙尘的心境。

一个人的骑行

最近，有些迷上了夜骑。总会在傍晚的时候出现在广场后面，遇到朋友就一起骑，没人就独自骑，这样的随意性，很好。

今夏多雨且不甚炎热，很容易让心情与呼吸都变得潮湿，这种天气让我怀念起年少时的江南。下雨的时候，我在阳台上打三十分钟的沙袋；不下雨的间隙，我就骑上车子，在公路或者乡间逡巡十五到二十五公里，出一到两身的透汗，然后冲澡，泡茶，上网，睡去。这样的随意性，也很好。

昨天差不多下了一天的雨，傍晚时分，终于停歇了。终于按捺不住骑行的诱惑，独自骑上了路。原本计划从国道到那个叫许村的小镇，再从南端的省道遛回来，可快经过那条河边的村道时，忽然想起我第一次组织夜骑时的情景，于是毫不迟疑地右拐上了这条小道。

连续下了几天的大雨，河里的水黄浊无比，已快漫上河岸，但是空气很清新，充满了负离子的味道。这条河承载了我几乎整个青少年时期，那时觉得它好阔大，还有来往不停的带着风帆的舟楫。现在，它变得狭窄且空寂，再没有"春水碧于天，画舫听雨眠"的意境。我是循着它的流向骑行的，一路上间或是水泥路，间或是黄泥路。那段黄泥路积了雨水，而形成无数深浅、面积不一的汪凼，很难轻易绕开它们。于是，我的白色T恤后背沾了许多后轮带起的泥水，有点场地越野的感觉。

我经过好些个村子，有中年村民穿着牛头裤衩在河边抽烟看水，让我想起年少时同样在河边看水捕鱼的舅舅，现在他早已成为一个腆着肚腩的商人了。还有几个小孩子围坐在屋前的晒谷场上，下着陆战棋。阴暗的小村店的货架上摆满了可乐、方便面和一些质量低劣的洗涤用品，白炽灯昏黄的光线照着店主呆滞平静的脸庞，白发老妪穿着靛蓝的老式衣裳蹒跚而行，让我觉得无比亲切。还有沿路的几个水闸，"哗哗"地泄着水，激荡的水流和白色水沫下面，该是有很多的小鱼在逆流抢水吧！

在一座叫"人民桥"的水泥小桥上，我稍作停留，喝水，缓解一下餐后剧烈运动所致的左肋下的隐痛。回首骑过的路和经过的河流，河边的垂柳和槭树的叶端都快接近河面了。太白说："却顾所来径，苍苍横翠微。"突然感受到时空那头的他，那份曾经深深浅浅的心境与忧伤。

骑行中，我的手机一直放着歌曲，还是那几首不变的老歌。很奇怪的是，那首邝美云的老歌竟然重复播放了三遍，然后才自动开始播放下一首。然后是《剪爱》《野百合也有春天》《夜色》和《月光倾城》《礼物》等等。在夏雨后的傍晚，伴着歌曲，一个人骑行真是一件非常惬意的事。那种感觉让你想一直骑下去，一直骑到未可知的远方，无休无止。

　　这样的天气，是适合怀旧的。初夏总像是可以带给你微酡的感觉，总像是与青春有关。这是一个使我迷恋的时节，迷恋此时节的青葱和潮湿，迷恋那岁月里若隐若现的歌声，久违的乡村民谣，颓圮的村校围墙，草丛间跳跃的蚱蜢与蟾蜍，田里蛙虫的吟唱，栀子花的馥郁，还有藏在书包夹层里永远未曾递出的四角形小纸条……

　　如今，我的心境已变得如当下的河水一样浑浊。只有在每次骑行中，在费力爬坡和御风快速冲下时，在经过不同景物和遇见各色人等时，在听着那些不能忘怀的歌声时，才会让自己变得简单而宁静。人生就是一条河流，有时身在其中很容易在不知不觉中被自己所淹没，偶尔抽身出来，陪着自己的河流骑行一段，哪怕只是一个小时，也可以让你分辨出自己的流向。

　　暮色渐渐笼罩着河流和回家的路，于是，一切景物变得扑朔不定，忽然又想到一直喜欢的维摩诘的两句诗：空山新雨后，天气晚来秋。

我的喝酒

不善饮，但爱酒。

读高中时，约了同学一起去郊外的小山，山上全是密密的毛竹，便想起嵇康。去了山脚的村店买了啤酒，那时流行麦饭石，极难喝。我大约喝了一瓶不到，然后看山不是山，欲作长啸，却到底啸出不来，吐了，吐出大约两瓶的样子。

知道自己酒量极浅，从此便少碰酒。

当兵时遇上一个朋友，是我的上司，单身，有才且牢骚满腹，住我隔壁。晚上，他敲敲墙壁，我就过去同饮。喝得很杂，红白黄啤，有什么喝什么，于是常常醉，醉了就指点江山。有一次醉了上厕所，摔了一跤，把手表的表面摔碎了也浑然不知，最后可能是爬着回到自己房间的。当兵不喝酒的很少，多数时候空虚无聊，我在走廊上捧把吉他，漫拨着和弦，放一瓶啤酒，喝几口，写诗，然后变得很忧郁。这完全是一种青春的忧郁，觉得自己太渺小，生命就如一粒微尘，没有人知道我喝醉。

退伍以后，基本不喝酒。有一年冬天，我的一个战友来我家，醉了，也吐了，吐在我家的鱼缸里，把我的鱼都醉死了。这件事对他印象很深。此人现在还在军中，前途无量。

记不起何时又开始喝酒。居然酒量也好了一些，喝得最多的是西啤，可以喝三四瓶。有阵子夏天常去游泳，回来在阳台上喝冰镇过的啤酒，看看楼下的风景，感觉实在是很好。

又一阵子打羽毛球，打完了去喝酒，冲凉，睡觉。有一次，在外面喝了酒赶到体育馆打了两场，回来时胸闷得不行，难受了两天。知道酒后运动对心脏有影响后，有所收敛。

我有个很好的兄弟兼同事，两个人都喜欢吃小龙虾，每到夏天晚上三天两头跑到郊区小镇的龙虾馆去吃，一大盆劲辣的龙虾，三五瓶啤酒，一大堆废话。那个小老板是个老男人，扎着脏兮兮的小辫子，梦想买个吉普去西藏，烧龙虾赚了不少钱就和老婆离婚，说："老子没钱时忍她很久，过不下去了！"怪有意思的。工作调动后，喝得少了，但偶尔还是互相会想到一起喝酒，一喝就找回了原来的感觉。

几年前有一次喝翻了。给朋友帮忙开婚车，在婚宴上碰到一个很久没见的玩文字和训诂的真人，好酒且投机，结果喝了三瓶多干红，醒过来的时候发现自己在急救室里，害得新郎新娘不去洞房，陪我在医院过了一夜，实在是很愧疚。

酒到底是不是好东西，见仁见智。我其实是个内心很怯懦的人，喝了酒便觉得有豪气上来了，话也多了，妙语也连"猪"了，再喝到后来就变得木讷沉静，无比孤独。最后，往往是招呼也不打，拔脚走人，家是唯一的目的，进门就倒。基本上都可以找到回家的路，但有次喝高了，按了我家前一幢楼的门铃。那时十二点多了，对讲里传出一个愤怒的男声，我立刻醒了，像条挨打的狗一般摸回家睡了。

酒喝了会有理想涌上来，想象自己是个强大的人，什么困难都不怕了，什么愿望都可以通过自己的努力达成。醒了才知道：很多东西是努力了也达不成的，酒只是可以让你在短时间里相信与想象自己的强大。余华说："强劲的想象产生现实。"他指的是小说，我指的是酒。酒比较快捷与简单，但它本身不像茶一样深刻。

酒会让人放松。原来，我希望像骚客一样喝点老黄酒，掰几块豆腐干，再写几个"豆腐块"。现在，我不这么想了，喝酒就是喝酒，不应有别的意图，不注重形式。喝了酒，可以说一些假话，可以说些真话，可以说些不真不假的话，或者废话，视对象而定，这种状态很美妙。

在外面行走时喝酒是件特别开心和简单的事。一帮疯子背着包走七八个小时的山路，晚上在荒山野地里扎一堆帐篷，点个篝火，玩终极密码、真心话大冒险、拍七令、杀人。然后唱歌跳舞，困了往睡袋里一钻，没有山大王也，不怕白骨精。醒了，又重回碌碌而动荡的现实世界，好像从来不曾醉过。

还有一种很理想的状态就是在水边喝酒。

在丽江、在凤凰、在海边、在太湖三山岛、在西塘乌镇或者别的什么乱七八糟的古镇喝酒，总之都是和水有关系的。喝完了，几个朋友一起去探寻有鬼传说的幽深古宅和巷子。酒绝对是和水有关系的，曾经想过最理想的情况就是约最好的朋友，弄条小船在德清那边的叫"三白潭"的大漾里，搬两坛黄酒，喝了在躺在甲板上飘荡，但不能喝得太多，不然掉下去就成了李太白。

所以在水边不能多喝，喝多了那水就会一直漫上来，漫到你的心里。微醺的感觉最好，可以在岸边坐一坐，看看黛青的夜色，或者一个人沿着水边慢慢走走，月色和酒意一样会微微沁润，这时候就没有自己了，只有"人散后，一弯新月天如水"的淡然。

酒喝得多了会有轻微的依赖症，一段时间不喝，心情沉郁，像落入了地狱；喝多了又像是攀升到天堂，偶尔想喝酒时找不到可以对饮的朋友，只好独醉，慢慢地晕眩，慢慢地睡去。以前，我以为自己是一个可以不借助外力就能安之若素的人，现在不这么想了，就像老爹唱的：喝一口麻辣辣的酒 / 唱一首麻辣麻辣的酒 / 心情好也要喝 / 心情坏也要喝……酒还是要喝的，但我总觉得酒喝得越多，整个人从里到外都变得浑浊，非常浑浊，那种浑浊会慢慢积淀下来，越积越多。而且有几次会喝到头脑异常清晰，肢体不受控制，回忆起很多平时早已回忆不起来的往事，连细节都清清楚楚，再多了以后便会失忆。这令我有时非常痛恨喝酒这回事情。

所以，生存就像酒一样总是充满着悖论。

所以，生命的经过就像一次漫长的喝酒。

所以，想忘记或者想记得一些东西，喝酒可能是唯一的办法。

其实，我不会喝酒。

那时的摇滚

那时候开始喜欢摇滚，一直到现在都未曾改变。

严格地说，最初的那些歌都不像真正的摇滚。比如崔健的《一无所有》到《红旗下的蛋》，我看他的演唱会，穿身老式绿军装，一只裤腿高一只裤腿低，抱个电吉他在台上不停地抖动，总会想起尿急又没处撒的感觉。

但是，崔健确实开创了国内摇滚乐的新纪元。我喜欢他的《浪子归》《花房姑娘》。那个时代是属于他的，也属于我们这些 70 后。我们中的许多人听着他的歌在街头乱窜、群殴和偷老百姓的庄稼。那是一种很般配的感觉。

后来，听黑豹的《无地自容》，觉得有点纯摇滚的感觉了。很喜欢这首歌，常常以三块钱一首的代价在音乐茶座卡拉 OK 里轮番点来唱，一度模仿得很像。

然后是"唐朝"。几条高大的汉子，梦里回到唐朝。于是，有一种"十步杀一人，千里不留行"的豪迈。但真正打动我的是那首

《月梦》，苍凉的嗓音、完美的词曲和清越的和弦，已经到了一种敲碎心灵的程度，虽然那是一首慢歌。

唐朝最早的主唱好像是秦勇。其实我最喜欢的是他们的鼓点，特别是赵年，他的鼓和别人不一样，可以敲到你心上。还有贝斯手张炬。那时老五也在，他后来翻唱的《堆积情感》，特好听。九几年，他们来过杭州，在体育馆开演唱会，几个朋友下班后一商量，打车直奔体育馆。那时，我根本没有追星的想法，因为喜欢，还是去了。现场所有人站在椅子上一起唱《飞翔鸟》，很疯狂的状态，听完以后一直有砸东西的欲望。再打车回来时，一脚把的哥的车门给踢上了。那的哥吓得加大油门开走了。这是题外话。感受过这个现场后，完了，更喜欢摇滚了。

那时没有 MP3，通过电台和买盒带来听市面上可以听到的所有摇滚。一度的理想是可以有钱买个爱华或者索尼的"烧饼机"，可以别在腰上，走到哪听到哪。

后来，又出来个何勇，代表作是《垃圾场》，不好听，乱得一塌糊涂。相比较还是张楚那首《姐姐》比较走心一些。然后又有一个叫王勇的人，玩埙的，还有禅宗的东西融在里面，是个挺有个性和才华的人，把佛教经典例如《往生咒》拿来做音乐，很执着，和者寡，但他一直坚持。这个人后来走火入魔，然后就像欧阳锋一样消失了，我觉得他出现在五台山比较适合。

再就是"指南针"里的罗琦。这个女人瞎了一只眼睛，但就国内摇滚而言，她的嗓音是目前我觉得没有人可以超越的。《请走人行道》没有给我太多的感觉，但那首叫什么来着——前奏是"蓝蓝的天上白云飘，白云下面马儿跑"，后面是"迷失在高楼大厦钢筋围墙，找一点遗漏下来的阳光"的，非常有气势，节奏简直太棒了。

我最后听到的是《选择坚强》，在房间里拉灭了灯，把录音机的音量调到失真为止。看电平指示灯由绿到红，闪闪烁烁，一遍遍听，末尾的那句拉伸让我知道，原来心真的是可以突破声线的高度的。后来，她吸毒了，去了国外，又回来了，好像还开了复出的演唱会，但又没了消息。我一般不太喜欢女歌手，但她例外，玩摇滚的女歌手能唱好的不多，但她是我最喜欢的。非常遗憾，我再没有听到她的新歌了。

张炬后来出车祸死了，因此有了《怀念张炬》。据说当时北京的摇滚乐手因为这件事表现出一种从未有过的团结，虽然他们都是最有个性的人。北京这个地方适合出摇滚，文化和地域特点都适合，他们中很多人小时候拿着板砖拍人，长大了又去破仓库里玩音乐。我那时很喜欢他们送给张炬的那首《放心走吧》，还是很雄浑的声音，还是很铁汉的柔情。张炬死了期年后，摇滚人又聚拢来怀念他，就有了那首《礼物》。许巍来了，高旗、峦树等我喜欢的音乐人都来了，那个旋律感动得没法说，特别是那段：至少我们还有运气唱歌 / 就让我们换一换 / 就算一个礼物 / 这样我们可以用明天 / 继续生活……绝对是真情流露。

摇滚乐手其实很柔情，我在另一篇小文里曾经说到那些经典情歌翻唱，他们的演绎绝对是一种新的超越。比如零点乐队的《剪爱》，还有我最最喜欢的《告别的摇滚》专辑，是会反复听上一辈子的歌曲。

零点乐队里的周晓鸥，这个光头也是我喜欢的。从《爱不爱我》《别误会》到《相信自己》，无一例外都喜欢。可惜的是，《相信自己》原来是写给 CBA 的，有点很灰色的幽默与反讽——CBA 自己都不能相信自己可以创造奇迹！不过，歌确实很能让人亢奋，每次哥儿几个在 K 歌时必点，吼几嗓子后可以相信自己多喝不少啤酒。

　　我个人觉得国内摇滚兴起于二十世纪八十年代末绝不是偶然的。这些玩音乐的人其实也很不幸，生活在一个非常尴尬的时期，青春给了他们太多的烙印，情感无所归宿，音乐和酒精可以让他们忘掉自己的生存状态，也许还有大麻。而我们那时还有点小，茫然中偶尔遇见了摇滚，所以一下子觉得那些要么是长发、要么是光头的男子汉确实有些可爱，有些野性，可以活出自己。

　　后来又涌现出大量据说是摇滚的东西，但我基本不听。摇滚似乎在更强劲的摇头音乐下渐渐式微，真正听摇滚的人好像不太多了，除了我们这一代。说实话，也不太有像样的摇滚出来了，所以我总是像遗老一样在手机里拷上不多的几首经典老歌，出去徒步或者登山时放出来听。有时也跟着吼吼，蛮有味道，同行的人也不会当你是疯子，这样挺好。

　　可以说的摇滚也许有很多，但我只记得那时的摇滚，对于我们来说，那等于时代。

　　中年的心境渐渐平和，松弛下来的肌肉和内心也许都需要有一样东西，像一小杯伏特加一样，偶尔唤起青春的迷惘和冲动。对于我来说，它就是那时的摇滚。

茶与歌

　　我不是个特别喜欢听歌的人。手机里永远留着的就是那几首摇滚的老歌。大约在二十世纪九十年代初,我在解放路音像店买过一盘盒带,叫作《告别的摇滚》,是当时国内摇滚乐坛的中坚力量翻唱邓丽君的一些歌曲。演唱者有黑豹、老臧、呼吸、轮回、郑钧……歌曲有《在水一方》《无言独上西楼》《夜色》《船歌》等等。

　　那盘带子我非常喜欢,特别是群星唱的《夜色》,还有《无言独上西楼》的鼓点。赵年的鼓点,没有人可以替代。后来带子被听烂了,掉磁了,不能播放了。许多年后,我在网下重新下到这张专辑的全部歌曲。我把它们拷到 U 盘里,插在车内的车乐通上,在乡间小路上驰骋,把音量开到最大。于是,我很轻易便追忆到了我青涩的音乐时代。

　　关于摇滚,可以说的话题太多。最早听到《剪爱》,是张惠妹的。她的声线很漂亮,我只是觉得好听,相比较而言,更喜欢她的《听海》。后来很意外地听到了"零点"的翻唱,使我马上找到了和听《告别的摇滚》一样的感觉。我很明白，柔情也可以这样来演绎。周晓鸥欲扬先抑的唱法深得我心，他的《相信自己》是我 K 歌时的必唱歌曲。而这首《剪爱》，更多的是一种深情的隐忍、一种放手的无奈、一种苍凉的嘶吼、一种悲情的落寞。

这个春天快过去了。

周末的阳台上，我细细洗净紫砂小壶，掰开一块普洱茶砖，烧水、烫壶、洗茶，然后打开电脑的音响，听这首歌。茶汤在玻璃小茶盅内呈琥珀色，像极了一种有了年轮的心境。和弦与节奏开始清晰。我学过一段时间的吉他，所以听歌时更多地习惯于关注旋律背后的和弦，然后才是歌声，愈来愈浓的歌声，如二泡的茶色，浸润与穿透心脏。

其实，人的情绪是剪不断的，无论怎么样都剪不断。每年的春末夏初，都会有一种伤感。我的记忆深处会有泡桐花的味道弥漫，还有被雨打落在地上的钟形花萼。那是一个时代，与青春有关，与校园民谣有关，也与摇滚有关。茶有时比酒来得更猛烈，可以在几分之一秒的时间内击穿你的内心，歌词也是一样。由于心脏在去年查出了一些问题，所以，我现在很少静下心来听歌、喝茶。

这时候的山间小径，应该是有无名的野花在开放。以前如果不去山上，我就会独自穿行在小镇的老巷间，看夏雨打湿那些石板小径，还有屋檐上的瓦松。有几段墙缝里会生长着一些金丝海棠，雨水顺着茎丝滑落下来，曼妙无比。现在，小镇已经没有这样的小巷子了。

在午后的阳台上喝茶，听《剪爱》，一遍又一遍。这一生中，总有那样一首歌会打动你。

妻给种在阳台上的草花喷了水，它们显出新雨后蓬勃的样子。

于是，我想起了那两句诗：曲径通幽处，禅房花木深。

头发乱了

记得这是张学友的一首歌名，但已不记得歌词与旋律；也看过一部同名的电影，比知道那首歌要早得多。

相较而言，电影给我的印象要深刻得多。那是一部非常另类与迷惘的电影，管虎导的片子，实验性质，讲述的是一群儿时玩伴回到北京相遇后各自不同的经历与故事。管虎是非常有个性的导演，处理细节的手法另类，却能深深触动你的神经。我又想到那部章明执导的《巫山云雨》，也再次毫无悬念地打动了我，全因细节的处理。

不说管虎了，说电影。

那是部二十世纪九十年代初的片子，我甚至记不起全部的情节。片中主题曲由超载乐队主唱，主唱高旗是我很喜欢的歌手，有充满穿透力和敢于面对命运嘶吼的声线。同样留给我印象深刻的是他的《绿草如茵》。片中的歌曲和情绪影响了我，偶尔想起，就会被轻易卷入其中。

不说高旗了，说自己。

读高中时，我很叛逆，一度留着很长的头发，玩文字，想象自己会有艺术的气质，总是小心地打理。傍晚时，骑着单车和哥们儿一起在小镇的街上呼啸而过。我喜欢夏日的晚风吹乱我的头发。不久以后，我发现这个样子越来越像个小痞子，结果在一次和父亲的大吵之后，我冲到理发店把头发理成了很短的"毛蛋"。那是二十世纪八十年代末，社会动荡，很多年轻人因为各种各样的、或大或小的错误被抓到联防队或者拘留所后又放出来，走在街上看谁不爽就冲上去揍他们，放出来后的他们也和我一样留着"毛蛋"。我始终觉得在那个时代背景下，这不全是他们的错，在严管与重整社会秩序的环境下，精神易空虚，时常感到百无聊赖。有人因为摸了一下邻家小妹的脸蛋，而被送去青海，此生，其内心深处也许永远没有一个可以安宁的地方了。

很快，我又发现自己理了"毛蛋"后，变成一个不折不扣的不良青年形象。我很难再成功定位自己，所以，高中毕业后我便去当了兵。

有些东西是很难改变的，一直到参加工作，经历了那么多，自己还是这种青白眼的性格。我以为以后会一直生活在冷漠与自己无法改变的坚硬里。委屈自己的内心是一件非常痛苦的事，对任何人都一样。后来成了家，有了女儿，我才知道我是可以改变的，上天会给我一个说服自己改变的理由。

改变自己的同时，我很轻易地改变了自己的表层生活状况。虽然生活也艰难，也疲累，但还维系着重要的东西。

那时，我常常忘了自己头发的长短。

随后，因为职业的关系我又开始关注自己的头发。我终于慢慢明白：头发的长短其实也关乎内心的起伏，所以，只要有时间我就会让它们保持不长不短的样子，那样会让我看起来比较精神一点。

我不太喜欢去那些看似高档的发型设计中心，总是在街边的几家相对固定的小发屋理发。只有一个福建小胖子理发师认识我，他总是微笑着和我聊天。在别处理发我一般是不苟言笑的。他会以最简单的方式给我洗头，很快剪完。他知道我需要怎样的长度，不是因为他理得好，而是内心的那种熨帖与平实，就像喜欢一个人的文字不是因为他有多么锦绣珠玑。

快四十岁了，这是一个非常尴尬的年龄段。古人说，这是"不惑之年"，于我来说，却更多像是"知命之年"。也许，我会越来越少关注自己的头发，终于知道，头发再短也一样会被吹乱，吹乱了就吹乱了，想要努力保持笔挺和坚硬，或者恰到好处都是一件非常可笑的事情。

晚上，去理发。

故人琐忆·阿明

在这个淫雨霏霏、阴冷潮湿的江南冬季，一切的娱乐皆变得索然无味。

泡杯暖暖的普洱，适合怀念故人，带着淡淡伤感。

阿明和我曾同住一个宿舍区。两家大人是朋友，一度，我们得以经常在一起玩耍。

他应该是比我大两岁，清秀白皙，沉默不语。我约略知道他小时候得过一场病，因此反应并不十分敏捷。他却十分友善，每次见面，便微笑着拉了我的手，约我同去四处游荡。

他是一个十分喜欢整洁的人，总是穿一身干干净净浅色棉布夹克衫。我记得他小小的房间拾掇得一尘不染，没有任何多余的东西。他的桌上摆着一个木制相框，照片里的他穿一身神气的小海军制服，粉嫩可爱。我认为他以后长大了一定可以去当兵，当世界上最神气的海军。

二十世纪七十年代，厂子里几乎没有可供我们孩子娱乐的项目。

我不喜追打或者上山入水地疯玩，阿明亦然。他最喜欢做的事就是手工，折纸尤佳。他折出来的纸玩具是厂子里所有孩子中最好的。我记得他做左轮手枪的全过程：

干净的白纸若干。先叠一个正方形的纸包，再卷根空芯的纸筒，从纸包上方留出的小纸圈里穿过去固定充作枪管，这样，枪的前半部分就算是完成了。

最有技术性的是枪柄。要将裁成正方形的白纸对折起来，折成一个个牛角状的小三角，然后把它们一个个接起来，形成一个自然的弯把，再把它套入枪的前半部分，一柄左轮枪就制成了。

他又用纸做了一条长长的子弹带，围在我的腰上，再把手枪斜插在上面，退后两步看了看效果，挺满意。

于是，他如法炮制了另一副行头，披挂在自己身上，大摇大摆地出得门去，走在厂宿舍区的大道上。厂子里的顽劣少年正在路边扎堆疯玩，见我们走过，便站定在两侧，惊叹一片。他们知道自己是做不出这样漂亮的枪来的。在阿明的巧手下，我少年的虚荣心也得到了很大的满足。

他是一个细致而平和的人，每样玩具都要做到极精致。他用铁丝做的弹射纸弹的手枪堪称艺术品。那上面缠着玻璃丝，枪把部分还分成红绿两色相间，收口的地方用火烫过，这样就不会散落开来。这柄枪一次可以装三发纸弹，勾得慢些一次可射出一至两发，勾得快些三发齐射。他熟练地装好纸弹，把枪递给我。我用力一勾，三粒纸弹便在空中划出一个漂亮而迅捷的弧度。他便在一旁微笑了。

我从未见他与同学争执，那些同学似乎很佩服他，但他依旧平和沉稳地微笑着，和他的年龄并不相称。但我喜欢和他在一起玩，因为他从不会让我感到紧张，和厂里那些喜欢疯玩的孩子并不相同，好像不是一类人。也许正是因为这一点，我才会与他走得近。

后来，我去县城上学，便与他分开了。我有了新的玩伴，玩的内容也与在厂子里大相径庭。但我仍常常记起和他在一起玩耍的日子，尽管那很短暂。

亲戚家的电脑出了点问题，我便跑去帮着弄一下。晚餐桌边，我再次遇见了阿明。

他穿一身干净的浅灰色工作服，足蹬一双电工胶鞋，坐下来和我一起吃饭。他颀长消瘦，依然白皙。看见我一下子就叫出了我的名字。我知道他当了电工，在某事业单位下属的一个经营单位里。亲戚说他家新房子的电路全是阿明布的，很牢靠。我知道他完全有理由成为一个非常出色的电工，让我遗憾的是，他最终没有当成海军。但可以想见，他开的线路槽一定像德国佬一样中规中矩、一丝不苟，他绕的线头绝对不存在短路的可能。从小，他便玩不得半点滑头，虽然手脚可能并不十分敏捷，但受人之托必忠人之事，人的天性是不会变更的。

他微笑着端起碗来敬我酒。我得知他已娶妻生子。我知道像他这样的男人，必定会把家里收拾得干净整齐，会无言地对妻儿好，虽然挣钱不多，却会踏实过日子。他与我意外重逢，也显得挺高兴。我敬他酒，他便一口喝完，少顷，眼皮上便映了一点酡红。我说起儿时的事，说起他做的玩具，他没有多言，只是微笑；我问起他家里的事，他也只是淡淡地一一回答，我于是有些莫名的伤感。

大约一年后，我在办公室里看报纸，有则本地新闻说某小区有个住户请人安装空调，结果安装工一不小心从四楼的阳台上摔下去，伤得不轻。那三十多岁的安装工摔落到草坪上，嘴里吐着血，已经说不出话来。新闻说，拆装空调一定要请有资质的人员，以免类似悲剧再发生。

又过了很久，某天，母亲忽然告诉我：阿明死了。听了他的死因经过，我一下子就和那则新闻联系起来了。阿明的单位里有台空调要更新，就把它折价卖给一个熟人。阿明上门去帮忙安装，结果那架子并不牢固，他便从四楼摔落下去，刚送到医院就不行了。

这个始终平和微笑、手很巧的阿明就这样死去了，使我越来越相信命运这回事情。他不过是在好好地生活，从没抱怨过任何不公。他是一个出色的技工，虽然不曾妙语连珠，亦不会左右逢源，命运却不让他平静无争地生活下去。那么，他的父母妻儿呢？要怎样面对和承受这种残酷？

这个世界上有太多的奢华与喧哗，阿明却始终坦然地接受命运给他安排的一切。然后，他突然无声息地从人们的视线里消失，就像一粒投入水面的小石子，原本就不会有激起什么波澜。期年以后，也许不太有人再记得起他。

有次外出旅游，在工艺品店里看见一艘以无数一分钱纸币叠制的帆船，寓意"一帆风顺"。因为是手工叠制，价格自然不菲。我仔细看时，那纸币也是叠成一个个牛角状，串接在一起，和阿明小时候做的手枪柄是一样的。我想，阿明若在，一定会叠，而且会叠得更漂亮。

我不禁又想起阿明的模样。这个白皙寡言，始终平和微笑的儿时玩伴。

山以北的青春期

我们总是感叹年华似水，其实岁月就像一个俏皮的小姑娘，无论你是否感叹，她总是悄悄吐着舌头，以不变的节奏蹑手蹑脚溜过你的身边。

有时候，时间又像彼时小镇南端，一列永远过不完的绿皮火车，长到你永远数不清有多少节车厢。因此，列车的意象总是与时间密不可分。

年少时的情感和记忆总是青涩又激昂，这显然和青春期的荷尔蒙有关；然后，在年华逝水中变得世故和老去，平静并充满回忆，看似波澜无惊。

我想告诉你的，就是关于山以北的青春期。

一座形似卧牛的临平山，隔开了已经成为历史的小镇的南北。现在，它定位于一座副城。而多年以前的山之北，从严格意义上来说，并非我们的镇区范畴，总是和大片的良田、水网、村落有关。

二十世纪八十年代后期，我一度非常接近和熟悉山以北。

那时，我的同桌奥刚（奥是"小"的意思），身材瘦小，其貌不扬，衣着整洁，文质彬彬。每月五块的零花钱使他有底气出手阔绰，也使他时不时可以请我在校办小店喝上几次"虎跑牌"橘子汽水。

尽管家境殷实，他总是保持温和的微笑，矜持内敛。虽然他有暗恋对象，却表现得非常含蓄低调，顶多在自习课的时候唱唱《再向虎山行》《霍元甲》之类流行港台片的主题曲。他的粤语很标准，听得出是在家中浴室里苦练过的。同时，他还拥有一本亲自手抄的歌本，常常用手指着上面的某处和我探讨某几个吐字发音的准确性。作为兄弟，我总是很努力地维护他在这方面的权威，并且有意识让前桌同学尽量完整听到我们的探讨过程。这非常重要，因为前桌其中一位女同学对奥刚来说意义重大。

更重要的是，奥刚某天通过邮购拥有了一支广州"三箭牌"气枪。虽然不能带进校园，并且他开始只告诉了我一个人，但消息还是像一块从三十层楼上掉落的幕墙玻璃一样迅速撒开一地，为他在同学间赢得了很高的人气。虽然那时气枪尚未被纳入违禁品管理序列，但百来块的高昂价格让我们这些毛头小子羡慕，并深觉遥不可及。很多同学都表示十分愿意和他去农村共猎，他总是有礼貌地微笑回应："再话！再话！"这使得彼时的他看起来像一个手握实权，并老于世故的科级领导。

而我当时的优势在于有一手好枪法。于是，我被奥刚赋予了极高的信任度。同学们也普遍认为我在射击方面拥有一定的天赋，我没有告诉他们的是：我的枪法是后天努力的结果。事实上，通过多次买通表弟，他带我偷出舅舅的中断式"工字牌"轻磅气枪，最终练出了十多米外命中火柴梗的绝技。

　　好了，我知道铺垫得有些冗长，但非常必要，因为这些和山北以及青春期密不可分。

　　那些年秋日周六的下午。"永久牌""凤凰牌"自行车。三四个少年。三箭气枪。山北。

　　这是一段有关青春期的记忆，对于山之北、奥刚和我来说都是一样。

　　我们嬉笑打闹骑行在国道上，公路呈盘蛇状紧挨着北麓。公路以北是大片的平原，稻田一望无垠，远近散布着几个小村落，河流和水塘反射出白亮的光，像是在大地上书写的各种神秘符咒。树丛和竹林掩映着白色的墙和黛色的瓦。更远的地方有超山起伏的影像。秋天的风很通透，拂面而来，基调如同乐凯电影胶片。

　　村落里照例都是很安静的。河水清澈，埠头的石阶延伸到河里。村舍简洁，并且样式材料雷同，黄土墙外填涂了石灰。木门多半敞开，有一部分还加装了一道低矮的格栅门。我觉得那是防止家禽出入之用。门前都有一块水泥浇铸的晒谷地，满架的豇豆或者老了的丝瓜。暗的门里坐着眼神浑浊的老人，默默注视着我们这几个闯入者。土狗在村里惶恐地蹿走，偶尔心虚地远远吠几声。鸡在屋后的竹林里觅食。村西的转角处偶或会遇见一个堆放杂物和油菜杆的礼堂，正门上面用水泥塑着一枚褪色的大红五星，墙面上依稀可以看出仿宋体的标语：深挖洞、广积粮……江南的村落其实大抵如此，让我们觉得熟稔而接地气。

　　我们常常像一小撮鬼子一样闯入山之北的小村庄，在树丛和土墙间寻觅着鸟的踪迹。阿刚通常喜欢把枪交给我，自己则跑去村子的另一边。他的战略意图是把那边的鸟赶过来让我打，事实上，这并无多大现实意义。黄鹂是我们最喜欢打的鸟，个大且美味。它们喜食樟籽，对气味和声音都很警觉。在山北的村落间，绝大多数时间它们自由生活，除非我们到来。我觉得最大的天敌其实就是我们。而我要做的，就是安静地隐匿在树下，等待猎物的出现。虽然我们极少空手而回，但更多的时候，我们其实就是喜欢选择在这样一个周末的下午，无所事事地游荡，在村与村之间四处瞎逛和闲聊。这个过程的乐趣远远超过打鸟本身。在乡间恣意挥霍时间而无视 sin\cos 等函数，让我们觉得幸福无比。

我们无数次结伴晃悠着经过一座座古老的桥。有几座是经典的拱桥，也有少数是石梁结构的平桥，桥上攀附着各类植物，桥墩上依稀还能分辨出一些石刻楹联，有些书法极好。跨过石桥的时候，我常常会有一种感觉：山北原来应该是一个很大的城市，在岁月的变迁里湮没，而演化为现在的农村，也许在大片的田地之下，隐藏着一个庞贝似的古老文明。

而眼前广阔的田地之上，除了村落、石桥、竹林、河流以外，秋季所见最多的就是各类庄稼。走在田埂上，蔗叶散发出清甜的味道，姜田则带有一股辛辣的气息，络麻已经收割，田边堆放着干枯的麻秸秆。临平甘蔗、小林黄姜，二者都是本地的名产。我们对前者常怀有浓厚的兴趣，以至于偶尔也会"顺"上一两枝，当然，这是一个不良的行为。但我要告诉你的是：与农作物或者家禽的鲜美味道叠加上"顺"东西的紧张刺激感相比，在田野和乡村间的道德感往往处于相对弱势的地位。

"顺"甘蔗，准确的表达应该是"掰"。前者是指对行为本身的界定，后者则是具体获取方法的表述。我往往很迅速地消失在蔗林里，用脚的外侧猛铲向甘蔗靠近根部的地方，顺势一扭，它就脱离土地，然后将蔗梢快速掰断，一枝去头去尾的甘蔗就到手了。奥刚通常承担望风的角色，每每见我得手后的眼神里都充满了期待。

我记得多年以前和奥刚一伙儿坐在一个背风的河岸边啃甘蔗的场景。那是烙于脑海里的记忆。狗尾草在下午的风里四处招摇，我们人手半枝粗如小儿臂的甘蔗，用牙齿撕去紫色的蔗皮，随手扔到河水里，看着小鱼群上来啄食。清冽脆甜的蔗汁使我们在短时间内肚腹饱胀，却欲罢不能。一种不劳而获的满足感在很长的时间内使我们兴奋不已。

我记得有一次我们啃完甘蔗，在河水里洗净了手，站起来继续前行，奥刚突然乘兴大声放歌：

"莫说青山多障碍／风也急风也劲／白云过山峰也可传情／莫说水中多变幻／水也清水也静／柔情似水爱共永……"

这是当时红极一时的港片《万水千山总是情》的主题曲，原唱汪明荃。粤语的声调与这空旷的田野格格不入，充满了怪诞的喜剧感，但我们纷纷投入地和应起来，越吼越响亮，划破了村庄的宁静，吓跑了木槿篱笆间一只胆小的猫。

这就是青春，不谙世事的无羁与放纵，都和彼时这片山北的土地有关。

PS：很抱歉直到现在没有你们最想看到的青春期的爱情，但我愿意让你们相信它们其实藏匿在我文中的某处……

天空没有翅膀的痕迹，但鸟儿已经飞过。

登临平山北望，一座新的庞贝之城已在期年后悄然崛起。

这座城市在短短的数十年间发生了快速而彻底的变迁。山之北仿佛在一夜之间被无数楼盘占据，那些楼盘就像雨后草原上的菌子。

仅存的河流已在规划中被拉直而呈现几何状的规整……

记忆里的往昔总是少不得柔软，少年时的玩伴也早已失了联络。我听说奥刚现在已是一家房地产公司的老板。每次我经过山北时都有一种感觉，觉得这片土地已不那么柔软，那些曾经的村落住民也迁居到整齐统一的农居点。我再也寻觅不到蔗林、稻田和老石桥的踪迹。

变迁总是不期而至，且来势迅猛。这是不可回避的事实，也是城镇化发展的必然趋势。但总有一丝惆怅长系心头，使得我偶尔会忆起那遥远的、已经逝去的山以北的青春期。

桑田沧海，南柯一梦。我有时想：也许在很久很久以后，山之北会重新变成一片荒野或者湖泊，重回原始的寂寞。

什么都有重构的可能，只要你相信时间的魔力。

我突然想到用一个搞笑的方式作结：在很远很远的未来的某一个时间点，人们从山以北的湖泊里打捞出大量精美的建筑用瓷砖，昭示着 N 万年以前人类辉煌的文明进程，其考古价值远超经济价值。

因为，它们的存世量过于巨大。

行走在城市的上空

平心而论，我们都希望有一种在高处俯视的感觉，从生理到心理皆然。

于是，我们潜意识里觉得一座完美的城市必须拥有一座可以登临俯瞰的山。

每年，我都要看上几遍南斯拉夫经典老片《瓦尔特保卫萨拉热窝》，这是一种叫"怀旧"的心理顽疾。片首和片尾都出现过德国军官在山顶俯瞰城市的景象和对白。片尾的对白尤其经典——惨败的党卫军上校冯·迪特里施被盖世太保押解回柏林时说了这样一段话：

上校：唉，太有意思了，我来到萨拉热窝就寻找瓦尔特，可是找不到。现在我要离开了，总算知道了他。

盖世太保：你说瓦尔特是谁？请告诉我他的真姓名。

上校：我会告诉你的。看，这座城市，它——就是瓦尔特！

影片就在俯拍萨拉热窝城市全景和雄浑激昂的背景音乐声中

行走在城市的上空

结束。

　　我提到这段台词的意思不是想重复那些无比经典的台词，而是想表达，作为一个严格意义上的城市，是多么离不开一座可以俯瞰全城的山，这是电影情节的需要，更是现实情感的需要。

　　每次看到影片的结尾画面，我总觉得很像站在临平山上看临平镇。也是很多房子，居高临下，也是有很多的感慨。而每次登临平山，在体育场上空面对山之南的小镇，我总会想到影片的场景，总是涌起热血沸腾的反法西斯情愫。

　　小时候，偷偷溜去临平山玩是一件非常刺激和开心的事。刺激来源于家里大人的绝对禁止。山上有无数的坟墓、曾经的凶杀案现场，还有小时候学校里的同学被人贩子拐到山上最后机智脱险的经历。但更吸引我们、让我们开心的，是山上的野果、山花，还有蝙蝠洞（也叫"洞里洞"，临平旧十景之一）。

　　这座曾被叫作"丘山""卧牛山""晾网山"海拔不足两百米的小山，据说为"沪上东来第一山"。小学时期，我在镇文化馆里曾看到过许多石器时代的文物，足以见其历史之悠久。我的一位同学还在山上捡到过石箭镞。后来读书时知道，临平山留下过许多历史名人的足印、辞赋和典故，还出产细砺石（磨刀石），更是对其起了敬畏之心。

　　现今的临平山下已无"五月藕花满汀州"的盛景，也没有"安平一片泉"的清冽沁脾之感。作为一座江南小城，湿地水网的隐退终究是一件极为遗憾的事。好在我每隔一阵就去登临临平山，总能发现这座城市日新月异的嬗变——高楼林立，发展迅猛。我想起郁达夫在聚乐园喝了几碗黄酒，"一捋长衫袖子——走，登山去"的场景。不知他今如在，是否还有这样的意兴？

数十年过去，谁似临平山上塔，亭亭？

亭台楼阁在不知不觉中建起来了，虽然东来阁的日式风格和金属质感让人觉得极为突兀；荒草萋萋的山道已更替为整齐的上山石路，虽然上山徒步健行的人群比肩接踵，晚上的广场舞、健身拍打操音乐慷慨激昂。但无论如何，土豪也好，屌丝也罢，到底多了一个休闲健身的好去处。山的功能性已在不知不觉中取代了山的人文性。

我知道大多数人并未带着如我般的情感登临这座小山，俯视这座城市。但无论你愿意或者不愿意，希望抑或失望，变化总是要发生的，你无权拒绝改变。

大约是两年前的某一天，我无意中抬头仰望这座山，发现接近山颈处被刨出了一圈土黄色，大惊。询之，得到的答案是"建设环山游步道"。这个工程持续了很久，随着绿化的完工，那圈难看的土黄色已消失不见。作为户外爱好者，我于某晚组队去完工的游步道转了一圈，感觉颇不错。游步道宽阔平整，可行车跑马，很轻易就可以 360 度俯视山下的全景。同时完工的还有散布于各处的石阶楼阁，造景精致取名"古雅"，确有那么一丝古风的意思。可以想见，政府为了造福于民，花了多少的心思和经费，此系民生民心工程欤！

现在想来，这座历史悠久的山上新建成的这条游步道，客观上确是提供了一个让我们行走在城市上空的绝佳方式。我本布衣，无须妄论其建造的必要性和重要性，更不需关心其造价高昂与否、人力付出如何，只管行走在这免费的山道上即是一种享受。

行走在城市的上空，在感觉上也确实是很美妙的，因为不存功利心，就无不胜寒之感。走在高处，满目的风景，有近处的楼盘和远处的河流田野，厂矿企业，桥梁高铁，舟楫往来。临风极目远眺之，更有"噫！微斯人，吾谁与归"之感。

行走在城市上空，可以在高处思考低到尘埃的事情，也可以思考与世界和平有关的重大议题，但我更倾向于与众友相携，在山腰挑出的平台处赏那眼底繁华的夜景，喝几听啤酒，吼几嗓子汪峰的歌，达夫老兄想必也是略有钦羡之意吧？

行走在城市的上空，俯瞰这城市的变迁，每每有时光荏苒之感，亦有刹那芳华之喟叹。庆幸的是，我们生活在这样一个自古繁华的富庶之地、太平时代、首善之区、品质之城、某某之某，我们仍然享受着凡庸而真切的幸福品质生活，是大神咒，是大明咒，是无上咒，是无等等咒……

这些，与历史无关，与政绩无关，与风景无关，只与我们各自内心的感受息息相关。

新市晨骑笔记

那年 8 月 23 日凌晨，按即定计划，赶往交通大厦。出门时，天色尚黑，不时隐隐有些微雨，心里暗祷不要下大。

准时到达会合地，铁血和陆游已整装待发，三人经东湖路向目的地进发。

路上颇为清寂，路灯昏黄着前行的路，空气甚洁净。三人不时交谈几句，不多时便经大运河宾馆，踅入沿河那条植满白杨树的没有路灯的小路。四周是黑暗的，右侧的大河内有船突突着引擎驶过，风掠树梢带来一丝诡秘的凉意，三条车灯发出微弱的白光照着不大的一片路面，车轮"沙沙"的摩擦声提醒我们正在快速前行。

五分钟后转上大桥，看了一下时间大约经过半小时多点。桥上小憩，于微弱的晨光下看大运河水东流，船只穿梭，体味与平时不一般的感觉。

继续前行，经徐家庄、禹越、高桥，时速保持在二十码左右。此路线皆为村道，水杉掩映，除自徐家庄至高桥有小段在修整的烂路外，其余皆为平整之柏油小道，两边皆为稻田、鱼塘、河流、塘内水草起伏若千岛湖状，因天色关系不甚分明，但平添神秘意味。

过高桥天色放亮，阴天未现晨曦，但有雨后秋意袭来，周遭景色如水墨般显现出来，微风拂面，很是惬意。因铁血车未调好，故中途又小歇了两回，五点二十分，至新市大桥时，天色已大亮，有居民在桥面晨练，俯瞰运河两岸，杨柳拂动微波，情致怡然，疲意顿消。

过桥，轻车熟路引领二人进入古镇，穿行于沿河民居前的长廊，经林家铺子过清代源氏茶楼（尚未开放），直奔南栅口（现名"宁夏路"）。遇一老者，搭讪之，得知其正要去旁边一家茶店，便跟随而至。

茶馆小且简陋，不过二十坪左右，四方木制茶桌，骨牌凳，吊扇"哗哗"作响。洁净。店内已有三五茶客，皆为老人。老板娘热情招呼落座，先沏三壶红茶，为质地一般之滇红末，却也酽浓香醇。老者一询我们何处来，答临平来。老者微笑说临平很熟。于是挪座过去与其攀谈起来。此时，又陆续有茶客进来。外面开始下起雨来。

问话老者面目和蔼，一来二往便知其为吃四方之人。谈了一些临平掌故，同桌另一老人便介绍说其是小镇一人物。我便向采风方向努力，得知其身世颇为坎坷，现整理如下：

老者沈姓，年已七十有八。祖上为新市大户，居觉海寺旁。新中国成立前经营的丝厂远近闻名，后收归国有，家道中落。国民党某部败走新市，驻于沈宅，次日开拔。后政府派人查收财产，此时沈家金银细软皆已上交，家徒四壁。工作组在其宅天井开挖欲再寻宝，沈伯在旁曰："天井非藏宝佳处，若藏宝必选家中地面之下，方可保其不朽。"工作组觉有理，便入堂前挖入两尺有余，突现锈迹斑驳手枪一柄。枷之。后经亲友多方斡旋，才具保开释。

家乡不能久留，沈伯遂入杭城，在杭州滑稽剧团做了学徒。从此开口饭一吃便是十五年。一九六五年，剧团精简，沈伯返乡。娶妻生子，育有两子，办厂或从商，家境颇好。后沈妻病逝，沈伯独居于老屋，无劳保。为落实退休工资（滑稽剧团属文化系统，有劳保），前后奔走数年，因剧团早已物是人非，加之精简时无所凭据，一直未能落实。

沈伯艺术功底深厚，为生计奔走于余杭等地，辗转各中小学，以独角戏形式讲授文明规范，颇受师生欢迎。

恰好家父颇喜独角戏，我年少时耳濡目染，约略知道一些，与沈伯相谈甚欢。沈伯告诉我学滑稽戏之艰难，入门便需会五种方言：杭、绍、苏、沪及苏北。我小时听得最多之《金铃塔》，沈伯至今仍可一气唱完。沈伯说："肚子里的东西是不会忘记的。"我问沈伯："是否将技艺传于后代？"沈伯摇头长叹："现在哪有人愿学这个！唱戏是开口饭，现在皆为独生子女，谁愿把自己的孩子送来学这个？我就是想教，也没有人愿学喽！"沈伯言语有些凄凉，我便不忍再提。

雨下得大了，老板娘问我们是否要吃面，几位老者皆说，新市拌面之美味，在临平是吃不到的。喝了一会儿茶，肚中饥意大作，便点了两碗拌面、四个荷包蛋。那面极细，生面落锅，淋上香油，拌以自制咸菹，果然美味无比。用完早餐，临平骑友过客两人五点从临平出发也已至新市，通了电话后他们赶来店内会合，沏了茶落座。我与几位老者又攀谈了几句。我提到《蚕花姑娘》的电影，沈伯便介绍他左侧老者，也就是带我们来店里的那位，说他老伴当年就在电影里出演过角色。其实现在看来也就是一名群众演员，可见当时那部电影在小镇的影响非同一般。

　　店内又陆续有客来到，皆为熟客。看见我们这几个生人，便友善地笑笑。老板娘热情介绍我们。茶客们皆平和友好，主动攀谈，并告之新市的许多掌故。连来吃面的小男孩也轻声细语地回答我的问题。铁血趁机大拍店内人物，沈伯很大方地挥手摆个POSE。过客他们因要去七都，歇息会儿便上路。送别他们后，我又与沈伯随意攀谈几句，雨又开始下起来。这时七点多了，雨点又开始落在古老的屋檐下。老人们陆续离去，沈伯也拿起桌边的老式雨伞，细细整理了，与我握手道别。我想起沈伯在临平寻找了多年未果的老友，便向老板娘要来纸笔，互留了电话，答应为他打听。沈伯撑起伞，消失在雨幕中，留给我一个孤单背影。我的眼中有些濡湿。

　　沈伯离去后，老板娘告诉我：沈伯一生共遇三场官司，退休工资至今未能落实（攀谈中他告诉我已落实，每月可取九百八十文）。沈伯老伴离世后，曾有一妇人欲与其同度残生，但家中两子皆反对，说必得我们婚事办好方可考虑，要沈伯签具保证书。后两子皆娶妻生子，沈伯提及此事，孰料两子又提出，须得将老屋卖掉后再商量。因此为祖上家业，老伯坚拒，结婚一事便搁置下来。身世多舛、囊中羞涩、形单影只，便是沈伯当下之写照。

　　雨益发下得大了，淋在茶馆前的石板路上。雨意沁人，是谓下雨天留客天。三人蛰伏于茶馆内，避雨片刻。我与铁血在周遭拍了几张片子，旁有一老旧理发店。老师傅在给另一位老者洗头，店内陈设俱为旧时风格，简陋亲切。随意走进一间老屋，不期竟是近代教育家钟兆琳故居，已改作民居。天井内丝瓜花正开得嫩黄，梁下的牛腿拙朴可爱。临河老屋外墙上的凌霄花也开得活泼，市河内无数小鱼浮出水面呼吸新鲜空气，古镇的细微处隐伏不住生机盎然。

　　茶已泡得极淡了，听雨、手机上网、看了会儿电子书，是那种百无聊赖的闲适，小镇的时光似乎要慢许多。

近处响起"吱吱"的手拉车声，在茶馆后门停驻。在老板娘的招呼声中，不期又遇小镇一名人——一位老者，背早已佝偻，拉一车煤饼。他小心地将煤饼搬入厨房，在此间歇。老板娘怀一种崇敬心情向我们介绍其来历。现简约整理如下：

老者名陆松芳，厚皋村人，今年也是七十八岁。二十多年来拉煤饼为生，生活极其简仆，数十年来修桥捐庙铺路，行善无数，远近闻名。汶川地震，老人将多年拉煤积蓄共计一万一千元全部捐赠灾区。消息传出，小镇乃至全国皆震惊。灾区及省内外媒体包括央视均争相采访报道，有一知名企业感动于老人义举，欲聘其为名誉职工，每月可纳千文，嘱其不必拉煤上班。老人坚辞不就。老人事迹在此不赘述，各媒体俱有详细报道。

感动之下，我们主动为老人搬运煤饼，老人嘀咕几句方言，经老板娘翻译后才知老人不愿我们援手。老人搬完煤，冒雨走了。车轮声伴着雨声咯吱远去，清空的石板路上宛若有堉意来袭……

十时许，雨渐歇。辞别老板娘，去镇上小满意酒店品尝鳝丝、藕梗等著名菜式，我独尽三瓶啤酒。出得门来，有些微醺。陆游提议去吃著名的烧卖，因腹中尚实，骑车去了觉海寺，上香拜佛，去放生池边看了放生龟。出得寺门，沿市河走到太平桥边烧卖店，烧卖尚在笼上，便又引领二人去边上的古玩店。铁血看中一块如意纹老玉片，品相不错。询价，店主答"六文"。铁血摸出六文欲赁之，嘴里说道"弄块玩玩"。店主笑说："你是不是弄错了？"原来，古玩行话"六文"即六百文也！

复回烧卖店，烧卖正好出笼，一人品了一客，鲜香如昔。看时候不早，打马回程。行至高桥路边一小公园，忽觉有些慵懒，三人便驻车在湖边小凉亭睡了一觉，起身上车过徐家庄，在路边水果摊剖了一个西瓜，只一字"甜"！饱胀着上车，一路行至临平。三人在东湖路红绿灯处分道扬镳，结束此番骑行！

晨骑回来已有几日。但一直念想那老街、老人、老茶馆、早茶、拌面、雨声、小镇人和煦温婉的微笑，还有那一路的风景。

那座山冈和旧心情

很多次，我在自己的随笔里总是提到"游走"。

大部分时间，在我的内心深处，总是在期待或者回忆一场游走。

这种游走就像一剂强大的镇静药，在惶恐不安的日子里，在某一个瞬间，使我的大脑寂静安定。

我觉得自己生来就是一个行者，一直在背向着城市的方向大步游走，走过风景，掠过人生。而这个喜好，大约是来自孩提时代的那些次穿越，彼时的那座小山冈。

在那个自行车还是奢侈品的时代，要去到外婆家，必须步行翻越那座小山冈。一边是父亲所在的国有工厂，另一边是外婆所在的乡村。那个山冈坡度并不大，步行大约需要四十多分钟。

我一度无比迷恋穿越。

在周末的早上，走出冒着烟尘的厂区，穿过流水的田塍，经常可以在水田里发现土步鱼、黄鳝和螃蟹之类，水草在溪坑里飘摇。跨过一座小石桥，沿着山脚往西走一段，然后就有一条很宽敞的山路向南逶迤。

　　这个山冈的北坡上，有两匹倒卧在草丛里的石马，山冈因此而得名。那是一个古墓葬所在，深草的泥里还半湮着几个石翁仲。

　　事实上，这个山冈总是洒满阳光。当我走在山道上时，心里总是充满了各种欣喜。春天的时候，山坡上开满了映山红。山野间通常在不同的季节有着不同的野味，比如春天漫山遍野的小笋，通常当我到达外婆家门口时，口袋里总是装满了野笋。在溪沟里略洗一下，带壳隔着蒸架在土灶的饭镬里蒸熟了，边剥壳边吃，是天下最美味的零食。又比如另一种叫"茅针"的零食，就是茅草花的嫩蕊，白软若绵，剥出来嚼食很有鲜味。再或者挖出茅草的根茎，节状白嫩，嚼起来略带甘冽。初夏的时候，山坡上长满了红而大的野树莓。秋天，坡上很容易就能找到带刺的野板栗和涩嘴的野柿子……这些都是在穿越的过程中可以随手采撷的来自季节的馈赠。

　　那时几乎每隔一两周都有一次这样的穿越。我喜欢独自一个人，并且总是企望能在山溪里拾获一个野山龟或者逮到一只野兔。但我没有见到它们的影子，只有冷不丁从草丛里扑棱棱惊蹿出一两只野鸡，羽毛在阳光下反射出美丽的光泽，一下子掠向远方。

　　翻至山的南坡，那是母亲小时候曾经居住过的地方。老屋的遗址只余下爬满藤萝的几堵颓圮的土墙。母亲从小就在这里生活、砍柴。那时候，母亲经常扛起百把斤的柴禾，到集市上卖了贴补家用，她的足迹踏遍了附近的山头。母亲说，那时的老屋后头就是一汪清溪，溪水从来都是直接饮用；土灶旁边是木制的风箱；早上起来的时候，冷不丁会发现鞋子旁边盘着一条黝黑的乌梢蛇；一只乌龟受了惊吓，"扑通"一声掉进了水潭……有一年的早上，山洪冲出一对硕大的穿山甲，翻滚着冲到屋后，外公眼疾手快，一手揪住一条尾巴，大声喊着小舅舅赶来帮忙……

那时，我的脑海里幻想以及憧憬着这些逝去的场景，如果撇开那个年代的生活艰辛，那该是多有意趣的山居生活。虽然那些传说中的野物早已失了踪影，但空气依然清新，野果依然甘甜，山道依然充满了神秘和未知的意味，蚂蚱在草丛间跳跃，石头反射着光影，斑鸠在很远的树丛里觅食并"咕咕"地叫唤着。

而我只需从容而愉悦地走着，不必留意车辆的穿梭，也听不见喧闹的市声，仿佛偌大的天地间只有一个正在游走的我。

还有一年，下了很大的雪。某天晚饭后，我随着大人从外婆家那一头翻越回自己的家。我们对这个山坡已经熟稔到不需要手电照明的地步。"咯吱咯吱"踩着雪走在路上，脚底却暖融融的，月光洒在雪上，如同白昼。大片灌木的枝丫在冬天的风里摇曳着，静夜里可以听见溪水流动的声音。一股神秘感瞬间包裹了全身，却没有恐惧。

时光快得像疾风翻过的练习本，仓促得我根本无法看清上面的字迹。但我依然记得那些年春天的早上，翻越山冈去到外婆家的景象。我斜挎着军绿色的书包，穿过田野。金黄的菜花、漫地的紫云英、攀缘曼妙的豌豆花和浅水边的蝌蚪；河边的绿柳芽、嬉水的白鹅，还有远处茅屋后冒起的轻烟。我嗅着泥土的清香，远离尘嚣，一切皆如梦境。一个少年萌动的心像一块新犁的地里的种子一样，蓬勃而张扬。而我身后，远处的山冈葳蕤葱茏，如同一个逝去的旧梦。

我怀念彼时的山冈，简单从容平淡，一如我曾经走过的孩提岁月，一如我用吉他拨出的那首老歌：

往事难忘，温馨如昨，依然荡漾心头

春去春回，年年如梦，但愿你勿忘我

……

何年何月，才能重逢，重温往日旧梦

悲欢岁月，依稀如梦，但愿你勿忘我

……

渐

子恺说，使人生圆滑进行的微妙的要素，莫如"渐"；造物主骗人的手段，也莫如"渐"。

1

从陡门口百货公司和烟糖公司中间的北大街走出去，就是上塘河。

春雪还残存在河边的梧桐树枝丫上。沿着上塘河边破旧斜仄的木屋一路向西，看那些行色匆匆的行人拥挤着从西洋桥北的天桥上向南奔走。从天桥看下去，纵横交错的铁轨像一条条纠缠在一起的小说逻辑。小说中的某路人甲，依稀就是我。

可是，那个懵懂未知的少年呢？那个在光阴的故事里听遍了龙兴桥塅的冷雨，渐渐走出时间之外，然后在青春期如分针一般一圈圈徘徊的少年呢？

于是，我仿佛觉得自己始终徘徊在那些年的记忆里，肉体却日复一日地渐渐长大与老去。

时光倒回，在无数次的梦境里，我仿佛又坐着那条舴艋舟，于秋日的午后溯过芦荻掩映的小河港。古石桥、辣蓼和水鸟、"扑喇"惊出水面的草鱼……水浪拍打着堤岸的泥土，那些洞口的毛蟹纷纷迅捷地缩回去，一个个像是渐渐隐退的时间片段。

时间，去哪儿了呢？抑或时间就是那条舴艋舟，渐渐掠过那些景物，掠过自己的年岁而变得陈旧？那为什么记忆依旧，那么青葱？

2

年少时，思想总是郁郁葱葱，尽管带了年少的感伤，却永远是蓬勃向上。二十岁的时候，一个满怀激情的问题青年，在一帮整日胡浪的哥们儿的送别下，坐上火车离开这个熟稔的小镇，去异地入伍。"一个兵士，不是战死沙场，便是回到故乡。"在军营的日子，放飞过很多的梦想，以为放飞的是一群信鸽，结果它们升空以后都变成了孔明灯，在暗夜里发出点点的微茫，然后消失于远方。我努力去做一个好的兵士，没有轮到去沙场的运命，就回到了故乡。而于我，这似乎是一个最好的归宿。

回到地方，谋得一份工作，娶妻生女，跳槽买房，在主城与副城间来回奔忙。上班时，衣冠楚楚，心内惶惶；下班时，邀友相酌，言语狂浪；假日时，驴行户外，亡止张扬。人生俨然是一个戏台，任何时候都不能混淆了角色和戏装，却早已忘了为什么而忙。回顾所来之径，自己似乎都是按照一段近乎标准的普通人生格式流程一路行来，与内心的风景渐行渐远。

我常常在想，这个世界给予我们的时间是不是太长？长到使我们不停地习惯遗忘？忘了那些简单的快乐、少年时萌动的情愫、纯净和温暖的微笑？

于是，有很长一阵子，我痴迷于徘徊在田野、农村和小镇间。只有在这样的时候，才能让我忆起那些如梦的时光。

二十多年以后的一个冬季，我终于鼓起勇气，带着家人回到承载了我太多青春记忆的部队大院。我住过的宿舍已经成了仓库，四处赶来见面的战友渐渐发福。晚上，很多和我一样已经渐渐变老的战友从各处赶来相聚，酒至酩酊。我分明看见这些多年前带着孩子气的人，像一株株毛笋一样迅速拔节而变成坚硬的竹子……

清晨，透过部队招待所的窗户望出去，看见一队新兵在楼下的空地队列训练。我想起二十多年前我的新兵连，半夜的紧急集合和五公里越野。那一刻，我几乎混淆了时间，而产生了错觉，以为那其中就有一个我在训练，而另一个我在二十多年后的时间之外观望着。可是，这中间的时间，去了哪里？

那一瞬间，泪流满面。

3

在我多年以前的某篇随笔里曾经提过一位老人，一个驼着背看上去脏兮兮的老人。

他总是坐在国营厂小学门口贩卖一些五颜六色的劣质糖果，把一根油条从中间纵向分成两条来贩售，从不在乎别人的目光与攻讦。春夏之交，他总能弄来一些毛桃，虽然很小，却很受欢迎，有一股清甜鲜洁的味道，诱使我们背着大人消费了不少零花钱。

这个老人显然不属于体制内的人。但他和附近农村里的人的最大区别就是他面对国营工人从不表示出谦卑的神情。虽然在那个年代，小商贩是最不为人所敬重的一个职业，但我猜他的内心还是把自己置于高于农民的地位，至少他不用和农民一样挥汗种地，而他出售的货品和农民自家种养的农副产品也有着本质的区别。因此，我觉得他还是一个有古风的人。仿佛自我记事起，他就已经坐在那个学校的门口，并不忙碌，风雨无阻。

现在，那个曾经的国营大厂——我少年时期的乌托邦早已不复存在。每次我开车经过这个位于老国道边的厂子遗址，脑子里总是会浮现出那个老人的身影，仿佛他和他的小货品担子一直坐在时间之外的小学门口，从容淡定，从未离开，如同默片一样的黑白色。这个场景，最少也过去三十多年了吧，依然清晰，时光似乎就在我们眼前，以一种谐谑的方式呈现。

4

其实，我已经想不起为什么要去买冰糖了。我记得有一天父亲兴冲冲回家来说，某处有议价冰糖卖，要载我一起去。

所谓"议价"，就是价格要高于凭票供应价的商品。在物资匮乏的年代，有钱就可以买到。我听了也很兴奋，但兴奋并非来自可以买到冰糖，而是可以做一次快乐的出行。

　　父亲骑着一辆借来的永久牌公车，我侧身坐在前面的三角支架上，双手扶着车把。父亲握着车把的双臂正好起到保护作用，只要我不过于挺直双腿，就会从车架滑落到地上。这种坐车方式一直延续到小学的后半段。后来，我因个子长高了，改为坐在后座的书包架子上，双手抓着父亲的腰带。但我仍非常喜欢前一种乘坐方式，那会带来良好的视野和迎风的感受。

　　那个出售议价冰糖的小店在十几公里外的一个郊区，店边是一座古老的小石桥，横卧在一摊小小的池塘之上，毫无实际意义。那个池塘应该是原来的河流断流形成，石桥上长满了藤萝，旁边有三两棵柿子树。其实，那个地方是一个公交站点，后来每次进省城都要经过那儿，从车上也可以看到那座桥。每次我都会想起那个遥远的买冰糖的早晨，如同《百年孤独》里奥雷连诺上校站在行刑队前想起参观冰块的那个遥远的下午。直到今天，我仍然用它来解释为什么我总是痴迷于像一条草狗般在乡间与城郊接合部游荡的喜好，也许是因为这些往事与场景带给我太多不能忘却的记忆景象。

　　那条柏油马路上很少有机动车辆经过，根本没有现在骑行时大小车子擦身而过的惊惶感，偶尔对向或者同向会经过一辆公共汽车或是货车，也是保持慢腾腾的速度，从容制出粗糙的引擎声。路面并不太平整，但那种颠簸让我觉得真实与亲切。我宁愿相信那是在一个初夏的早上，空气竟有些清冷，阳光柔软，我迎风而行，内心欢喜。那路的左侧有连绵的山丘，山坡上长满了杨梅树，右侧是大片的稻田，各种各样的庄稼在风里送来清甜的香味。

　　那条路顺着山势有大段大段的起伏，有时像是经过一阵阵涌动的浪潮，在波谷看不到波峰的另一面。但我实在无法回想起这个场景到底是我曾经做过的梦境，还是它真实存在过。它在我脑海里留下太深的记忆，如同我年少时父亲常穿的有点褪色的靛蓝色卡其中山装。

我们一会儿冲上路的坡顶，一会儿又顺着落差滑向坡底，那种感觉实在是非常美妙。那条路直到现在还是通往省城的主干道之一，但已无这样的落差了，不知是因为路被修整过无数次后变平整了，还是我的错觉，或者就像小时候看某条河觉得很宽，长大了河却变得很窄一样的道理。我真的无从探究，却宁愿停留在那时的感觉。

我无法忆起那天最后我们是否如愿买到了冰糖，但依稀记得我们走进了那间小店，木制的柜台，柜面上的铁架子倾斜摆放着三两层广口的玻璃瓶，不出意外的话，冰糖应该是出现在其中某个瓶子里。在经过买主的确认后，它们通常会被铝制的小铲子带着令人心动的粗糙的摩擦声，从瓶子里铲出来，然后盛进一个纸袋子，放到老式的盘秤上称好分量，在算盘上算好价钱，再被包好交到买主的手中。这个流程我已了熟于胸。但我更关注回去的路，因为可以重复一次来时的快乐。可惜，我只记得去的路上，不再记得回程了。我想很多时候人都会选择性地记起一些什么，以及忘记一些什么，遗憾的是，记起的不一定都是像买冰糖的岁月里那种简单的快乐，忘记的也不一定是那些不愿触碰的如礁石般深深浅浅的忧郁。

在生活清苦的岁月里，坐着父亲的自行车，在初夏的早上去到一个有古风古桥所在之处买冰糖，实在是一件令人难忘的事情。甚至，我还记起某次打开家里的食品橱，从饼干盒里捞出一小块粗制冰糖，小心翼翼地含化在嘴里的那份清甜微凉的感觉，如同那个夏日早上的空气。尽管我无法确定那块冰糖是不是那次，从那个已经藏匿在时间之外的小店购得的。

阿 爹

凌晨，从梦里醒来，突然忆起老屋，天井和檐下的水缸。

还有那个遥远的身影。

很多次，祖父的身影在我的梦里萦回。人到中年，失眠渐成常态，一些逝去的情景每每在很深很远的地方浮现，且变得越来越清晰。

当地人把祖父叫作"阿爹"。儿时的我住在距离老屋十几公里的父亲的厂子宿舍，一直到小学三年级，才转来镇上读书，所以阿爹并不能常常见到。

而我似乎也并不希望常常见到他。在我遥远的记忆里，阿爹中等身材，瘦，脸色苍白，穿一身旧的灰色中山装，平时大多是一副不苟言笑的样子，严肃得让我心生惧怕。

每到吃年夜饭的时候，却是我最愿意见到阿爹的时候。因为这时候全家老小难得聚在一起，我可以拿到阿爹的压岁钱——五角或者一元纸币。有一年，轮到阿爹给压岁钱时，我怯怯地叫了声"阿爹"，他笑了，很开心地递过五角钱来，然后逗我说："再叫声阿爹，再给你五角。"于是，在周围长辈的教唆和金钱的诱惑下，我扯开嗓子连喊了七八声"阿爹"，他开心且有些尴尬地笑起来，忙不迭地递过来一块钱纸币，连红纸都忘了包，端起酒碗喝起酒来。

阿爹和我奶奶（本地人叫"娘娘"）分居多年，各自住在木结构老屋的前后屋。南边是阿爹住的房屋，北边是娘娘住的，中间连着我曾祖母住的厢房，那时曾祖母已经八十多岁了。

小时候到镇上，总是到娘娘这边和叔叔姑姑等一起吃饭，我印象中从来没有到阿爹的屋子里吃过饭。阿爹因为还没有从食品公司退休，并不是每次都能遇见。

我是长孙，阿爹似乎很喜欢我。只要碰到他在家，他一定会很热情地邀请我到他屋里玩。我总觉得他从板着脸到笑的转换过于神速，且因为瘦，脸上的笑容和皱纹堆在一张苍白的脸上，使我每每心中惊惶，想要避开他这过分的热情。我始终退缩着逃避他的邀请。

他的屋里没有任何好玩的地方，家徒四壁，泥地，阴暗且弥漫着一股浓重的煤油炉的气味。但他总能想出一些办法试图让我接近他：比如承诺送我一柄胶木柄的小折刀，但他最终还是没有给我；或者他把橡皮筋系在人造革的拎包上，一上一下的逗我开心。其实，我思想早熟，已经不觉得这个举动很好笑；我觉得我在阿爹面前就像一只面对食物诱惑的小动物，小心翼翼地察言观色，以保持安全的距离。

我印象最深的是，有一次他用自行车载我上街的经历。他把那个从不离身的人造革拎包挂在二十八寸"永久"车的前把上，抱我斜坐在横梁上，然后穿过门前的小巷。他"叮叮"地不停地打着那个老式的车铃，主要目的不是为了提醒路人，而是想让我觉得这是一项非常有意思的娱乐活动。于是，我开心地笑了，他用双臂努力往里侧靠，以提防我滑下车去，同时加快节奏地踩着脚踏板。我们在小镇的各处穿行，一直到河边，看古老的石桥和大河里的帆船经过。

有一只黄色的狮子狗一直陪伴着阿爹，有些老了，并且一点也不好看。很小的时候，我坐在竹椅上吃零食，它在脚边转来转去。我用穿着布鞋的脚去踢弄它，它突然张开嘴把我的半只脚咬在嘴里，其实一点也不痛，我却惊惶得大哭起来。阿爹急急赶来，用脚狠狠地把狗赶回自己的屋里，并连声承诺一定把它打死。可没过几天，我还是很失望地发现那条该死的狗又在屋前转悠起来。于是，我觉得：阿爹始终是不可信的。

读小学时的一个夏天的上午，父亲突然来到班级门口和老师耳语了几句后，把我带出了教室。父亲拉着我的手穿过小弄堂走向老屋的方向。路上，他告诉我："你阿爹没了。"我一时不知道"没了"是什么意思，难道他失踪了？来到阿爹的老屋，父亲带我穿过神情悲戚的亲友们，来到一块搁着的门板前，我看到阿爹悄无声息地躺在门板上。这是我第一次印象深刻地和亲人诀别。

阿爹是在凌晨被发现去世的。平时，他总是很准时在天蒙蒙亮时起床上班，可那天娘娘发现他没有起床，过去叫他时才发现他已经走了，身上早就凉了。据说，本来那天他是去天台出差的。我印象中，他经常去世界各地出差，其实，他基本就在省内和周边活动，但于幼小的我而言，那简直就是一个宇宙这么大了。有一次，母亲单位旅行，带五岁的我去了苏州，在木渎镇上居然遇到出差的阿爹，这真是一件太神奇的事情。

阿爹的心脏和血压一直都有问题，所以并不年老的他很早很快就去了，死因应该是急性的心梗。我记得那天阿爹躺在硬硬的门板上，穿着那件灰色的中山装，花白的头发往后梳着，脸陷进去，很严肃的样子。门板下放了几块大冰块，两只排风扇在不停地吹，吹着他的头发在风里颤动。我脑子里想：阿爹是因为穿了这么厚的衣服会热，所以要用冰块和风扇。

我被别上了黑臂章、挂上白纱绳，跪下去拜了几拜。那些哭声离我很遥远。我抬头看见阿爹被放大的黑白相片在镜子里没有表情地看着我。我想起最近一次见到阿爹就在一个星期前。我来到老屋，阿爹赤着膊，看到我特别开心，让我伏在他的光背上，他一边背着我在天井四处到处地转，一边干笑着。我觉得阿爹的笑声很难听，他的脊背太瘦了，我感到不舒服。

这样一个背我的阿爹，怎么也没说一声就突然不动了呢？

出殡的时候，亲友们抬来一口大大的棺木，要把阿爹放进去。我记得我哭了，不是因为悲伤，而是恐惧。因为，其中一名表叔要我帮着搬一下阿爹的头。后来，我才知道这是长孙的特权。但我不敢搬，拼命向后退缩，并大声号哭起来，众人见状，只好作罢。

我躲在离阿爹很远的角落里，看众人把他放进棺木里，盖上棺盖。几个人用斧背把七八寸长的棺钉猛力地钉进去，众人抚棺号哭起来。粗大的麻绳匝了几道，前后四根交叉的杠子由数人的肩扛起来，抬出这间黑咕隆咚的屋子里，送上了借来的解放车的敞篷车厢里。我突然意识到阿爹不会再回到这里了。

几辆解放车缓缓开动出去，父亲在地上砸了一只碗。载着棺木的汽车在前面，我们则在后面几辆敞篷车上站着，车绕着小镇的外围，仿佛开了很长时候，终于在一条再也开不进的田间小道前停住了。在爆竹声里和挥洒的纸钱里，我们几步一叩地经过长长的小道来到山上，棺木缓缓放进土里，照大人的授意，我往棺木上洒了一把土，随后众人纷纷用铁锹铲土掩埋起来，不一会儿就堆成了一个完整的坟茔。

三十多年过去了，我不知道为什么当年这些情景依然如此清晰地浮现在我脑海里。我记得来年清明，我们去阿爹坟上时，山麓里早已开满了映山红，坟前父亲手植的两棵松柏也长得高了很多。

我是从墓碑上才知道阿爹的全名的。很多年以后，凭借着儿时的一点传说和地方典籍的描述，终于寻找到了一些关于阿爹的资料：

我的祖上叫冯连庆，生于乾隆年间，以制作羊肉和板鸭出名，清咸丰十一年，也就是太平军攻克杭州的那年，在临平开设了冯源兴羊鸭号。民国初期，老店一分为三，开设冯源兴"源记"、冯源兴"协记"、冯源兴"永记"三爿羊鸭号。1956年，对私营商业社会主义改造时，冯源兴三家羊鸭号直接过渡进入县食品公司。

从地理位置来看，阿爹应该是在源记这家分店。由于店里兼营羊毛、小猪等生意，经常要去周边乡下及德清、崇德等地采购。1956年，阿爹也"过渡"成了县食品公司的收购员，专门负责收购生猪。他有个本事叫"一摸准"，各类生猪只要经他手往下一抄，分量、肥瘦、等级分毫不差。收猪"阿四"（我阿爹的外号，大约是排行第四的原因）在方圆几十里地一度是非常有名的。很多年以后，我去周围农村采访时，还听几位老农说起他的故事。和他的本事同样有名的就是他的脾气，本地人称此为"藤头脾气"，没有人可以通过小恩小惠使他放低收购标准而以次充好，他是一个有原则到刻板的人。

现在想来，我身上和他有很多巧合：

阿爹收了大半辈子猪，我这个长孙刚好是属猪的；

阿爹的"藤头脾气"在我身上得到了发扬光大；

阿爹的"一摸准"的本事我没有学到，但应该是传承了他身上对事物敏感精准的判断力，包括对文字的感觉；

阿爹长年奔走于乡村和老镇，我也喜欢常游走于这些地方，甚至对德清和桐乡的一些地方有着一种莫名的亲近和熟悉，仿佛梦中曾经来过。这是在我了解历史之前就有的感受；

写下这些文字的同时，我脑海里浮现出阿爹的身影：他戴着靛蓝色的印有"余杭县食品公司"的袖套，游走于乡村和老镇，穿行于小巷和田埂间，步履匆忙而又坚定，大家纷纷叫他"阿四"，带着一丝尊敬的意味。他通常是板着脸的。我猜想在忙碌着完成阶段工作以后，他会从耳朵上取下一支熟人递来的没有过滤嘴的烟卷，熟练地在手表盖上敲几下，点起来吸。他每天解下围裙后，身上的旧中山装永远干净整洁。

在我的想象里，阿爹总是在这样一个初冬清冷的早上奔走在路上，走过一片片宁静而简约的风景。我很羡慕他拥有这样的一份工作，随着命运的波浪飘荡，孤独却内心笃定，一切尽在掌握。他走过了一段短暂平凡却不卑微的人生。一项工作，无论多么凡庸，只要做久了，就可能成为一门艺术，也能赢得别人的尊重，这是阿爹给我的启示。

阿爹身后几乎没有留下任何财产，这让我们都很奇怪，因为他是那么简朴，除了抽一点烟的嗜好外几乎没有别的开销，但这不是我所关心的问题。我只关注到：阿爹去世以后，就再也见不到那只又老又丑的狮子狗的踪影了。它虽然咬过我，我却没来由地想念它。没有人知道它去了哪里，就像若干年以后，没有人会知道我们去了哪里，是否曾经存在过。

在岁月的年轮里，在这个初冬的早上，我终于写下这些散乱的文字——我还记得你，我的阿爹，收猪的"阿四"。我的血脉里流动着你的基因和特质。

谨以此文纪念我勤劳的祖辈们。

伏惟尚飨！

附部分可考资料：

1. 清朝咸丰十一年（1861年）开设在东大街顾家弄口的"冯源兴羊鸭号"。其生、熟羊肉同时经营，尤以"花壳羊"作为原料，经精心配料和独特技艺烧煮的白切羊肉，名声四扬，销路广达邻县，生意极旺。包括后来新开在北大街的"冯源兴源记"、西大街的"冯源兴永记"、东大街的"冯源兴协记"三家分店，羊的年经营量约九千只的规模。该店除了生熟羊肉同时经营，有别于其他羊肉店之外，还每年经营着三千只左右自己加工的熏板鸭、酱鸭和腊鸭。而且还在羊肉过季落市的季节里，改为经营羊毛、小猪（亦称苗猪）等相关商品。

相传乾隆年间，临平人孙士毅出任南京总督时，特邀同乡冯连庆去南京孙府为其烹饪菜肴期间，冯学得一手制作板鸭的高超技艺，颇受孙总督好评。嘉庆元年（1796年），孙士毅殁，冯仍留孙公馆，直至嘉庆末返回临平，后来在道光初年开设冯源兴羊鸭店。该店的板鸭均出自冯氏家人之手，选用三斤左右的鸭子，杀白洗净晾干，每只用二两食盐匀擦全身，后用木撑撑开腹腔，入熏缸用木屑熏十分钟左右，使鸭皮表面呈黄色，取出后入锅连续分三次（每次不超过半小时）用文火烧煮，然后拎起上钩稍凉，便可上柜销售。零售时用刀斜削成薄片，每片都带有金黄色鸭皮，用荷叶包裹。吃时既有鸭香，又伴有荷香，香味浓郁，松嫩可口，鲜味十足。临平的食客赞道："临平板鸭好吃源自南京，南京板鸭都不及临平。"因此，冯源兴羊鸭号的名气真是响当当的。

2. 老冯源兴羊鸭号开设于清咸丰年间，因制作独特熏板鸭而遐迩闻名。原址设临平东大街顾家弄口，有楼房一间，披屋两间，店主冯连庆。民国初期，后嗣成人，老店一分为三，开设冯源兴源记、冯源兴协记、冯源兴永记三爿羊鸭号。以本家人为主要劳力，无佣工，资金共两千一百五十元。羊鸭号以经营生熟羊肉及鸭类（包括熏板鸭、酱鸭、腌鸭）为主。每年九月至翌年清明，为生意旺季；五至八月为淡季，改营羊毛、小猪等生意。货源以门收为主，也向本地乡下及德清、崇德等地采购。年收购量羊约九千斤，鸭两千只，货销于海宁、桐乡及县内各乡镇。

1956年，对私营商业社会主义改造时，冯源兴三家羊鸭号直接过渡进入县食品公司。

——摘自余杭史志网《余杭老字号商铺》

无　题

从去年底开始，习惯每天早上到办公室，沏上一壶极普通的金骏眉，在小铜香炉焚上一盘檀香，看看桌上的铜钱草，发一会儿呆。

月初的体检，我的高血压似乎再次得到了印证。这是一件没有办法的事情。家族遗传是一个很重要的原因。不知道为什么，我从未对此沮丧。

坚持健身已两年半，之所以脂肪肝状况有增无减，原因直接归结于酒和夜宵。

我曾经说过，酒是一个很矛盾的事物。我已不再年轻。那些情绪随着年纪的增长，慢慢开始平复。

对酒的依赖我想也是到了头了，我也一直认为对外物的依赖永远是你放纵自己的借口。慢慢老了，没有那么多的矫情能让你喝醉，换句话说，你喝醉干卿何事？喝死了，地府里不过徒增一个不是太老的酒鬼而已。

我终觉相对健康的生活必须正式介入我的人生。一个人一旦设定自己的目标，再加上一份恒心，几乎没有成不了的事，当然，前提是你的目标尽量现实一些。

有一些人对形式的关注远远超过对事物本身，比如喝茶、烹饪、香道、禅、文玩种种。

我不否认对上述事物的喜好，但我从不会为此痴迷，更不会蠢到以此作为炫耀自己的资本——高手在民间，你算哪棵葱？

喝茶，多年来已融入我的生活，不可或缺。我自认为对一些茶的心得已不输专业茶艺师，却从不追求茶叶和茶具的昂贵，那些都归于浮华。但从红茶或者普洱本身的属性来说，我已不能接受"一茶杯泡一撮茶喝半天"的简陋冲泡方式，哪怕在办公室也无法妥协，那简直就是暴殄天物。

近日来，我开始尝试以素食为主，却绝不会虚伪和肤浅到把它当作一种炫耀或时尚，亦不会拒绝适量健康的荤食，我的身体需要这样的配伍。

形式永远应该服从内心的需要，就像当年和我一起办健身卡的朋友不下十余位，只有我坚持至今。戒烟多年，曾经的烟枪已到了闻到烟味就厌恶的程度。很多朋友赞我有毅力，其实我只想说，当你的坚持到达你放不下的时候，就不是一种坚持而是习惯，如同一场感情。这与我们身边很多人所理解和需要的，恰恰相反。

再有就是户外。当越来越多的人把户外当作一种时尚，或者领队把自己当成领导，甚至救世主的时候，我始终旁观，保持微笑。户外就是户外，而不是除了户外以外的任何东西。走在路上，一切简单随心。

我想，除了烟酒夜宵、夜场以外，我们还能做什么？

我觉得有做不完的事情——泡茶、健身、游泳、莳草，烹饪、自驾、登山、造景。

我已过了不惑之年，过了愤怒的年纪，也过了读书的年纪。我想起汪老笔下"力胜牯牛"的王四海，最后只是在承志桥边坐着看水，偶尔取下墙上的护手钩，却又意兴阑珊。回想当年对文字的狂热、对世俗的嫉愤，还有内心对自由的向往。某天，当你全部放下了，很多东西同时又全部重回你的怀抱。为文从艺，松了，就好了。

舍得与放下，只在一念之间。

而舍不得的也有很多，亲情、孩子的微笑、心里的念想、远方的渴望……

也不止一个人认为我不适合从事现在这份工作，并非是我不胜任。以前，我也是这样想，喟叹命运的弄人。也有人觉得，我这样的想法是丧尽天良——合适的岗位、工作环境和薪资，你还想怎样？

是的，我还想怎样？我不想怎样。我的不想怎样不仅是因为物质层面的，而是我觉得职业其实是最次要的，有一份工作，虽然谈不上快乐，但它能给你的内心带来平和，能让你从容应对，能达成周边的认可，那你就真的不能怎样了。想当年，我放弃在主城区的工作，回到这里，只是因为想每天早上吹着口哨从容走路去上班，就这么简单而已。因此，当尘埃落定，我越来越喜欢自己的工作了。

即便再烦，给自己一点时间认真沏一壶茶，茶色就是你的心情。

即便再累，给自己一个空间仔细焚一炉香，幽香即是你的人生。

行者渐明

友渐明兄黄岩个展终得偿夙愿。

渐明兄与我友之近二十载，勤练问学不辍。终有所成。时值其故乡个展开幕暨个人画集出版前夕，嘱予作一小序。

余近年好浪迹山野林泉，登高入水，嬉游无忌。作文一事荒疏已久，早已言语乏味面目可憎，领命后实心内空虚，然不忍拂渐明兄嘱托，以己之感受付拙笔以记之。

春风杨柳一杯酒，江湖夜雨十年灯。

人生本是虚妄，世事本是凉薄。

在虚妄之生里，痴迷一些事物，以时时观照这虚妄与凉薄。

也终是好的。

很多时候我们只是选择前行，却忽略了路过的风景。

——题记

　　一个几十年痴迷于某艺术门类的人，一个几十年专唱齐秦歌曲的人，一个几十年留着长发、习惯穿着特大号丹宁布外套的人，一个眼神灵动思维敏捷自信满满的人。

　　这样的人大抵敏感孤傲，外表坚硬，内心却近乎偏执的柔软。

　　这样的人天生应该是一个歌者、一个写手、一个剑客、一个舞者、一个艺术的拥趸与追随者。

　　而我更觉得，具备这样特质的人，无论从事什么，骨子里首先应该是一个行者。

　　渐明就是这样一个行者，一个颇具任侠性情，喝酒却属羽量级的行者。这样的行者，也许在生活里每每无奈，与现实妥协，骨子里却永远舍弃不了行走的情结与信仰。

　　二十年前，我从部队退役，不幸进入一家国有银行，却有幸和同样有部队经历的渐明成为同事，偏安于办公室一隅。我是文秘，渐明是美工，前后算起来在那家单位一起度过了近三千个日子。在那些遥远而值得怀念的日子里，我们的好恶观惊人地相似，燃着烟卷，嬉笑怒骂，理所当然成为朋友。渐明将办公室辟为书画室，每日勤练不辍，我因此沾染了多年墨香。

　　那时的我喜欢弄点文字，也曾痴迷写作的渐明却因此一直很肯定地认为我应该成为一个严格意义上的写手。按渐明的语录：父母带你来这世上，就是为写字而来，你不去做这一行，这辈子算是白活了。

　　我们都是骨子里有些桀骜或者说冥顽的人，因此，由于众所周知的原因，在我们认识的第二个世纪初，先后选择了离开。

　　命运总是阴差阳错，却也相对公平。十二年间，我为稻粱谋辗转混迹于各家单位，颠沛流离，内心惶惶，写字变成一种谋生的手段。

那些年间，我们各自奔忙少了联系，但我知道渐明一直在努力圆自己心中的梦。听说他进入中国美院深造，并虚心问学于国内书画界名师，后来又成为名家吴静初、金鉴才的入室弟子……得知这些消息，我内心很是欣喜——两位大家都是书诗画印俱佳的"四全"之才，幸莫大焉！渐明一路行来，终于以内心那份执着和不懈努力渐渐接近梦想。现在的渐明是一个画者，也是一个师者，桃李芬芳。

大多数人内心都会羡慕这样的状态——从事自己喜欢的事情，同时在喜欢的事上有所造诣。渐明早年以书法见长，在很短的时间内连进七次国展，成为中国书协会员，这是许多人梦想企及的高度。他却并未以此自傲止步，而是选择重拾画笔。书画同源，绘画是他年少时的梦。

我们平日里所见的渐明，总是那么意气风发、潇洒自信、侃侃而谈，但我想不会有很多人能够读懂他内心的那份孤寂和敬畏。那份孤寂是沉淀在一名行者骨子里的东西，在旅程里，他把这份孤寂转化提升为创作的原动力；而那份敬畏，则是其对书画艺术的朝圣心态，如此，方能摒弃许多外物、外因的诱惑，找到属于自己的感觉。

自孩提时起，无论身处何方，渐明一直如一个虔诚的信徒一样，以裸露的心灵膜拜着书画这座艺术神山，始终和自己的追索并肩行走，从未稍离。

渐明总是擅于从平凡的事物中找到感觉。比如下厨，一个简单的家常炒菜，他可以做得很有味道，这味道并非来自菜肴本身，而是他烧菜时给人带来从容自信的感觉，使你没有理由怀疑那是否是最正宗、最美味的李氏私房菜；又如在多年前那个夏夜，他约三两好友去他的画室小酌，沏上一杯珍藏的径山茶，等待自养的昙花静静开放；还如在工作室，他淘来的形制精美的汉陶罐里插着枯荷、芦荻与蒲棒，随意却又意境曼妙；他总是略带夸张地告诉我哪首歌是最动听的、哪家店的螃蟹是不可超越的、哪款车是最棒的越野车……真的是这样吗？

事实未必全是这样。但我却从中慢慢捕捉到渐明的特质——与生俱来的艺术敏感，偏执的创作理念，独特的审美观。他内心深处的品性纯粹而本真，他的一些小品常常让我想起汪曾祺的文笔，简约而率真，如同一个孩子。我想，他需要有这样一种率真的偏执作为创作的支撑与依托。我评价他"偏执"并非贬义：一个画者，本来就应该带有三分情趣、十分热情的偏执。画者对生活独特的感悟，通过画笔充分提炼、凝固与展现，因此，艺术说到底就是生活的另一种存在方式，就像农夫山泉的广告：我们不制造水，只是大自然的搬运工。从某种意义上来讲，创作也是一种搬运，但与工坊的制作完全是两种概念。渐明始终在苦练不辍的同时大胆思考，敏而好学，用自己的感悟努力还原生活的真实，博采众长，并化为自己的风格。

数十年的行走，那些经历和记忆终会在一个行者的身上留下或深或浅的印迹。

多年以后再赏读渐明的画，读到的是一份飘逸灵动，一路沧桑历练，一掬心香积淀和一味意境省悟。记得一九九八年我新婚之时，曾请渐明录李白《下终南山过斛斯山人宿置酒》。我最爱那两句："却顾所来径，苍苍横翠微。"那幅字随我从旧居到现在。

我们都是背负着梦想，企图游走在现实边缘的行者，内心相通。我想，渐明在这数十年的行走里，一定会有求而不得的焦虑、裹足不前的彷徨、物质方面的索求、无奈的感叹与承受，但这些都是再正常不过的想法和感受——我们都是凡人。不畏浮云遮望眼，那最美的风景永远在水之湄，在薄雾渺渺的彼岸向你招摇，欲罢不能。如果说，一位写手会把自己最原始纯净的渴望入文，那么，一位画者也会习惯于把自己最隐秘真挚的情感置于画中。

然后，慢慢变得沉静与安定。

如渐明的《春消息》，虽巨幅，却很少留白。据说，从技法上来讲，梅花的穿枝、留白是最难的，但在我看来，那种密匝恰恰是因为渐明内心日渐的丰盈与自信：

如《迎春花》，早春的气息与色彩从笔意扑面而来；

如《梨花》，胜雪的清芬里占断天下之白的气韵一览无余；

如《太阳花》，原来密密的小草花却充满了蓬勃与润泽……

一花一世界，一树一菩提。读渐明的画，越来越让我有一种欣喜，因为在功力越来越厚重的同时，他的笔端越来越自如，内心越来越空灵宁和的同时，画面却越来越充盈与恣意。我也能更加清晰地从中揣度与感受到他下笔时或敛或放的心境、或心静如水或波云诡谲，也越来越让我喟叹时光是一件多么神奇的东西。

在渐明的"一香轩"，我们随意小坐，沏一壶熟普，在紫铜小炉里燃一枚净香；就着酱萝卜条喝一碗他亲手煮的白粥；观赏他收的封门青和台湾淘来的"朽木"，随意聊聊画作，还有那些过往的人与事。就像回到儿时的乡间，走过窄窄的田埂，野花扑鼻，泥土清新。忽觉得岁月倒回，心境渐明。我想，渐明只是寻找到了一份感觉而已。可我们要的，也只是感觉而已。

诗人北岛说："沐浴着夕阳，心静如水，我们向云雾飘荡的远方眺望。其实啥也看不到。生活的悲欢离合远在地平线以外，而眺望是一种青春的姿态。"

是的，很多时候我们只能选择前行，却忽略了路过的风景。

愿渐明始终以青春的姿态眺望，并听从内心的声音，无限接近远方。

行者渐明，行着渐明。

谨以此文给老友渐明及我们逝去的岁月

——壬辰年七月于流云斋

忧伤的飞刀

飞刀其实是一件很传奇的东西和一门很传奇的艺术。

我曾经拥有过很多不同类型的飞刀。

飞刀在我的少年时期占有非常重要的地位。

我的第一柄飞刀出现于电视剧《加里森敢死队》的热播时期。那是 70 后永远都不会遗忘的一部电视剧，时至今日，它的象征意义已经远远超过其情节本身。当时，剧里的敢死队员一度成为我们膜拜的对象，尤其是那个擅长飞刀的"酋长"，英俊冷静，每每在关键时刻出手迅如闪电，取德寇性命于须臾之间，从无失误。当然，我们还不知道李寻欢会在若干年之后走入我们的记忆。

那时的小学校园里最明显的特征就是教室的门板或者一些树木的身上刀痕累累。男同学的书包里永远都会有几柄各式各样的小刀。这种危险的运动一度在校园里像流感般弥漫开来。于是，一天午后，品学兼优的我很轻易地在木桥浜路的小商品摊位边，用攒了半个月的零花钱淘到一柄小刀。

那是一柄非常普通的折刀，粗糙的胶木柄，两头包了铜皮，刀身大约是最劣质的钢打制的，很易生锈；同时，却很容易把它打磨得很锋利。我得了那柄小刀回到家里的天井，用隔壁木工的油石把它打磨出锋刃，再用泥石磨得极其光滑。做这些事情的时候，我相信自己的用心可以改变这柄刀的档次，可以赋予它灵性，就像欧冶子于鱼肠。

我用手指肚试了试刀刃，又拔下一根头发放在刃上用力吹了吹。头发没有断裂，再次印证它不可能成为传说中的宝刀。然后，我把它收进书包，带到了教室。

午休的时候，老师鲜少会出现。我看见几个同学已经把后门关起来，开始练习飞刀。飞刀的甩法大体有两种：一种是"酋长式"的，即从腰部下方将手向前迅速抛送；另一种则是扬手过肩大力掷出。技法上，我们一度碰到很大的难题：前者虽然美观，但力度往往不够，即便扎上门板，也无法构成很大的杀伤力；后者很难控制刀子在空中的角度，无法确定其到达门板时刀头正好是向前的。

于是，就经常造成这样一些现象：不是刀子浅浅扎在门板上，再脱离地心引力掉落下来；就是刀柄重重撞在门板上反弹开来，全然没有电视里那种稳稳扎入目标的潇洒。

为了解决上述技术难题，我们开展了旷日持久的学术研究。

最方便的办法就是在刀的尾部缠上布条，这样无论你如何甩出，刀头基本都可以朝前扎入目标，但如此一来，飞刀就沦为中国传统武术中飞镖一样的东西，有点老土。而"酋长式"的甩刀法对刀本身的要求很高，比如重量，扔的时候刀身本身需要具备一定的重量，出手的时候刀尾应该是向前的，运用一个翻腕动作，使得刀子在到达目标之前翻转过来，刀头正好扎入目标，因此，还需要估算和腕力。

过肩甩刀的技术更为搞笑：为了解决刀头不能向前的问题，一位同学很认真地计算了目标和自己的距离，比如要扎到一棵树上，那棵树离自己几步远，刀在空中翻几个跟头，正好可以扎到树上。

一个午后，他带着我们五六个同学在校植物园里的一棵水杉树上验证了他的试验结果。他把自己的小刀掏出来，先跑到那棵树前，算好了步数，微微做了调整，然后扬手快速将刀甩出。刀子以无比漂亮迅捷的姿态稳稳扎入树身，刀身左右小幅摆动着，发出"嗡嗡"的振动声。我们齐声拍手叫好，那同学显然很得意，小眼睛里闪现出自豪无比的光芒。

但是，他的自豪只持续了不到一分钟的时间。另一位同学马上指出这种飞刀法的致命缺陷：难道遇到敌人的时候，首先要让他保持静止，待你量好彼此间的距离，再回来扔刀子？这么麻烦的话，不如直接上去一刀捅死算了！他这么一说，引得我们在场的所有人哄堂大笑。

搞笑刀法显然在后来很长一段时间内深深伤害了试验者的自尊，以致他很久都没有再亮出自己那柄飞刀。我觉得这次的经历会在他今后的人生道路上留下阴影，就像青年时期的第一次失恋。好在我们终于找到了真正具有实用性和杀伤力的刀法。

那是我们的体育委员觅得的刀法，说来渊源很深。据说，他是从爷爷那里偷艺学来的。新中国成立前，他爷爷是当地的武林高手，可以踩着水直接越过上塘河，那水只能没到腰部，有点轻功的意思。他曾经不止一次告诉我们，新中国成立前他爷爷就死了，是在穿越一条河流时被土匪头子用枪打死的。在河里中枪以后，他爷爷就沉下去了，当时有很多群众看见了，却找不到尸体。因此，我们搞不明白他是如何从死去的爷爷那里学到这种高深无比的飞刀法的。而且，为什么土匪头子要开枪打他？这些描述无法自圆其说，让我觉得前后逻辑非常混乱。但事实上，他确实在一夜之间学会了相对可行的刀法，而且毫无保留地传授给我们。

同样传奇的还有他奶奶，据说也是轻功高手，听起来像是杨过和小龙女一样。但他说他奶奶会飞檐走壁，在一次飞檐走壁时被解放军用枪打了下来，掉下来死掉了。照这么说来，他爷爷是被土匪干掉的，奶奶是被解放军干掉的，为什么黑白两道国共两党都和他的祖辈不共戴天？他的爷爷奶奶到底是哪条道上的？为什么？这到底是为什么呢？

我们一时没空去深究这些逻辑上的问题。而那个飞刀技法的原理其实非常简单：过肩出刀的时候，用左手压住刀尾，如此，出去的时候它基本可以做到平直，并且刀头向前，命中率高出很多，但前提是，必须反复练习，以体会最准确的手感。控制刀身以后，就是准头的问题了。这块没有捷径可走，只能不断练习。体育委员显然得了他传说中的爷爷的真传，飞刀技法很快出神入化，十步开外的距离，基本十次里有八次都可以命中目标，极具观赏性和杀伤力。我们教室的门板很快呈现出一种很神奇的面貌——以中央为圆心，密密麻麻的刀痕扩散开来，像一幅艺术作品。

此种氛围的感染下，我的那柄胶木小刀很快就上手为一件利器，虽不能达到体育委员那样的水平，基本上也甩得像模像样了。我喜欢飞刀出手时干净利落的感觉，飞刀在运行过程中的破空之声，以及命中目标时的沉闷回声和刀身的颤动。在这个危险而刺激的游戏进行过程中，我感到自己的强大，想象着自己瘦弱的身体不再惧怕那些高年级身强力壮的差生。如果他们来挑衅的话，我会让他们尝尝飞刀的厉害。

但飞刀同样在不久以后成为体育委员的噩梦。

他的神话在某天被另一个好事的同学彻底粉碎。那个同学在偶然的机会下，发现了体育委员爷爷奶奶的下落——二老尚在人间。爷爷就是小镇上那个著名的补鞋匠，永远穿着一件皮围裙，穿着蓝色套袖，戴着一双老花镜，眼神浑浊地坐在街角；而他奶奶则是国营饮食店每天早上派驻在街头流动售卖点的营业员，很像电影《黑三角》里那个叫于黄氏的台湾特务。大家开始毫不留情地嘲笑他，多含有嫉妒之心——谁让他的飞刀甩得这么好？人的劣根性在童年时期已经暴露无遗。

体育委员不再炫耀他的飞刀，变得沉默与灰败，甚至有些忧郁和极端。一天下午的自修课，他突然和另一个同学在教室里大打出手，起因是那小子嘲笑他奶奶是卖油墩（音）的。那是本地一种很好吃的早点，糯米团子中空，有细沙或者鲜肉的馅料，在油锅里炸了，脆而香。事实上，我们几乎所有人都在他奶奶的早点摊上买过早点：油墩、方糕、甜烧饼等等。不知道为什么，那时会存在这么大的职业歧视。体育委员终于和那小子在教室里揪打起来。那小子显然不是体育委员的对手，被后者打出了鼻血，并且哭了。结果，体育委员在那天被开除了"公职"，并由老鞋匠领回了家。

我记得那是一个无比清凉的秋天的下午。破旧的校园里充满了邪恶和幸灾乐祸的气息，我看着老鞋匠领着他的孙子走出校门，渐行渐远，背影有些苍凉。

生日、故乡及其他

我相信我的个性特质与这个曾经的小镇休戚相关

我迷恋微凉秋日午后的西大街的梧桐与阳光

我喜欢用回忆嗅着上塘河面水气的飘荡

我听见那些夏日夜晚的吉他低吟浅唱

历数自己少年时期对小镇的了如指掌

在史家埭的阳台上我们用小石子扔到路人的头上

我们游戏在那飘着酱香的酿造厂

我怀念 弄逼仄的角落和院子里的大水缸

在郊外的铁轨上把一枚枚钉子压成刀状……

从理论上来说，我的生日比较忧郁，处在秋冬之交的萧瑟时期。所以，我很少自发过生日。

十九岁时高中毕业，当时处于半待业阶段的我召集了一群发小，找了个过生日的由头，钻进一家小饭店搞了一桌。一群毛头小伙子喝到内心感到有些强大了，却又无所事事。当时，大伙儿的惯常娱乐项目就是四处游荡，遂带着醉意一起去爬临平山。最后的节目是在午夜窜进了当时位于中山路的临平火车站。

那晚的场景我记得很清楚：极其昏暗的白炽灯光、蜷缩在候车室长椅上的远行人、简陋的行李。那时，火车站对我们来说就是远方。看着这些，我突然有些伤感：在我们开心的日子里却有人流落在异乡。当然，我没有想到不久以后自己会应征入伍，从这个小站踏上离家的路。

在部队过过一回生日。一群老乡战友把办公桌拼成一张大台面，菜是炊事班的战友们从各家食堂里顺来的，琳琅丰盛。十几个人在那里喝着酒唱着歌，没有蛋糕也没有长寿面，但大家都喝得挺开心。其中有个东北哥们儿把脸喝成了墙壁一样的白色，后半场他靠在白粉墙上不吱声，乍一看都不太能找到他的面部轮廓。一群小兵喝多了就把啤酒瓶往楼下扔，结果第二天挨了处长的剋。那时的心情比较灰败，毕竟不是在家乡过生日，感觉找不着什么依托。

还有一次好像是在十多年前的一个晚上。那时的体育场路上有家啤酒屋，我约了一小撮战友、同事和朋友搞了一个小的聚会。彼时我从部队回来，刚走上工作岗位不久，意气风发的。那天屋外风雨大作，哥儿几个显然是喝高了。我记得其中一个战友和我的同事拼酒拼到斗气，结果那个战友坐着三轮车回家时和车夫在田野里一起迷路了。直至今日，这个已经是社区负责人的战友每每回忆起当时的场景，仍津津乐道，记忆犹新。也许这辈子他会醉很多次，但那次显然是他比较深刻的一次。

转眼，离那个在火车站的生日已经过去二十年了。小镇也发生了很多的变化：中山火车站早已不复存在，时速三百多码的沪杭高铁已全线贯通；那个战友迷路的田野早成了经济开发区的一部分，不折不扣地成为城市核心区块之一；老屋变成了街心花园，这个原本一炮仗可以从陡门口弹到一号桥的小镇的区域就像一堆火山岩浆一样，喷发和扩展着它的边际。我们的居住方式纷纷从平面变成立体，在老城区单行道的八卦迷宫里，我一次又一次迷失了方向。我常常觉得自己就像坐了一架旋转木马，驾着车像一只迷途的羔羊一般回旋、回旋，却始终无法到达目的地……

我也时常想，很多时候城市的发展变迁就像一次顺理成章的恋爱与婚姻：小镇时期的卿卿我我无可避免地发展成副城时代热闹非凡的婚宴，也就是说，它的发展远远不止是三两个人的一厢情愿。从现实意义来说，这是一种时代历史必然要促成的发展；而从理想意义来说，它不免又落入了世俗和无奈的窠臼。

"一个士兵，不是战死沙场，便是回到故乡。"几年前自驾去凤凰，在听涛山从文墓前，我读到了黄永玉的这几句话。不惑之年，那些生命里的跌宕起伏和转折已渐平复，无论故乡是一个小镇还是一座城市，对我来说这都无关紧要。小镇内敛温和的特质早已贯穿在我这个土著卑微的生命里。故乡，永远应该是温暖和宁静代名词。

所以，我一直很喜欢博尔赫斯的几句话：那时候，我寻求日落、城市外围的陋巷，和忧伤；如今我寻求黎明、都市和宁静。

现实总比想象要骨感，回忆往往会在那些已逝去的现实里贴上适度的肌肉。这些肌肉也许是一个眼神、一本翻旧的书、一段暗哑泛黄的乐曲，或者是积满灰尘的心情，又或者，只是多年以前那些个生日的场景与细节。

所幸记忆永存（跋）

年轻的时候，我像所有出生在小地方的年轻人一样，毫无例外地踌躇满志，看不起临平这么小的一个地方，也讨厌长辈的管束，总是希望能去外面闯荡，自由飞翔，成为游击队员，成为团长，或者拥有香港电影里黑社会大哥一样的江湖地位，最终弹着土琵琶或者洋吉他，迎娶一位心爱的姑娘。

清咸丰十一年，祖上在上塘河东茅桥头开设"冯源兴"羊鸭号。百年后，一条河牵起了我的青少年时期，跨越了城镇和乡村。

人到中年，经过那多么遭际，才终于读懂临平是那么好的一个地方，这个地方鲜有战乱和灾难，却有那么多的旧时风景和掌故，而且如此亲近。从上塘河西头的桐扣到东头的临平，无数次地来回穿行，加上父亲所在的厂区宿舍，构成了我青少年时期的三角地带。

更要命的是，这个三角地带的中间还夹杂了一个早已湮没的、著名的临平湖。而在我的身上，不仅结合了浓郁的桐扣乡村少年和临平小镇土著的气质，还糅入了孩提时代国营工厂子弟的味道。多少次，我徒步翻过桐扣山，嬉游上塘河，而当兵的经历，又增加了骨子深处的那份宁折不弯的偏执。

活了四十多年，始终无法调和这多重的性格特质，这让我一度非常痛苦。从业二十多年里，因为工作关系，两次去省城共工作了近八年，过上了工作在主城、生活在副城的"双城"生活。很多人问我："怎么不在省城买个房子？"我总是说"不习惯在城市生活"。事实上，买不起也是主因之一。最重要的还是：虽然每天可以驱车一小时回家，但心却像一个纸鸢一样是飘着的。

多年以后，回到临平，重新翻捡这些旧文字，我忽然发现：从来没有像现在这样清晰地认识到自己无比怀恋小镇和乡村生活。而之前这么多年，也从来没有说服自己相信过这样一个事实。

曾几何时，小镇已经变成了真正的城市，乡村改成了社区街道，厂早就关停了，良田美池桑竹渐行渐远，只有那群厂房和回转窑的废墟孤独地矗立在那里，四野空阒荒无人烟。采石宕口的断崖如同深刻的疤。离它们十华里以外的临平镇，连名字都在慢慢淡出。我现在住的地方，叫杭州市余杭区南苑街道，手机上的地理位置经常会显示我在海宁市许村镇。

慢慢地，曾经那么健谈的我，在身边的人们偶尔提及这些变迁时，越来越多地习惯性选择沉默。

因为那是我心底不能触碰的一个梦，也是年少岁月里弥足珍贵的宝藏。失去了小镇和乡村的人生，终究是不能揭的疤，不能舔舐的伤痛。

临平、桐扣……它们对于我，如同马孔多，如同枫杨树，如同鲁镇，如同白鹿原……

偏安一隅，我常想起那些有名的、无名的人在上塘河的流动中默默生存、经过，或者死去。沧桑变幻，临平湖开，又堰塞了几多回，至今只余下那荷香飘荡的美丽之洲萦回在无数次的梦境之中。

我明白人不能总是活在过去，却无法使自己停止这些偏执的怀旧。以前每次遇到事情的时候，我总是很想跳到上塘河里去，让流动的河水温暖我的内心，我觉得那水真的是暖的，永远像是夏天晒过以后的味道，河水清澈，鳉鲅鱼的鳞片在阳光下反射出五彩的光。但我发现三十多年后的河水已经混浊到无法触碰，河面也窄得接近一条阴沟的宽度。远在十里之外的桐扣，也已不复存在，远得无法企及。

很多年前，当我刚刚踏进社会的时候，我选择用文字来安抚自己的内心；而近年来，久不读书的我热衷于跑步分泌的多巴胺产生的愉悦感。我想起小的时候受了委屈，一个人大哭着走过石马岭；长大以后受了挫败或者遭遇了不公不平，和兄弟们大醉一场，吼几嗓子。文字如畅哭，跑步如喝酒，两者最终指向的结果，其实是一样的。

这个集子，其实是对往昔岁月的一些记录，它们陆续存在于我的 QQ 日志已经十多年。我觉得是时候作一个小结了，尽管许多内容现在看来不忍卒读，文字也经不起推敲，许多细节在回头去重读的时候，甚至早已不记得了。但至少，它是虽粗糙却真实的记录。我很渴望用纸质书这样的形式给它们一个归依，就像船儿终回港湾，也给自己心心念念的故乡、人物和曾经的悲欢一个现实的安放场所。我希望赋予它们这样的象征意义和存在意义。

一生很短，能真正陪你走得长久的朋友很少；世界很大，没有看过的风景很多。但这些故乡的风物人事始终未曾泯灭于我的内心，这些少年的、青年的、中年的记忆一直都在，总会在我愤怒的时候、疲累的时候、灰暗的时候、忘形的时候，让我安定，让我忆起，让我微笑，让我忘记动物凶猛、人情凉薄，让我明白自己是一个有根的人。

感谢我的老师大元，多年来一直为我的写作指路，又一次次为我找寻这些拙文的地理坐标。从深夜到凌晨，在手机备忘录上一字字为我作了这么细致厚重的序言。感激我所有生命中不离不弃、喜欢我这些散乱没有格调的文字和包容我猖狂脾性的朋友们。

最后，还是要说到老电影《瓦尔特保卫萨拉热窝》的结尾，党卫军上校冯·迪特里施说："看，这座城市，它就是瓦尔特……"

临平，无论以后嬗变成怎样的现代化城市，在我的内心深处，永远就是一个小镇，就如同桐扣永远是外婆家的小村一样，没有谁可以把它们从我的记忆里拿走。无论岁月人事如何变迁，我始终希望自己是一条临平湖畔的"走狗"。

所幸记忆永存。上塘河永存，桐扣山永存，临平镇永存，少年乌托邦永存，青春永存。

2017 年 6 月 12 日于临平听雪轩北窗